DORIS GERCKE

Tod in Marseille

Ein Bella-Block-Roman

I Hoffmann und Campe I

1. Auflage 2010
Copyright © 2010 by Hoffmann und Campe Verlag, Hamburg
www.hoca.de
Satz: Dörlemann-Satz, Lemförde
Gesetzt aus der Goudy Old Style
Druck und Bindung: Friedrich Pustet, Regensburg
Printed in Germany
ISBN 978-3-455-40285-8

**HOFFMANN
UND CAMPE**

Ein Unternehmen der
GANSKE VERLAGSGRUPPE

Tod in Marseille

Maria-Carmen

Das Flugzeug war nachts auf Teneriffa gelandet. Er hatte absichtlich diesen Flug gewählt, in der Hoffnung, den Strömen von Touristen aus dem Weg zu gehen, mit denen jetzt im Frühjahr zu rechnen war. Seine Rechnung war nicht aufgegangen, aber wenigstens konnte er den Flughafen sofort verlassen, ohne in die Menschenmenge zu geraten, die sich um die Gepäckbänder drängte.

Im Taxi fuhr er über die nächtliche Insel zum Fähranleger im Süden, er saß ruhig auf der Rückbank. Er fühlte sich müde und leer. Er brauchte sich noch nicht zu erinnern. Den Weg über die Insel zum Flughafen war er nur einmal gegangen. Das war dreißig Jahre her, und es war Tag gewesen. Das Taxi setzte ihn am Hafen ab.

Er verbrachte den Rest der Nacht auf dem Boden sitzend, den Rücken an die Quaimauer gelehnt, und verpasste dann den Sonnenaufgang, weil er gegen Morgen doch noch eingeschlafen war. Der Lärm und der Gestank der Lkw, die auf die Fähre fuhren, weckten ihn. Die Fähre war neu, ein modernes Schiff, das ihm fremd war und sehr schnell fuhr. Aber die fremde Fähre machte ihm nichts aus, denn er hatte damals in einem Fischerboot die Insel verlassen. Für die Überfahrt von San Sebastián auf Gomera nach Los Cristianos auf Teneriffa hatte er kein Geld gehabt. Deshalb gehörte eine Fahrt mit der Fähre nicht zu seinen Erinnerungen.

Ein paarmal ging sein Blick ruhig über die Gesichter der Passagiere, dann war er sicher, dass ihn niemand beobachtete. Auch nicht der alte Mann, den er zu erkennen meinte. Die Quacksalber, die sein Aussehen verändert hatten, waren Meister ihres Fachs gewesen.

Im Hafen von San Sebastián ging er achtlos an den Taxis vorbei. Sein Weg führte ihn durch den hundert Meter entfernten Tunnel an den Strand. Er hatte sich schon auf der Fähre vorgenommen, gleich dorthin zu gehen, weil er die Stelle wiedersehen wollte, wo sie als Jungen zwischen den Felsen herumgeschwommen waren und getaucht hatten. Als er an den Strand kam, stellte er fest, dass die beiden Felsen, die er schwarz und heiß und von Wasserstrudeln umspielt in Erinnerung hatte, durch einen Plafond aus Beton verbunden worden waren. Er wandte sich um zu dem entfernter liegenden Felsen, und plötzlich schien es ihm, als wären seine Erinnerungen unter der fünf oder sechs Meter dicken Betonschicht begraben worden. Der Gedanke kam ihm sonderbar vor. Er ging zurück an die Anlegestelle der Fähre und nahm ein Taxi, das ihn nach oben in den Parador brachte. Er würde schlafen, während man sich um seinen Anzug kümmerte, und abends in die Stadt hinuntergehen.

Er spürte, wenn er an die Stadt dachte, eine ungewohnte Gleichgültigkeit, mit der er nicht gerechnet hatte, und machte seine Müdigkeit nach der umständlichen Reise dafür verantwortlich. Sein Schlaf war tief und traumlos.

Als er spätabends im Speisesaal erschien, war er der einzige Gast. Die Kellnerin, die ihn bediente, sah ihn verstohlen an, wenn sie sich unbeobachtet fühlte. Er gab ihr ein sehr großes Trinkgeld. Sie bedankte sich mechanisch. In ihrem Gesicht bemerkte er einen Ausdruck von Neugier und Angst. Als er an der Bar mit dem Fernseher vorüber nach draußen ging, wurden gerade Nachrichten gesendet. Einen kurzen Augenblick lang schien es ihm, als hätte er sein eigenes Bild gesehen, war aber gleichzeitig sicher, dass er sich geirrt hatte. In der Bar war niemand, und er ging ruhig weiter.

Den Weg in die Stadt fand er trotz der Dunkelheit, er brauchte zwanzig Minuten nach unten. Es war derselbe Weg, den er als Kind gegangen war, auch damals oft im Dunkeln.

Während er hinunterstieg, sah er auf die vielen Lichter. Es waren mehr geworden seit damals, und er versuchte sich zu erinnern, was er früher bei ihrem Anblick empfunden hatte. Aber etwas in ihm, von dem er gedacht hatte, er würde es wiederfinden, war nicht mehr vorhanden.

In den Gummibäumen auf der Plaza hingen ein paar Lichter, und in der Bar war Betrieb. Er erkannte einen der Kellner, mit dem er damals befreundet gewesen war, aber der Mann erkannte ihn nicht. Er setzte sich so, dass er den Mann beobachten konnte, sah, dass der andere dreißig Jahre älter geworden war, und dachte darüber nach, was er selbst wohl jetzt machen würde, wenn er nicht von der Insel weggegangen wäre. Er wusste nicht mehr, wie viele Menschen er getötet hatte, aber er hatte niemanden von denen gekannt. Ihr Tod hatte ihm viel Geld eingebracht, und sie waren ihm gleichgültig geblieben. Und nun war er zurückgekommen, weil er gedacht hatte, er würde etwas wiederfinden, wovon er die ganze Zeit über geglaubt hatte, es wäre wichtig. Er fand aber nicht, was er suchte, weder in sich noch beim Anblick der vertrauten Gebäude oder der vertrauten Gesichter.

Er blieb lange in der Bar und ging erst in der Morgendämmerung zurück ins Hotel. Die angeketteten Hunde in den Bergen vor der Stadt kläfften wie damals. Vielleicht würden seine Gefühle wiederkommen, wenn es Tag wäre. Dunkel erinnerte er sich an eine bestimmte Art von rosa Licht, das vor Sonnenuntergang die Hauswände gefärbt und das er als Kind ungewöhnlich schön gefunden hatte.

Er schlief unruhig. Es schien, als rückten die Wände und die Möbel im Zimmer näher, aber wenn er die Augen öffnete, sah er die elegante Einrichtung an ihrem Platz.

Erst nachmittags um fünf betrat er wieder den Speisesaal. Er war allein mit der Kellnerin vom Vorabend. Während sie an seinen Tisch kam – der Speisesaal war groß, und sie verschwand fast hinter den geschnitzten, schweren Stühlen –, zog sie eine

Zeitung unter ihrer Schürze hervor und legte sie neben sein Gedeck. Er lächelte ihr zu.

Ich hab die Zeitung für Sie genommen, sagte das Mädchen.

Er dachte, dass er das Foto auf der Vorderseite nicht ansehen müsste, und bestellte Kaffee, ohne die Kellnerin aus den Augen zu lassen. Einmal, als sie sich zu ihm umwandte, lächelte er und nickte ihr zu und glaubte fast, sie wäre schon zutraulicher geworden. Aber sein Lächeln schien ihm wie eine Grimasse, und er beeilte sich, ein ernstes Gesicht zu machen. Er wollte nicht, dass sich das Mädchen vor ihm fürchtete. Erst als es sich von ihm abwandte, drehte er die Zeitung um. Dann beobachtete er die Kellnerin. Sie war vielleicht achtzehn. Ihre Taille war sehr schmal, und ihr Hintern unter dem dünnen schwarzen Kleid hatte die Form, die früher intensives Verlangen in ihm geweckt hätte. Plötzlich begriff er, er wusste nicht, warum, dass er gesucht hatte, was er nie mehr finden würde, aber er blieb sitzen, bis er annahm, der Himmel vor den Fenstern müsste rosa sein. Da stand er auf und ging den alten Weg hinunter in die Stadt.

Die schmale Straße war leer und wirklich in das rosa Licht getaucht, an das er sich erinnerte. Die Polizisten, die ihm entgegenkamen, bildeten eine Reihe. Sie hielten Waffen in den Händen. Er musste nur noch die Bewegung machen, die sie dazu veranlassen würde, zu schießen. Er ging langsam auf sie zu, berührte seine Hüfte, und sie schossen. Während er auf die Straße fiel, wurde es um ihn dunkel, und er dachte, es wäre, als ob sie das rosa Licht erschossen hätten. Aber gleichzeitig wusste er, dass es schon sehr viel früher erloschen war.

Im Pass des Mannes, den die Polizisten erschossen hatten, stand der Name René Picard. Die Kellnerin, die ihn im Parador bedient hatte, hieß Maria-Carmen. Sie war fast achtzehn und arbeitete seit fünf Wochen dort oben im Hotel. Das Haus ihrer Eltern stand unten, in der Calle de Ruiz Padron, und war ganz sicher das schäbigste Haus in San Sebastián; ein altes, niedriges kanarisches Haus, das andere Leute renoviert und gepflegt hätten. Es gab nicht mehr viele von diesen Häusern in der Stadt. Ihre Eltern kümmerten sich nicht darum. Die waren damit beschäftigt, sich zu streiten und zu saufen und in die Kirche zu rennen; jedenfalls die Mutter. Die Kirche lag nur ein paar Meter entfernt auf der gegenüberliegenden Straßenseite; nicht die schöne alte Kirche, die schon ein paar hundert Jahre alt war, sondern ein Betsaal. Jeden Sonntag konnte man in der ganzen Straße die Stimme der Predigerin hören.

Die Mutter war sehr stolz, als ihre Tochter die Anstellung als Kellnerin bekam, obwohl sie vorher nichts von der Bewerbung wusste. Ganz sicher hatte sie nichts Besseres zu tun gehabt, als ihren Betschwestern die Nachricht am nächsten Sonntag brühwarm zu überbringen. Sie konnte sich sehr gut vorstellen, dass einige darunter waren, die missbilligend das Gesicht verzogen. Ein Hotel, das war doch fast so etwas wie ein Freudenhaus.

Gebt ja acht auf eure Kleine, werden sie gesagt haben, und ihre Mutter, scheinheilig, wie sie war, hatte versichert, sie würde ihr Baby nicht aus den Augen lassen. Na klar, besonders der Vater, dachte Maria-Carmen. Und so war es ja auch gekommen. Gleich am dritten Abend hatte sie ihn erkannt, seine gedrungene Gestalt am Rand der Auffahrt zum Parador. Zwischen den Hibiskusbüschen hatte er gestanden und gelauert, dass sie vor die Tür käme und er ihr etwas vorjammern könnte, und wenn sie nicht nach Hause käme, sollte sie ihn nachts draußen treffen oder ihm wenigstens etwas Geld geben.

Als man ihr im Hotel ein Zimmer anbot, hatte sie es sofort genommen. Die Schwierigkeiten, ihrem Vater noch länger aus dem Weg zu gehen, waren so groß geworden, dass sie auch einverstanden gewesen wäre, wenn man ihr zum Übernachten einen Verschlag unter einer Treppe angeboten hätte. Das winzige Zimmer, dessen Tür sich abschließen ließ und das nicht mehr enthielt als ein Bett, einen Kleiderständer und ein Waschbecken, erschien ihr geradezu großartig. Nachts vor die Tür zu gehen, hatte sie sich abgewöhnt.

Nachdem der Mann, der ihr Gast gewesen war und dessen Foto sie in der Zeitung entdeckt hatte, gegangen war, trug sie das Kaffeegeschirr in die Küche. Die Küche war leer, denn die Mittagspause für den Koch und seine Gehilfen würde erst in einer Stunde beendet sein. Es war ihr erlaubt, in dieser Zeit in ihr Zimmer zu gehen, solange sie darauf achtete, eintreffende Gäste nach ihren Wünschen zu fragen. Wenn sie ihre Zimmertür einen Spalt offen ließ, konnte sie den bepflanzten Innenhof, die überdachten Gänge drum herum und einen Teil der Bar beobachten. So wäre sie jederzeit zur Stelle, wenn sie gebraucht würde.

Im Zimmer band sie ihre Schürze ab, bevor sie sich auf das Bett legte. Mit offenen Augen hörte sie auf mögliche Geräusche und dachte an den Mann mit den hellen Haaren und der dunklen Haut. Er hatte ihr gefallen und sie überlegte, ob sie ihn dazu bewegen könnte, sie mitzunehmen. Die Frauen, die im Speisesaal bedienten, waren voll von Geschichten über reiche Männer, die sich in junge Mädchen verliebt und sie mitgenommen hatten. Allerdings waren diese Männer immer alt gewesen. Und eigentlich hatte sie die Geschichten auch gar nicht geglaubt. Sie waren ihr immer wie Träume vorgekommen; Träume, die sie allerdings sehr gut verstand. Sie dachte an das Foto in der Zeitung und an den Text, der darunterstand. Und je länger sie darüber nachdachte, desto richtiger schien es ihr, sich mit dem Mann einzulassen, gleichgültig, was in der Zeitung von ihm behauptet wurde. Reich war er, und er war sicher mutig; mutig genug, um sie hier wegzuholen und ihrem Vater die Stirn zu bieten, wenn der es wagen sollte, sich ihnen in den Weg zu stellen.

Vielleicht sollte sie noch einmal aufstehen, um die Zeitung zu holen? Sie blieb liegen, lauschend, wach und angespannt.

Im Hotel war es ungewöhnlich ruhig. Wahrscheinlich waren die wenigen Gäste hinunter in die Stadt gegangen, um sich die Osterprozession anzusehen.

Nach einer halben Stunde stand sie auf, ordnete ihr Haar in einem kleinen Spiegel, den sie aus einem Koffer unter ihrem Bett hervorzog, und verließ ihr Zimmer. Die Frauen, die abends im Speisesaal Dienst hatten, waren schon damit beschäftigt, frische Blumen auf den Tischen anzuordnen. Auch aus der Küche waren bereits Geräusche zu hören. Sie legte die dunkelroten Stoffservietten so ordentlich auf die weißen Tischtücher, wie man es ihr gezeigt hatte. Als sie an dem Platz angelangt war, an dem ihr Gast gesessen hatte – sie nannte den blonden Mann bei sich ihren Gast, ohne darüber erstaunt zu sein –, war sie fest entschlossen, sobald wie möglich ihr Glück bei ihm zu versuchen.

Der Speisesaal blieb leer bis auf ein uraltes Ehepaar, das von einer ihrer Kolleginnen bedient wurde. Wahrscheinlich kamen die anderen Gäste erst, wenn unten in der Stadt die Prozession vorbei war. Maria-Carmen verließ den Raum, um vor die Tür zu gehen und einen Blick hinunter in die Stadt zu tun. Sie hatte das merkwürdige Gefühl, draußen erwartet zu werden; nicht von ihrem Vater, von irgendjemandem, der es gut mit ihr meinte. Als sie an der Bar vorüberkam, blieb sie einen Augenblick stehen. Diese Bar war ihr von Anfang an als der schönste Raum im Hotel erschienen, trotz der prächtigen Eingangshalle, des schattigen Innenhofs, der Wandelgänge mit Decken aus dunklem Holz, schweren Sitzmöbeln und alten Bildern und trotz des Speisesaals mit den dicken dunkelroten Vorhängen und der schwarzen Decke. Der Fußboden und die Wände der Bar waren mit blaugrünen Mosaiksteinen gefliest. Das Licht über dem Tresen reflektierte winzige goldene Steinchen, die in das Mosaik eingelassen waren.

Hinter der Bar lief der Fernseher. Der Barkeeper war damit beschäftigt, Gläser zu polieren. Er wandte ihr den Rücken zu.

Auf dem Bildschirm erschien das Bild ihres Gastes. Die Stimme des Sprechers war nicht zu hören, weil der Keeper den Ton abgestellt hatte. Aber dem Bild folgte ein anderes, auf dem ein paar Polizisten zu sehen waren, die um einen Mann herumstanden, der auf dem Boden lag. Er trug einen hellen Anzug und hatte weißblonde Haare. Dann folgte ein weiteres Bild, auf dem eine Straße zu sehen war, die sie kannte.

Maria-Carmen bat den Barkeeper nicht, den Ton lauter zu stellen. Sie verließ die Bar und ging in den Innenhof. Unter den Stauden, die dort wuchsen, waren einige sehr große Callas, deren riesige weiße Blüten ihr weißer zu sein schienen als sonst. Die Blüten erinnerten sie an den Altar unten in der Stadt, der bei ihrem letzten Kirchgang mit den gleichen weißen Blüten geschmückt gewesen war. Seit sie denken konnte, war sie am Karfreitag in die alte Kirche gegangen. Die Erinnerung an den geschmückten Altar und die Klänge der Musik, die zur Osterprozession gehörte, lösten in ihr ein Gefühl von Trauer aus, das nichts mit der Gestalt des am Boden liegenden Mannes zu tun zu haben schien.

Langsam und entschlossen ging sie an den weißen Blüten vorbei zur Rezeption. Niemand war dort. Niemand würde sie hindern, das zu tun, was sie sich vorgenommen hatte.

Ihrem Gast gehörte das Zimmer vierzehn. Sie nahm den Schlüssel von der Wand, ging an den Callas vorbei zurück, der Fernseher lief, jemand unterhielt sich mit dem Barkeeper. Ohne die Sprechenden zu beachten, ging sie um den Innenhof herum. Ihre Schritte auf dem Terrakottaboden waren leicht. Sie blieb vor dem Zimmer mit der Nummer vierzehn stehen, schloss auf, betrat den Raum und schloss die Tür hinter sich. Mit dem Rücken gegen die Tür gelehnt hielt sie einen Augenblick inne. Jemand hatte, nachdem ihr Gast gegangen war, das Zimmer für die Nacht vorbereitet. Das Bett war zum Schlafen aufgedeckt. Die Tür zum Bad stand offen. Ein weißer Bademantel lag, ordentlich gefaltet, auf dem breiten Rand der Badewanne, neben dem Marmorwaschbecken ein Stapel weißer Handtücher. Kein Rasierzeug außer dem in hellgraue Hüllen verpackten vom Hotel. Sie hatte ihren Gast nicht gesehen, als er angekommen war. Nun war sie sicher, dass er kein Gepäck gehabt hatte. Bevor sie sich von der Tür löste und das Zimmer zu inspizieren begann, dachte sie, dass es merkwürdig sein müsste, ohne Gepäck zu reisen.

Sie durchsuchte sorgfältig die Schubladen des Schreibtisches und des Nachtschranks neben dem Bett. Sie waren leer. Sie ging zurück an die Tür, lehnte sich noch einmal mit dem Rücken dagegen und begann, das Zimmer eingehend mit den Augen abzusuchen. Erst jetzt wurde ihr klar, dass sie im Grunde gar nicht wusste, wonach sie suchte. Es war für sie unbegreiflich, aber sehr deutlich, dass der Gast ihr ein Versprechen gegeben hatte. Nun, da er nicht wiederkommen würde, könnte dieses Versprechen nur noch durch etwas eingelöst werden, das sich in seinem Zimmer befand.

Auf dem Gang vor der Zimmertür kamen Schritte näher. Sie hielten vor der Tür nicht an, sondern entfernten sich wieder. Es schien ihr, als wäre die Stille, nachdem das Geräusch der Schritte verklungen war, intensiver geworden. Noch immer suchten ihre Augen das Zimmer ab. Schon spürte sie das Gefühl von Enttäuschung, das sie kannte und hasste und von dem sie wusste, dass es in Verzweiflung enden würde. Sie stand da und versuchte mit aller Kraft, dieses scheußliche Gefühl nicht zuzulassen.

Dann entdeckte sie eine winzige Erhöhung in den Fliesen des Fußbodens, fast überdeckt von dem Teppich, der vor dem Bett lag. Sie ging darauf zu, schob den Teppich zur Seite, fasste mit schmalen Fingern den Rand einer Fliese und hob sie hoch. Aus der Vertiefung, die jemand unter der Fliese geschaffen hatte, zog sie ein flachgedrücktes Päckchen. Sie versteckte es unter ihrer Schürze, dort, wo sie vor wenigen Stunden die Zeitung verborgen hatte, verließ das Zimmer, schloss die Tür ab und ging mit dem Schlüssel zurück zur Rezeption. Der junge Mann, der dort Dienst hatte, war zurückgekommen, sodass sie ein Gespräch mit ihm anfing und wartete, bis er durch die gläserne Eingangstür Gäste herankommen sah und sich ihnen zuwandte. Sie hängte den Schlüssel zurück an seinen Platz und lief in den Speisesaal.

An den Tischen saßen die ersten Gäste, die inzwischen aus der Stadt zurückgekommen waren. Es wurden schnell mehr, und Maria-Carmen bediente sie wie immer, freundlich und gleichmütig. Nur einmal, als sich an den Tisch in der äußersten Ecke des Speisesaals, den Tisch ihres Gastes, der bisher leer geblieben war, ein altes englisches Paar setzte, lief ein Schatten des Unmuts über ihr Gesicht, den sie vielleicht selbst gar nicht wahrnahm.

Die letzten Gäste verließen das Restaurant gegen zwei Uhr morgens. Da die Kellnerinnen an den unbesetzten Tischen bis dahin schon Ordnung geschaffen hatten, ruhig und leise und ohne den Gästen das Gefühl zu geben, sie seien nicht mehr erwünscht, konnte sie kurz darauf ebenfalls den Raum verlassen.

Es war zwanzig Minuten nach zwei, als Maria-Carmen ihr Zimmer betrat. Sie zog das Päckchen unter der Schürze hervor, legte es aufs Bett, ohne es anzusehen, zog sich aus, wusch sich, nackt vor dem kleinen Waschbecken stehend, nahm vom Fußende des Betts ein weißes Nachthemd und zog es über den Kopf. Sie steckte die glatten schwarzen Haare hoch, zog den Spiegel aus dem Koffer hervor und betrachtete sich einen Augenblick darin. Ihre Bewegungen waren gelassen und so selbstverständlich wie an jedem Abend, wenn sie nach ihrer Arbeit in ihrem Zimmer war. Nur einmal hob sie den Kopf, um zu lauschen. Aber sie hatte sich getäuscht. Das Geräusch, das sie hörte und das ihr im ersten Augenblick wie das Getrappel von Schritten vorgekommen war, hatte der Wind verursacht. Manchmal fuhren Windstöße durch das offene Dach des Innenhofs und schlugen die harten Blätter der Palmen aneinander. Die raschelten dann oder zischten wie Schlangen.

Sie ging zur Tür und schloss sie ab, bevor sie sich auf das Bett setzte und das Päckchen zur Hand nahm. Ruhig öffnete sie die durchsichtige Kunststofffolie und breitete den Inhalt auf der Bettdecke aus: ein unbeschrifteter Briefumschlag, der drei Zeitungsausschnitte enthielt, drei verschiedene Kreditkarten mit verschiedenen Namen, ein Packen Euroscheine, alles Zweihunderter, zwei Fotos – ein Mann, der weiße Haare hatte, aber noch nicht alt zu sein schien, und eine schwarze Frau, die aussah, als würde sie zu viel trinken und zu wenig schlafen. Die Frau musste einmal sehr schön gewesen sein. Jetzt war ihr Gesicht müde und hart.

Maria-Carmen nahm die Zeitungsausschnitte nacheinander in die Hand, jemand hatte auf jedem ein paar Zahlen notiert. Der Text war in einer Sprache abgefasst, die sie nicht lesen konnte, aber für Französisch hielt. Wenn die Zahlen Daten bedeuteten, dann waren die Ausschnitte etwas älter als zwei Jahre. Eine Weile sah sie bewegungslos auf die vor ihr liegenden Dinge. Dann begann sie, langsam und systematisch, alles noch einmal in die Hand zu nehmen. Schließlich fand sie auf einem der Zeitungsausschnitte, was sie gesucht hatte, und ein kleines, zufriedenes Lächeln huschte über ihr Gesicht. Sie packte Stück für Stück zurück in die Folie, zog ihren Koffer unter dem Bett hervor, griff nach einem Slip, zog ihn an und steckte das Päckchen hinein. Dann kroch sie ins Bett. Sie lag lauschend da. Ihre Füße waren kalt, und es dauerte lange, bis sie einschlief.

Die Polizei, auf die Maria-Carmen gewartet hatte, kam, als sie gerade eine Stunde geschlafen hatte. Obwohl sie hören konnte, dass die Männer sich Mühe gaben, die Hotelgäste nicht zu wecken, war sie von dem Geräusch ungewohnter Schritte im Innenhof aufgewacht. Sie lag da und wartete darauf, dass an ihre Tür geklopft würde. Aber nichts geschah, obwohl auch nicht zu hören war, dass die Polizisten wieder gingen. Sie stand zur gewohnten Zeit auf, wusch sich, zog sich an und erschien, pünktlich wie immer, um sieben Uhr im Speisesaal. Die Kolleginnen, die nicht im Haus wohnten und bei ihrer Ankunft am Morgen vor dem Hotel die Polizeiwagen gesehen hatten, unterhielten sich aufgeregt. Maria-Carmen stellte sich zu ihnen, beteiligte sich aber nicht an ihrem Gespräch. Dann erschien der Hotelmanager mit zwei Uniformierten. Die Frauen unterbrachen ihre Unterhaltung und sahen ihnen entgegen. Sie wurden gefragt, wer am Tag zuvor einen Gast mit hellen Haaren und einem hellen Anzug bedient habe. Maria-Carmen begriff an der Art, wie die Männer sie nicht ansahen, dass sie die Antwort schon kannten. Sie trat schnell und leichtfüßig einen Schritt vor.

Ich.

Erlauben Sie, dass wir kurz mit ihr reden?, fragte einer der Polizisten den Hotelmanager, wandte sich ihr zu und sagte: Wollen Sie uns bitte einen Augenblick Gesellschaft leisten.

Wieder wartete er die Antwort nicht ab. Er verließ den Speisesaal, gefolgt von Maria-Carmen und seinem Kollegen. Der Manager stellte sich ans Buffet und sprach leise auf die Kellnerinnen ein. In der Tür blieb die kleine Gruppe aus zwei Polizisten und einem jungen Mädchen einen Augenblick stehen, um das uralte Ehepaar durchzulassen, das zum Frühstück erschien.

Maria-Carmen ging zwischen den Polizisten an den weißen Callas vorbei in das Zimmer Nummer vierzehn. Die Männer ließen die Tür offen. Sie waren freundlich, sodass das Mädchen annahm, das Zimmer diene ihnen, weil es nicht mehr bewohnt war, als Raum, in dem sie ungestört ihre Fragen stellen könnten. Sie vermied es, so gut es ihr möglich war, auf die Stelle zu sehen, an der die Fliese gelockert war. Die Polizisten hatten das leere Versteck wohl noch nicht gefunden. Weshalb hätten sie es wieder zudecken und so tun sollen, als wäre dort am Boden alles in Ordnung? Außer sie hätten sie im Verdacht, etwas herausgenommen und behalten zu haben.

Der Gedanke durchfuhr sie wie ein elektrischer Schlag. Sie hatte Mühe, ihre Fassung zu bewahren. Als der erste Schock vorüber war, spürte sie das Päckchen auf ihrem Leib, als wäre es heiß geworden. Der Polizist, der sie aufgefordert hatte, mitzukommen, sah sie aufmerksam an. Maria-Carmen begann zu weinen. Sie weinte die Art von Tränen, die ihren Vater fast bis zu ihrem Auszug von zu Hause davon abgehalten hatten, sich an ihr zu vergehen. Beim Vater hatten sie am Ende ihre Wirkung verloren. Die beiden Polizisten waren ihnen hilflos ausgesetzt.

Nun, nun, wir tun dir doch nichts. Hol ihr mal was zu trinken, aber lass die Tür offen. Mein Gott, ist das hier im Zimmer eine Hitze. Lass bloß die Tür offen. Ist ja gut. Setz dich erst mal hin, ist ja gut.

Maria-Carmen setzte sich nicht, aber als der zweite Polizist mit einem Glas Wasser zurückkam, lächelte sie ihn dankbar an, seufzte leise und schluchzend und war bereit, die Fragen der Polizisten zu beantworten.

Die Fragen stellte der Ältere, ein kleiner, untersetzter, dunkelhaariger Mann, dessen Bauch vorstand und dessen Finger an der linken Hand so aussahen, als hätte er sie irgendwann zu lange über offenes Feuer gehalten. Oder als hätte irgendwann irgendjemand seine Hand zu lange über einem offenen Feuer festgehalten. Der Gedanke daran, dass jemand vielleicht stärker gewesen war als der bullige Mann vor ihr, gab Maria-Carmen endgültig ihre Sicherheit zurück. Auch das Notizbuch, das der Jüngere aus der Tasche zog und in das er ihre Antworten eintrug, schüchterte sie nicht mehr ein.

Ja, der Gast war abends im Speisesaal gewesen. Er war zwei Mal dort. Das zweite Mal am Nachmittag.

Ja, er hat mir ein Trinkgeld gegeben, aber nur beim ersten Mal.

Ja, es war ein großes Trinkgeld, wenn Sie es sehen möchten …
Nein, ich hab mich nicht gewundert, dass es lauter Zwei-

Euro-Stücke waren. Viele Gäste haben Münzen in den Taschen, die sie uns geben, wenn sie mit unserer Arbeit zufrieden sind. Nein, für sein Zimmer bin ich nicht zuständig.

Welchen Eindruck er beim Essen gemacht hat?

Nun denkt sie nach, weil sie die Frage selbst interessiert und weil sie weiß, dass eine aufrichtige Antwort ihr nicht schaden kann.

Ich glaube, er war einsam, sagt sie langsam. Ich glaube, er sah so aus, als ob er auf irgendetwas gewartet hat ...

Irgendetwas oder irgendjemand?, fragt der Polizist schnell.

Das ist doch gleich, antwortet Maria-Carmen, ohne nachzudenken, aber langsam, so als hörte sie ihren eigenen Worten zu und wäre darüber verwundert.

Nein, ich habe nicht gewusst, wer der Mann ist. Die Gäste stellen sich uns nicht vor. Ich habe an dem Abend sehr viel zu tun gehabt. Er war der letzte Gast. Er kam sehr spät, und ich war furchtbar müde. Am nächsten Tag war er ja nachmittags da, aber irgendwie war er mir unheimlicher als am Abend.

Ich weiß nicht, weshalb. Vielleicht, weil er so stumm war. Wenn ein Gast am späten Abend müde ist und nichts sagt und nicht gestört werden will, dann verstehe ich das gut. Aber wenn einer am Nachmittag ...

Sie spricht nicht weiter, weil ihr die Worte, die sie sagen wollte, plötzlich zu intim vorkommen. Wie auf einer Bühne, von einem dünnen Scheinwerferstrahl erhellt, sieht sie in Gedanken sich und den Mann, der im Speisesaal sitzt und noch nicht weiß, dass sie ihn dafür ausgewählt hat, sie mitzunehmen. Da sitzt er, stumm und ohne sich zu bewegen, und sie wird die Stille, die ihn umgibt, nicht durchbrechen, denn man sieht doch, dass er allein sein will, aber sie ist sicher, dass sie ihn fragen wird, wenn die Gelegenheit kommt. Die kleine Bewegung, mit der er in langen Abständen die Tasse zum Mund führt, ist ihr beinahe schon vertraut ...

Ja?, fragt der Polizist. Wenn einer am Nachmittag ...?

Am Nachmittag?, fragt Maria-Carmen und sieht den Polizisten verständnislos an.

Du hast gesagt, wenn einer am Nachmittag – und dann, was war dann? Rede doch weiter!

Ich weiß nicht. Ich weiß nichts.

Sie ist müde, das siehst du doch. Müde und aufgeregt. Und außerdem hat sie keine Ahnung, oder? Das siehst du doch! Lass uns abhauen.

Der mit dem Notizbuch hat zum ersten Mal gesprochen. Seine Stimme ist höher und dünner als eine gewöhnliche Männerstimme; beinahe so, als spräche aus ihm sein jüngerer Bruder. Aber er nickt ihr freundlich zu und steckt sein Notizbuch weg. Maria-Carmen lächelt ihn dankbar an.

Vielleicht hast du recht, sagt der Ältere. Bestimmt hast du recht. Irgendetwas stört mich nur die ganze Zeit, keine Ahnung, was es ist. Keine Ahnung, wie ich es rauskriegen soll. Nur so ein Gefühl.

Ich würde mir gern noch Ihr Zimmer ansehen, darf ich? Er hat sich sehr plötzlich Maria-Carmen zugewandt.

Ihr »Ja« ist leise und bescheiden. Zusammen mit den beiden Männern verlässt sie das Zimmer Nummer vierzehn. Auf die Callas und die Palmen im Innenhof fallen schon die ersten Sonnenstrahlen. Es wird ein heißer Tag werden.

Die Polizisten durchsuchen ihr Zimmer flüchtig, sie sind nicht mehr wirklich davon überzeugt, etwas zu finden. Sie verabschieden sich freundlich von dem Mädchen, das in der Tür stehen geblieben ist und ihnen zugesehen hat. Sie gehen durch den Innenhof zurück an die Rezeption. Maria-Carmen sieht ihnen nach. Wenn sie es nicht besser wüsste, würde sie glauben, das Päckchen auf ihrem Bauch habe ihr die Haut verbrannt.

Die Frau, von der Maria-Carmen weiß, dass sie Französisch spricht, heißt Nini. Sie ist alt, siebzig oder achtzig, niemand, wohl nicht einmal sie selbst, könnte sagen, wie alt sie wirklich ist. Sie ist vor vielen Jahren auf die Insel gekommen und dort geblieben. Weshalb, weiß Maria-Carmen nicht, und auch die meisten Einwohner der kleinen Stadt haben es inzwischen vergessen. Nini ist klein, hager und grauhaarig. Klein war sie auch schon, als sie kam, aber damals war ihre Haut braun und glatt. Heute ist sie runzlig von der Sonne und ausgedörrt vom Alkohol. In der Stadt weiß man, dass Nini Unmengen von Avocadoöl verbraucht. Sie reibt damit ihr Gesicht und ihren Körper ein. Das Öl hat nicht verhindert, dass ihre Haut runzlig wurde, aber es bewirkt, dass trotz aller Falten so etwas wie ein sanftes braunes Leuchten auf ihrem Gesicht liegt. Ihre schmalen Hände sehen wunderbar gepflegt, ja geradezu elegant aus, wenn sie gegen Abend in die Bar an der Plaza kommt, um den Tag mit einer Anzahl von Gin Tonics zu beschließen, die einem kräftigen Mann durchaus zu schaffen gemacht hätten. Es ist schon eine Weile her, dass Nini in der Schule von San Sebastián Französischunterricht gegeben hat, und noch länger, dass sie im Sommer Kleider in leuchtenden Farben an Touristinnen und im Winter an die Ehefrauen vom Bürgermeister, Hafenkommandanten und Schuldirektor verkauft hat. Beide Tätigkeiten haben ihr einen großen Bekanntenkreis und das Wohlwollen einiger auf der Insel wichtiger Menschen eingetragen. Sie hatte eine fröhliche Art, ihren Schülern die fremde Sprache nahezubringen, und die Kleider, die sie entwarf, waren ungewöhnlich elegant. Sie waren vermutlich heute noch in einigen Schränken zu finden. In Modesachen galt sie eine Weile als Autorität, sodass die Mädchen es ihr nicht einmal übelnahmen, wenn sie sich über ihre Torheiten lustig machte; zum Beispiel, als sie, trotz afrikanischer Hitze, dicke gestrickte Stulpen über die Waden zogen, nur weil sie das in nordeuropäischen Modezeitungen gesehen hatten. Inzwischen aber ist Nini nicht mehr an den Produkten ihrer Glanzzeiten interessiert, sondern mehr und mehr auf das Wohlwollen ihrer Freunde angewiesen. Denn nach dem siebten oder achten Gin kommt es vor, dass sie versucht, von einem der für sie zu hohen Barhocker zu klettern, und dabei abstürzt oder einfach neben dem Tresen zusammensackt. Immer findet sich dann jemand, der die kleine Nini nach Hause bringt. Und weil sie leicht ist und ihre Wohnung nur zwanzig Meter von der Plaza entfernt, beschwert sich auch niemand, wenn er oder sie von dem kleinen Weg an die Bar zurückkommt. Nur eine Bemerkung über den Geruch von Avocadoöl ist dann manchmal zu hören, eine vorsichtige kleine Bemerkung, die man in Ninis Gegenwart sicher nicht gewagt hätte.

Als Maria-Carmen ein paar Wochen später am Sonntagabend in die Bar kommt, hat man Nini schon nach Hause gebracht. Obwohl sie nun gezwungen ist, Nini in ihrer Wohnung aufzusuchen, ist sie darüber froh. Bei den Männern, die sich vor dem Fernsehgerät versammelt haben und die Zusammenfassung der Fußballspiele vom Wochenende kommentieren, steht auch der ältere der beiden Polizisten, der sie vor ein paar Tagen befragt hat. Er sieht kurz zu ihr herüber, beachtet sie dann aber nicht weiter. Maria-Carmen trinkt einen Kaffee und verlässt die Bar. Obwohl sie sicher ist, dass man sie in der Dunkelheit aus dem Innern der Bar nicht lange beobachten kann, wählt sie nicht den direkten Weg. Sie geht die Calle del Medio hinauf, als ginge sie zurück in den Parador, und biegt erst ab, als sie sicher ist, dass sie nicht verfolgt wird.

Sie hatte lange darüber nachgedacht, was sie tun sollte, bevor sie sich dazu entschlossen hatte, Nini aufzusuchen. Manchmal, besonders wenn die Gäste mit dem Trinkgeld großzügig gewesen waren, hatte sie gemeint, sie könnte bleiben. Immer hatte sie der Mutter Geld gegeben, das die angeblich für Lebensmittel oder für Kleidung brauchte. Sie war sicher, dass das meiste davon in den Opferstöcken der Kirche landete, aber eine Zeitlang hatte sie geglaubt, sie könnte es im Parador aushalten, weil ihr die Arbeit dort gefiel. Dann war ihr Vater wieder aufgetaucht, der einige Wochen beim Straßenbau auf der Insel beschäftigt gewesen war, bis man ihn wegen seiner Sauferei wieder entlassen hatte. Sie wusste, es konnte nicht mehr lange dauern, bis der Manager des Hotels sie auf den Mann ansprechen würde, der vor der Einfahrt stand und nicht wegging, bevor sie ihm ein paar Geldstücke in die Hand gedrückt hatte. Auch fragte er seit ein paar Tagen in hinterhältigen Andeutungen nach der Lage ihres Zimmers. So war sie also zu dem Schluss gekommen, dass sie von der Insel verschwinden musste, und der Fremde hatte in ihrer Phantasie wieder an Bedeutung gewonnen. Ihr war klargeworden, dass sie zu wenig über ihn wusste. Da könnten die Zeitungsausschnitte, die Nini übersetzen sollte, von Nutzen sein.

Die kleine Gasse, in der Ninis Wohnung liegt, ist dunkel. Maria-Carmen verschwindet schnell im Hauseingang. Einen Augenblick lauscht sie im Flur, bevor sie die Treppe hinaufhuscht und die Wohnung betritt.

Jemand hat die alte Frau auf das Sofa im Wohnzimmer gelegt und eine Decke über sie gebreitet. Neben dem Sofa brennt eine Stehlampe. Lautes Schnarchen ist zu hören, und ein leichter Geruch von Gin hängt in der Luft. Neben einem der Fenster, die zur Straße gehen, hängt ein Käfig, der mit einem Tuch zugedeckt ist. Maria-Carmen wirft einen angewiderten Blick auf die alte Frau, bevor sie in die Küche geht. Sie hat Erfahrung mit Betrunkenen. Ein starker Kaffee kann manchmal Wunder wirken.

Die Küche ist sauber und aufgeräumt. Während sie in den Regalen die Utensilien zum Kaffeekochen zusammensucht, verschwindet der Ekel vor der Betrunkenen. Die Küche ihrer Eltern oder das, was einmal deren Küche gewesen war, sah anders aus. Offenbar gab es auch saubere Alkoholiker. Als der Kaffee fertig ist, stark und schwarz und süß, trägt sie einen Becher davon ins Zimmer. Die alte Frau hat sich bewegt. Sie liegt nun auf dem Rücken und sieht an die Decke. Ihre Lippen bewegen sich, und als Maria-Carmen näher kommt, hört sie einzelne Laute, die, wenn sie schneller aufeinandergefolgt wären, wahrscheinlich eine Melodie ergeben hätten.

Kaffee, Nini, sagt das Mädchen.

Die Stimme vom Sofa wird lauter. Es ist nun tatsächlich eine Art Melodie zu erkennen, die Maria-Carmen bekannt vorkommt, aber die Worte dazu versteht sie nicht. Sie stellt den Becher ab, nimmt ein Kissen vom Fußende des Sofas und stopft es Nini unter den Kopf, sodass die nun halb aufgerichtet sitzt. Der Gesang bricht ab.

Woher weißt du, dass ich Kaffee will, sagt Nini. Ihre Stimme ist dunkel und kräftig, sie scheint nicht zu der kleinen Person zu passen. Wer trinkt denn nachts Kaffee. Im Kühlschrank steht der Gin. Geh und hol ihn.

Gleich, Nini, erst den Kaffee.

Ach, ja?

Du musst mir helfen. Hier – sie zieht aus der Rocktasche ein paar Zeitungsausschnitte hervor –, ich will wissen, was da steht.

Zum ersten Mal wendet Nini den Kopf und sieht das Mädchen an. Ihre Augen sind wach.

Was ist das? Lesen soll ich? Was hast du da? Kannst du nicht selbst lesen?

Nicht Französisch, Nini. Hier, trink jetzt.

Nini zieht ihre Arme unter der Decke hervor, dünne, runzlige braune Arme. Am linken Handgelenk trägt sie eine große bunte Uhr. Als sie den Arm ausstreckt, um nach dem Becher zu greifen, den das Mädchen ihr hinhält, rutscht das viel zu weite Uhrarmband ein Stück hinauf.

Igitt, schmeckt das fürchterlich. Bist du nicht die Kleine von den Hereras? Was tust du denn hier? Haben sie dich hergeschickt, um mir Kaffee zu kochen? Mitten in der Nacht. Aber wenn du schon da bist: Hol mir den Gin aus dem Kühlschrank. Mich friert. Schön warm, dein Kaffee. Gib mir die Decke von da drüben.

Der Arm mit der schlenkernden Uhr zeigt auf die Tür zum

Schlafzimmer. Maria-Carmen sieht erst jetzt, dass dort ein Bett steht mit einer rosafarbenen Bettdecke, deren Rüschen bis auf den Boden reichen. Sie geht hinüber und nimmt eine weiße Wolldecke vom Fußende des Betts. Im Schlafzimmer riecht es nach Parfüm und nach etwas anderem, das sie nicht definieren kann. Sie legt der alten Frau die Decke über den Körper, nimmt ihr den Becher aus der Hand und stopft die Decke unter ihren Armen fest. Nini beobachtet sie.

Kannst mich ins Bett bringen, wenn du schon da bist, sagt sie.

Gleich, Nini. Möchtest du eine Zigarette?

Dass ich im Bett verbrenne, was?

Ich pass schon auf. Aber lies. Hier.

Sie reicht Nini eine brennende Zigarette und beobachtet, wie die von vielen Fältchen umgebenen Lippen die Zigarette halten, ohne dass Nini ihre Hände gebraucht.

Zeig schon her.

Die Zigarette wandert von einem Mundwinkel in den anderen, während sie liest. Sie liest stumm. Als sie fertig ist, behält sie die beiden Zeitungsausschnitte in ihren Händen, die braun und fein und runzelig auf der Decke liegen. Sie sieht Maria-Carmen aufmerksam an.

Das solltest du wegwerfen, sagt sie schließlich. Es ist nichts für junge Mädchen wie dich.

Ich muss wissen, was da steht. Bitte.

Nini breitet die Papiere vor sich auf der Decke aus. Mit einem langen roten Fingernagel fährt sie die Zeilen entlang, während sie nicht vorliest, sondern den Inhalt sinngemäß wiedergibt.

Marseille, am 20. August 2007 und am 19. September 2007. Am 20. August hat es in einem Viertel in der Altstadt eine Schießerei gegeben. Nachts. Zeugen erzählen von einem Überfall auf eine Gruppe von Männern und Mädchen, die wohl die Nacht durchgezecht hatten und dann in einem Bistro nach Kaffee verlangten. Und dann hat's plötzlich geknallt. Zwei Tote.

Nini hebt den Kopf und sieht Maria-Carmen an. Die erwidert ihren Blick, ohne sich zu rühren.

Und weiter?

Am 19. September im selben Jahr ist in Marseille eine Frau verhaftet worden.

Die auf dem Foto?

Nini sieht weiter Maria-Carmen an. Die hält ihr ein Foto hin. Nini greift danach. Das Bild ist dem von der Frau in dem Artikel nicht besonders ähnlich, aber sie könnte es sein. Das Foto ist zerknittert. Maria-Carmen hat es seit Wochen, zusammen mit dem Geld, zwischen Hemd und Haut getragen.

Steht da, wer das ist?

Nini schweigt, versucht, sich in den Zeilen zurechtzufinden, und sagt dann: Jedenfalls kein Umgang für dich. Sie soll ein … ach was, einen ganz gewöhnlichen Puff in der Altstadt gehabt haben. Angeblich waren die Krachmacher vorher bei ihr zu Besuch gewesen. Dabei ist einiges zu Bruch gegangen, scheint es.

Ja? Und?

Nichts und. Sie haben sie verhaftet. Nach ein paar Stunden wurde die Frau wieder freigelassen. Auf der Straße ist sie dann erschossen worden. Direkt vor dem Polizeipräsidium, scheint es.

Nini schweigt.

Ich hab noch einen, sagt das Mädchen. Das waren erst zwei Artikel. Du musst ihn nicht übersetzen. Sag mir nur, ob ich recht habe: Da unten, ist das ein Straßenname?

Ja. Was willst du mit einem Straßennamen in Marseille? Willst du einen Brief schreiben?

Lass. Das ist nicht wichtig.

Nini schiebt die Artikel zusammen, behält sie aber in der Hand. Gib mir 'n Gin, sagt sie. Hat er dir das gegeben? Bevor sie ihn erwischt haben?

Maria-Carmen steht auf, geht in die Küche und kommt mit einem halbvollen Wasserglas zurück, dessen Wände beschlagen sind.

Hier, sagt sie und reicht der alten Frau das Glas. Nein, er hat mir nichts gegeben.

Es entsteht eine Pause, in der Nini langsam den Gin trinkt, bis das Glas fast leer ist.

Dann fragt sie: Du hast sie gefunden. Das war nicht alles, was du gefunden hast, hab ich recht?

Nein, das war nicht alles.

Wieder entsteht eine Pause, aber diesmal trinkt die Alte nichts. Sie sieht das Mädchen nur an.

Ich kann sehen, was du vorhast, sagt sie langsam. Ihre Stimme ist ungewöhnlich klar. Jeder Anschein von Müdigkeit oder Trunkenheit ist daraus verschwunden. Als sie weiterredet, ist es, als spräche sie zu sich selbst.

Der Vater ein Schwein, die Mutter eine bigotte Schlampe. Und da draußen die weite Welt. Sie schweigt und denkt: Was hättest du getan, Nini, na, was hättest du da getan?

Kann ich die Ausschnitte wiederhaben?, fragt das Mädchen. Auch seine Stimme hat sich verändert. Es ist, als hätte eine Verständigung zwischen den beiden stattgefunden über etwas, das nun klar ist.

Ja, hier. Die Alte reicht dem Mädchen die Papiere. Ihre Hand zittert ein wenig, und sie zieht sie schnell zurück.

Danke, sagt das Mädchen. Einen Augenblick bleibt es unschlüssig stehen. Von der Straße herauf klingen Stimmen, Männerstimmen, mindestens drei, die sehr laut sind und trotzdem nicht zu verstehen.

Bist du schon einmal in Marseille gewesen?

Marseille, sagt Nini, Marseille ist das Leben. Wenn man Geld hat. Nimm das Kissen aus meinem Rücken. Ich will schlafen. Ich glaube nicht, dass deine Leute Wert darauf legen, dass du dich verabschiedest. Lass es sein. Das macht nur Ärger.

Vielen Dank für die Übersetzung, sagt Maria-Carmen.

Jetzt klingt ihre Stimme so, als wäre etwas Unangenehmes zwischen ihnen vorgefallen und sie wollte sich distanzieren.

Ich gehe dann.

Sie wendet sich um und verlässt die Wohnung. Ihre Schritte auf der Treppe sind erst einen Moment später zu hören, genau so lange, wie sie gebraucht hat, um die Zeitungsausschnitte wieder in ihrer Wäsche verschwinden zu lassen.

Nini liegt auf dem Rücken und horcht auf das Geräusch, bis die Haustür ins Schloss gefallen ist. Unten auf der Straße geht Maria-Carmen schnell und zufrieden davon. Sie hat gehofft, in den Texten etwas über den Fremden zu finden, über sein Leben, seine Herkunft. Stattdessen hat sie erfahren, wohin sie gehen wird, und das scheint ihr jetzt noch wichtiger zu sein.

Am Morgen nach dem Besuch des Mädchens erwachte Nini früher als sonst. In der Straße vor dem Haus war es noch still. Sie blieb liegen, hob die Hände hoch und hielt sie einen Augenblick ausgestreckt von sich weg. Morgens waren ihre Hände ruhig. Zufrieden legte sie sie zurück auf die Bettdecke. Durch die Fenster im Wohnzimmer kam graues Licht. Es war zu früh, um aufzustehen. Sie wandte den Kopf, sah das Glas auf dem Nachttisch, daneben den Kaffeebecher, und der nächtliche Besuch fiel ihr ein. Die kleine Herera war bei ihr gewesen. Was hatte sie gewollt? Sie hatte sich etwas vorlesen lassen. Was eigentlich?

Nini setzte sich auf und begann mit der Rekonstruktion der Nacht. Es kam ihr so vor, als wäre ihr Gehirn noch müde. Zu wenig Schlaf.

Zu viel Gin, meine Liebe, sagte sie laut. Mach dir nichts vor. Da muss zu viel Gin im Spiel gewesen sein.

Sie ließ sich in die Kissen zurückfallen, vielleicht ein Versuch, den Schlaf nachzuholen und dadurch die Erinnerung wiederzufinden. Eine Weile dämmerte sie vor sich hin, aber das Licht vor den Fenstern wurde heller. Von unten kamen die Stimmen der Müllmänner und das Klappern der Mülleimer herauf. Aus dem Hafen war deutlich die Sirene der ersten Fähre zu hören.

Die Fähre. Nini setzte sich auf, schneller diesmal und ohne ihre Hände noch einmal der morgendlichen Probe zu unterziehen. Und als wäre durch die plötzliche Bewegung ihre Erinnerung an die vergangene Nacht geweckt worden, hatte sie nun alles wieder im Kopf, bis hin zu den Worten, die sie gedacht hatte, als das Mädchen ihre Wohnung verließ.

Da geht deine Chance, Nini.

Das hatte sie gedacht. Aber was sollte das bedeuten? Sie konnte doch unmöglich geglaubt haben …

Die Kleine hatte Geld. Sie hatte es nicht abgestritten.

Bleib ganz ruhig, Nini. Denk jetzt genau nach, sagte sie laut.

Draußen fuhren die ersten Autos herum. Das Aluminiumrollo vom Supermercado gegenüber wurde hochgezogen. Auf dem Balkon vor ihrem Wohnzimmer versammelten sich schimpfende Spatzen. Nichts von allem nahm Nini wahr.

Ja, sagte sie irgendwann schwer atmend und stand auf. Erst jetzt sah sie, dass sie noch das Kleid trug, in dem sie am Abend zuvor die Wohnung verlassen hatte. Sie zog sich aus, ließ das zerknitterte Kleid und auch ihre Wäsche achtlos auf dem Boden liegen und ging ins Bad. Ihre Beine waren dünn. Unter der braunen Haut zeichneten sich die Knochen ab. Sie hatte fast keine Brüste. Der harte Wasserstrahl aus der Dusche traf sie zuerst im Rücken. Um ihm standzuhalten, klammerte sie sich an der Seifenschale fest, die in die Wand der Dusche eingepasst war.

Und jetzt kalt, sagte sie laut, und als sie das Wasser abgestellt hatte, zitterte sie so sehr, dass sie sich wieder festhalten musste.

Ja, das macht Spaß, sagte sie. Gut, dass die Zähne noch echt sind.

Sie wickelte sich in ihren Bademantel und ging in die Küche. Ihre Füße hinterließen schmale, nasse Abdrücke auf dem Boden.

Und nun Kaffee.

Den dampfenden Becher mit Kaffee in der Hand, zog sie die

Vorhänge im Wohnzimmer zurück. Der Himmel über der Straße war blau. Auf dem Balkon stand ein einzelner, wackeliger Korbstuhl. Sie setzte sich darauf, trank den Kaffee und betrachtete die Straße, die Häuser, den Eingang zum Supermercado, als sähe sie alles zum ersten Mal. Oder zum letzten Mal.

In den nächsten Wochen kam Maria-Carmen in ihren freien Stunden zu Nini. Sie brachte immer eine der französischen Zeitungen mit, die sie im Mini-Market an der Hafenstraße erstand. Dann bat sie Nini, ihr aus der Zeitung vorzulesen und ihr zuerst die Überschriften und dann auch einzelne Textzeilen zu übersetzen. Nini, die schon lange keine französischen Zeitungen mehr las, nicht nur, weil die immer mindestens einen Tag alt waren, sondern auch, weil sie gespürt hatte, dass die Lektüre sie unruhig machte und ihr Heimweh verstärkte, weigerte sich am Anfang, auf diese Wünsche einzugehen. Bald aber gab sie ihren Widerstand auf. Sie merkte, dass die Gesellschaft von Maria-Carmen ihr guttat.

Und sie dachte, dass sie so am besten ein Auge auf die Kleine hätte, denn sie ahnte, was die vorhaben könnte. Deshalb war sie nicht überrascht, als Maria-Carmen plötzlich nicht mehr kam. Sie saß wartend auf dem Balkon, sah auf die Straße, beobachtete vier oder fünf Katzen und zwei alte Frauen, die an der gegenüberliegenden Hauswand in der Sonne saßen, und da wurde ihr klar, dass sie ganz bestimmt keine Lust hatte, wie die spanischen Greisinnen an den Hauswänden zu hocken, bis sie vom Stuhl fielen. So wollte sie nicht enden. Das Mädchen will nach Marseille? Gut, dann würde sie mitgehen!

Das wirst du doch noch können, Nini, sagte sie laut, stand auf und begann, im Schlafzimmer nach ihrer Reisetasche zu suchen. Die lag zusammengedrückt unter einem Berg von Schuhen und Zeitungen am Boden des Kleiderschranks. Es war eine Tasche aus feinem dunkelbraunem Leder, die mal teuer gewesen sein musste. Nini ging in die Küche und begann, das Leder gründlich mit Avocadoöl zu bearbeiten. Anschließend rieb sie sich selbst von Kopf bis Fuß mit dem Öl ein. Am Ende schimmerten ihre Haut und die Tasche um die Wette. Die Tasche nahm sie mit ins Bad. Lange stand sie, die noch leere Tasche über die Schulter gehängt, vor dem Spiegel. Sie sah eine dünne alte Frau mit einer großen Tasche über der Schulter, deren Leder der Haut der alten Frau ähnlich sah.

Nicht übel, sagte sie schließlich, gar nicht so übel.

Vom Nachmittag desselben Tages an sah man Nini, die Reisetasche, die nicht sehr voll war, über der Schulter, am Hafen die Abfahrt der Fähren beobachten. Sie blieb, bis das letzte Schiff den Hafen verlassen hatte, und stand dort morgens, wenn das erste abfuhr. Sie blieb den Tag über in der Bar an der Anlegestelle, beobachtete die ankommenden Fahrgäste, aber sehr viel gründlicher die abfahrenden, aß einmal am Tag eine winzige Portion Thunfischsalat, trank ein Bier dazu und ging am Abend zurück in ihre Wohnung. Dort genehmigte sie sich eine kleine Portion Gin, schlief schnell ein, wachte ein paarmal in der Nacht auf und stand am Morgen wieder am Hafen, aufmerksam die Ankommenden, aber noch aufmerksamer die Abfahrenden beobachtend. Am vierten Tag nach dem letzten Besuch des Mädchens wurde ihr klar, dass sie ihren Wünschen aufgesessen war. Die Nachmittagsfähre verschwand hinter der Kaimauer. Das kleine Boot, das die Touristen nach El Cabrito brachte, wo sie bei Wein und Salatbuffet ihrer Vergangenheit als Kommunarden nachtrauerten, hatte schon vor einer halben Stunde abgelegt. Die Büros der Schifffahrtsgesellschaften und Autovermietungen hatten ihre Läden geschlossen, und sie saß immer noch auf der Terrasse der Hafenbar, trank Wasser und sah auf das Meer, das blau war, und den Himmel, der blau war, und die Felsen, die schwarz waren,

Verdammt, sagte Nini, bin ich blöd.

Sie ließ die Tasche am Tisch stehen, ging in die Bar und

bestellte einen doppelten Gin, ohne Eis und mit ganz wenig Tonic.

Ich dachte schon, du wärst krank, sagte der Junge hinter der Bar, als er ihr das Glas reichte.

Sie hatte den dritten Gin bestellt, als sie das Mädchen die Promenade entlangkommen und den Weg zum Fahrkartenschalter einschlagen sah. Die kleine Herera trug einen orangefarbenen Rucksack und ein schwarzes Kleid, billig und unmodern. Über die linke Schulter hatte sie sich ein Stück Stoff gehängt, das sich vermutlich als Jacke entpuppen würde.

Was für ein Aufzug, sagte Nini laut. Kannst du mal auf meine Tasche aufpassen?

Ohne die Antwort des Jungen abzuwarten, ging sie sehr gerade die Treppe hinunter, blieb auf der untersten Stufe stehen und beobachtete Maria-Carmen. Die kaufte eine Fahrkarte für die Olsen-Fähre. Nini holte ihre Tasche von oben und ging hinunter in die Schalterhalle. Sie war nicht ganz sicher auf den Beinen und hielt sich am Geländer fest. Unten saß das Mädchen allein auf einer Bank und sah vor sich auf den Boden.

Sie glaubt, wenn sie nicht aufsieht, bemerkt sie keiner, dachte Nini und ging direkt auf das Mädchen zu. Ihre Schritte waren so fest, als wollte sie sich beweisen, dass sie nüchtern war, und ihre Tasche stellte sie mit einem kräftigen Plopp direkt vor den Füßen der Kleinen ab.

Ich bin gleich wieder da, sagte sie und ging hinüber zum Fahrkartenschalter. Nach einer Weile kam sie zurück und setzte sich neben das Mädchen.

Ich hab vergessen, wie du heißt, sagte sie.

Maria-Carmen Herera.

Die Stimme klang trotzig, so als fühlte sie sich entdeckt, wäre aber nicht bereit, nachzugeben.

Maria-Carmen – dein Name ist unmöglich, dein Kleid ist unmöglich, und du bist unmöglich. Hast du wirklich geglaubt, du schaffst das allein?

Und warum nicht?

Um die Kaimauer bog die letzte Fähre und manövrierte sich rückwärts in den Hafen. Sie legte an, und Passagiere und Autos drängten sich an der Reling und im Frachtraum, beobachtet von der alten Frau und dem Mädchen, so aufmerksam beobachtet, als hätten sie die Ankunft einer Fähre noch nie gesehen.

Ich kann mich ja täuschen, sagte Nini irgendwann. Aber ich vermute, dass du noch nie von dieser verdammten Insel runtergekommen bist. Ich vermute, du weißt nicht mal, was du machen sollst, wenn du da drüben auf Teneriffa ankommst. Weg, weg, weg, das ist alles, was du willst. Da drüben ist doch alles genauso wie hier, bloß ein bisschen größer. Das kannst du mir glauben. Aber du willst gar nicht nach Teneriffa, stimmt's?

Statt einer Antwort stand das Mädchen auf, nahm den Rucksack über die Schulter und ging. Nini nahm ihre Tasche und folgte ihr.

Die Fähre hatte inzwischen festgemacht. Die ersten Lkw rollten auf den Kai. Noch war es Fußgängern nicht erlaubt, dem Schiff zu nahe zu kommen. Maria-Carmen blieb dicht vor der Absperrung stehen, den Rucksack über der Schulter. Nini stellte sich neben sie und beobachtete sie von der Seite.

Kommst dir mutig vor, was?

Keine Antwort. Maria-Carmen tat so, als wäre die Frau neben ihr Luft. Nini fiel ein, dass sie einer Nachbarin Bescheid sagen müsste, die sich um den Vogel kümmern sollte, solange sie unterwegs wäre.

Oh, ich muss noch mal weg. Hier, nimm meine Tasche. Pass auf sie auf, bis ich wieder da bin. Es dauert nicht lange.

Das Mädchen wandte nicht einmal den Kopf, als Nini in der Menge der Wartenden verschwand. Auch die Tasche beachtete es nicht.

Nini stand beinahe eine Viertelstunde an der Telefonbox, bevor sie frei war. Erst dann fiel ihr ein, dass sie die Zeit hätte nutzen können, um nach der Nummer zu suchen, die sie anrufen wollte.

Der verdammte Schnaps, murmelte sie, während sie mit fahrigen Fingern blätterte, die Spalten entlangfuhr, endlich die richtige Nummer fand. Ihr Telefongespräch war nur kurz, aber alles in allem hatte sie mehr als zwanzig Minuten gebraucht. Als sie die Telefonzelle verließ, war der Kai menschenleer. Eine einsame braune Ledertasche stand auf dem Beton. Der letzte Lkw, ein gelber Kühlwagen, der einen Schwall von Abgasen in die Luft verteilte, wartete darauf, auf die Fähre gewunken zu werden. Die Brücke für die Passagiere würde gleich eingezogen werden. An den Pollern hatten sich die Festmacher aufgestellt, um die Seile loszubinden. Nini rannte auf die junge Frau zu, die die Tickets der Passagiere kontrolliert hatte und nun allein am Kai stand.

Ich muss mit, bitte, hier, meine Karte, meine Tasche, ich muss unbedingt mit. Bitte.

Die junge Frau, rund und rosig und stolz auf ihre Uniform, ließ sich erweichen.

Dann aber schnell, Beeilung, die legen gleich ab.

Die Männer, die damit begannen, die Brücke für die Fußgänger hochzuziehen, ließen sich ebenfalls erweichen und warteten noch einen Augenblick, ihre Augen auf die beiden Frauen gerichtet. Nini stolperte den Steg hoch. Die Schiffssirene heulte. Das weiße Schiff mit dem gelben Aufbau, in dem hinter dunklen Scheiben die Passagiere saßen und auf die Insel starrten, die sie gerade verließen, nahm Fahrt auf.

Maria-Carmen hatte hinter den Scheiben gestanden und auf die Ledertasche gesehen. Einen Augenblick lang war sie im Begriff gewesen, noch einmal hinunterzulaufen und die Tasche zu holen. Aber was hätte sie mit der Tasche anfangen sollen? Dann hatte sie Nini beobachtet und deren Manöver, in letzter Minute an Bord zu gelangen, und sich erleichtert einen Platz gesucht. Sie dachte nicht darüber nach, weshalb sie erleichtert darauf

35

reagierte, dass Nini es an Bord geschafft hatte. Sie wusste ja nicht, ob sie allein schaffen würde, was sie sich vorgenommen hatte.

Während der Überfahrt sah sie Nini nicht. Es war wirklich das erste Mal, dass sie die Insel verließ. Seit sie denken konnte, hatte sie den Teide von Teneriffa herüberleuchten sehen. Als ganz kleines Mädchen hatte sie geglaubt, der Berg würde auf eine besondere Weise zu ihr sprechen. Sie hatte immer gewusst, dass sie ihm eines Tages näher kommen würde. Nun lag er vor ihr, nur noch durch ein Stückchen Wasser von ihr getrennt. Unterhalb der Spitze hatte er sich einen Schal aus Wolken umgelegt, einen sehr feinen, zarten Schal, der seinen gewaltigen grünen und graubraunen Leib noch gewaltiger aussehen ließ.

Das Schiff fuhr sehr schnell. Schon bald waren einzelne Häuser an den Flanken des Berges zu erkennen. Maria-Carmen gefiel dieses Bild nicht. Er hätte unberührt sein sollen, ihr Berg. Der Anblick der Häuser wirkte ernüchternd, und die Ernüchterung löste ein Gefühl aus, das dem der Angst nicht unähnlich war. Als das Schiff in den Hafen von Los Cristianos einlief, war sie unsicher, ob sie das Richtige getan hatte, und verwirrt von den Menschenmengen, die sich am Hafen drängten und die Ankunft des Schiffes beobachteten. Am liebsten wäre sie umgekehrt, aber der Strom der Passagiere trieb sie von Bord.

Nini hielt sich in der Nähe auf, ohne von dem Mädchen wahrgenommen zu werden. Ihr entging die Verfassung der Kleinen nicht. Aber sie machte sich nicht bemerkbar. Erst als sich unten am Kai die Menschen verlaufen hatten und sie einen Taxifahrer beobachtete, der keine Fahrgäste ergattert hatte und sich nun Maria-Carmen näherte, gab sie ihr Versteckspiel auf. Schnell, schneller, als sie es selbst für möglich gehalten hat, stürzte sie auf den Taxifahrer zu.

Gran Hotel!, schrie sie, noch ein paar Schritte entfernt. Da steht meine Tasche. Wir wollen ins Gran Hotel. Steig ein, los, steh hier nicht rum.

Nini buchte das Zimmer auf ihren Namen. Sie wusste nicht genau, weshalb, denn bezahlen wollte sie es nicht. Aber aus irgendeinem Grund schien es ihr sicherer, wenn der Name Maria-Carmen Herera in der Gästeliste des Hotels nicht auftauchte. Im Zimmer bestellte sie Gin und etwas zu essen, während Maria-Carmen in dem riesigen Badezimmer herumhüpfte, den rosa Marmor bewunderte und dann unter der Dusche verschwand. Irgendwann tauchte sie wieder auf, in einen schwarzen Bademantel gewickelt und so gut gelaunt, als wäre ihre Abreise die normalste Sache von der Welt gewesen.

Sie ist froh, dass sie mich dabeihat, dachte Nini, während sie die Kleine beobachtete. Weiß sie eigentlich selbst genau, was sie vorhat?

Iss was, sagte sie und zeigte auf die Tapas, die ein Kellner inzwischen gebracht hatte. Ich muss mit dir reden.

Sie verschwand selbst im Bad, während Maria-Carmen das Fernsehgerät einschaltete, im Sessel hockte und mit spitzen Fingern nach den Oliven griff, die vor ihr auf dem Teller lagen. Als Nini wenig später in der Tür des Badezimmers stand, lachte das Mädchen laut auf.

Du passt in einen einzigen Ärmel, sagte sie.

Nini versank in dem schwarzen Mantel, den sie mit beiden Händen hochhalten musste, um nicht auf den Saum zu treten. Ihre Finger ähnelten Vogelkrallen, die aus schwarzen Ärmelröhren hervorsahen.

Lach nicht, mach mir lieber einen Gin Tonic, sagte Nini, während sie vorsichtig auf einen zweiten Sessel zusteuerte. Wir haben zu reden. Mach das Ding aus.

Maria-Carmen maulte, aber nicht lange. Sie tat wie geheißen, stellte das Glas vor Nini hin, blieb stehen und sah sie an.

Eine Frage zuerst, sagte Nini, haben wir genug Geld, um dies alles zu bezahlen? Ich frage nur, weil wir uns sonst überlegen müssten …

Haben wir, antwortete Maria-Carmen. Aber meine Idee war das hier nicht.

Das wirst du schon noch lernen, dass ein gutes Hotel besser ist als ein schlechtes, sagte Nini ungerührt. Dabei hatte sie das Gefühl, als sage sie dem Mädchen nichts Neues, und plötzlich kam sie sich albern vor, so als müsste sie dringend ihre Autorität beweisen.

Du willst also immer noch nach Marseille, sagte sie, nachdem sie einen kräftigen Schluck aus dem Glas genommen hatte. Maria-Carmen antwortete nicht.

Halt mich nicht für verrückt. Ich muss dir was sagen: Ich will selber nach Marseille, schon sehr lange.

Du kommst von da? Ist ziemlich lange her, oder?

Länger als fünfzig Jahre.

Und jetzt willst du da wieder hin? Dich kennt da doch keiner mehr, oder?

Hör mal zu, Kleine, antwortete Nini. Auch wenn du dir gerade besonders schlau vorkommst, von Heimweh hast du bestimmt keine Ahnung. Kannst du gar nicht haben. Aber in zehn Jahren, meine Liebe, da sprechen wir uns wieder. Und jetzt Schluss mit dem Quatsch. Lass uns zur Sache kommen.

Welche Sache? Maria-Carmen hatte einen fragenden Ausdruck im Gesicht, ganz still, ganz harmlos.

Du hast Geld. Du hast eine Adresse. Du willst mehr Geld. Und ich sag dir: Lass die Finger von diesen Leuten. Der, den sie erschossen haben: was glaubst du, was das für einer war? Ein Gentleman? Einer, der dich da rausgeholt hätte? Eine kleine Kellnerin, die sich nicht mehr nach Hause traut, weil ihr Vater ein verkommenes Subjekt und ihre Mutter eine nichtsnutzige Betschwester ist? Weiß der Himmel, was diesen Killer nach Gomera gebracht hat. Heimweh vielleicht. Der wäre bestimmt nicht mit dir weggefahren. Dessen Geschäfte waren ganz sicher nicht geeignet für eine Braut an seiner Seite.

Braut, Braut, was redest du. Außerdem ist er tot.

Ja. Mausetot. Und so wird es dir auch gehen, wenn du dich auf diese Leute einlässt.

Welche Leute?

Verkauf mich nicht für dumm. Du hast vor, nach diesem verdammten Bordell zu suchen. Und wenn mich nicht alles täuscht, hast du vor, dich mit denen einzulassen. Aber ich sage dir: Du sprichst kein Wort Französisch. Du kennst die Stadt nicht. Ohne meine Hilfe bist du am Ende, bevor du angefangen hast. Und ich werde dir nicht helfen. Ich bin doch nicht verrückt und lass mich mit der Mafia ein. Kommt überhaupt nicht in Frage. Weißt du überhaupt, was ein Bordell ist? Nur weil das Wort so ähnlich wie »Hotel« klingt, denkst du, du könntest dort arbeiten, ja?

Da sind Frauen, stotterte Maria-Carmen, erschreckt von Ninis heftiger Attacke.

Ja, sagte Nini, da sind Frauen. Gut, das ist ja schon mal was. Und was tun diese Frauen?

Sie – sie sind mit Männern …

Nun sieh mal einer an. Die sind mit Männern. Hat einer schon so viel Blödheit gesehen. Du gehst mir auf die Nerven, Kleine. Lass mich in Ruhe. Ich will nachdenken. Gib mir noch einen Gin.

Nini trank den Gin und schwieg vor sich hin. Es war nicht ganz klar, ob sie wirklich nachdachte oder langsam wegdämmerte. Auch Maria-Carmen schwieg, aber sie dachte angestrengt nach.

Liebe Nini. Liebe, liebe Nini, sagte sie nach einer Weile.

Was? Was heißt das nun? Nini schrak zusammen.

Können wir nicht gemeinsam nach Marseille fahren? Du willst doch deine Stadt wiedersehen. Du zeigst mir die Stadt, ja? Wir machen Urlaub. Wir haben genug Geld. Hier …

Maria-Carmen sprang auf, lief zu ihrem Rucksack und holte einen Umschlag daraus hervor. Dann blätterte sie Zweihundert-Euro-Scheine neben Ninis Glas auf den Tisch. Die versuchte, mitzuzählen, gab aber bald wieder auf.

Mon dieu, war alles, was sie herausbrachte. Darauf muss ich trinken.

Maria-Carmen wartete, bis Nini ihr Glas geleert hatte, und füllte es neu.

Wir machen einfach Urlaub, ja?

Sie strahlte Nini an, während sie ihr das Glas in die Hand gab.

Verflixtes Gör, sagte Nini leise. Das wird ein schöner Urlaub werden.

Es dauerte zwei Tage, bis die beiden einen Flug nach Marseille bekamen. In dieser Zeit schlief Nini fast nicht. Sie fürchtete, dass die spanische Polizei auf das Verschwinden des Mädchens reagieren würde. Immer wieder machte sie sich klar, dass die Gefahr nur gering war. Maria-Carmen hatte sich im Parador für ein paar Tage abgemeldet; angeblich, um ihre kranke Mutter zu pflegen. Niemand aus dem Hotel würde bei den Eltern nachfragen, bevor diese Zeit verstrichen war. Und die Eltern würden ihre Tochter nicht allzu schnell vermissen. Aber ein unglücklicher Zufall ... vielleicht hatte jemand das Mädchen auf der Fähre gesehen und den Eltern davon erzählt? Die würden in den Parador laufen und dem Manager etwas vorjammern, obwohl ihnen ihre Tochter völlig egal war – nur um Geld für Schnaps von ihm zu erpressen.

Kann sein, dachte Nini. Aber mit dem Risiko müssen wir leben. Und die Polizei? Sie wusste inzwischen von den beiden Polizisten, die die Befragung im Parador vorgenommen hatten. Was ist, wenn die das Mädchen noch einmal sprechen wollen und feststellen, dass es von der Insel verschwunden ist?

Bleib ruhig, Nini, sagte Maria-Carmen. Du kennst doch unsere Polizei. Die brauchen lange, bis sie aktiv werden. Und außerdem: Was haben die überhaupt mit der ganzen Sache zu tun? Sie haben den Mann erschossen, ja; aber bestimmt im Auftrag der Franzosen. Das ist eine französische Angelegenheit, und unsere sind froh, wenn sie sich nicht darum kümmern müssen.

Trotzdem war Maria-Carmen bereit, die Zeit bis zum Abflug nach Marseille im Hotel zu verbringen und nicht in Los Cristianos herumzulaufen. Dass sie sich am zweiten Nachmittag im Hotel ein Weilchen mit einem älteren Herrn einließ, ahnte Nini nicht. Was ihr allerdings auffiel, war eine gewisse Veränderung im Verhalten, ja sogar im Aussehen des Mädchens, das plötzlich nicht mehr wie ein Mädchen, sondern eher wie eine selbstbewusste junge Frau wirkte. Das erste Mal war sie stutzig geworden, als Maria-Carmen den Taxifahrer bezahlte, der sie ins Hotel gebracht hatte. Sie gab ihm das Doppelte des verlangten Preises und wandte sich einfach ab, als der Mann sie auf ihren Irrtum aufmerksam machen wollte.

Spielt sich auf, die Kleine, hatte Nini amüsiert gedacht.

Als Maria-Carmen am Abend desselben Tages mit einem Arm voller Kleider und dazu passenden Taschen und Schuhen erschien, die sie in den teuren Boutiquen des Hotels gekauft hatte, ärgerte sie sich.

Mach nur so weiter, sagte sie. Du wirst uns ins Unglück stoßen. Ich muss verrückt sein, mich mit dir zusammenzutun.

Maria-Carmen lachte nur und führte die Kleider vor, insgesamt fünf mit dazu passenden Taschen und Schuhen.

Wenn du so weitermachst, fallen wir auf, sagte Nini. Diese großen Hotels haben Detektive. Was glaubst du, was der, der hier angestellt ist, jetzt gerade tut? Er sitzt in seinem Büro und vergleicht die Nummern der Scheine, mit denen du bezahlt hast, mit den Nummern auf der Liste, die vor ihm liegt. Was machen wir, wenn das Geld aus einem Banküberfall stammt?

Das glaubte sie in Wirklichkeit selbst nicht, aber es lag ihr daran, dem Mädchen klarzumachen, dass sie vorsichtig sein müssten, wenn sie die Insel ungehindert verlassen wollten. Maria-Carmen lachte nur über Ninis Einwände. Später ging sie noch einmal hinunter und kaufte einen Schal aus schwarzer Spitze. Den hängte sie Nini um.

Schenk ich dir, sagte sie. Sieht großartig aus bei dir.

Der Schal war so schön und so kostbar, dass es Nini den Atem verschlug. Sie sagte nichts mehr, aber sie war froh, als sie endlich das Hotel verlassen konnten. Niemand hielt sie auf.

Die Abfertigung auf dem Flughafen verlief ohne Probleme, obwohl neben dem Eingangsschalter ein paar Männer herumstanden, die Nini für Polizisten in Zivil hielt. Sie war nervös und beruhigte sich erst, als das Flugzeug in der Luft war. Dann hockte sie klein und stumm in ihrem Sitz, lehnte das Essen ab, verlangte einen doppelten Gin und war danach nicht mehr ansprechbar. Sie war erledigt, man sah es ihr an.

Maria-Carmen warf ihr hin und wieder einen heimlichen Blick zu. Ihr Gesichtsausdruck blieb dabei eher gleichgültig. Erst als das Flugzeug zur Landung ansetzte, wandte sie sich Nini wieder zu.

Wir brauchen ein Hotel, sagte sie. Ich hoffe, dir fällt noch eins ein. Ist ja 'ne Weile her, dass du in Marseille warst. Und als Nini nicht antwortete: Was ist mit dir? Schläfst du?

Nini hatte nicht geschlafen. Sie hatte darüber nachgedacht, wie viele Jahre sie sich schon wünschte, wieder nach Hause zu kommen. Und weshalb sie jetzt Angst davor hatte, die Stadt wiederzusehen. Alles würde sich verändert haben. Die Freunde von damals würden weggezogen sein, gestorben, alt wie sie selbst und nicht wiederzuerkennen. Das Haus an der Place Cadenat – schon damals ist es baufällig gewesen. Man wird es abgerissen haben. Die Friche – damals haben ein paar tausend Menschen dort gearbeitet, Zigaretten hergestellt, Gauloises. Bestimmt hatte man alles modernisiert, neue Maschinen angeschafft, die die Arbeiterinnen überflüssig gemacht haben. Ihr fiel ein, dass die Frauen, die neben ihr am Band gestanden und Zigaretten sortiert hatten, damals meist älter gewesen waren als sie selbst. Alle tot, dachte sie und gleichzeitig: Ich werde schon noch eine von denen finden. Sie haben alle in der Nähe der Fabrik gewohnt. Die Gegend kenn ich doch. Die werden sich wundern, wenn ich plötzlich vor ihnen stehe.

Dass du zurückgekommen bist! Und wie gut du aussiehst mit diesem schwarzen Schal!

Und Suzette, die schon damals auf ihre Erfolge bei Männern eifersüchtig gewesen war und ihr Roberto nicht gegönnt hatte, wird spitze Bemerkungen machen über Frauen, die so aussehen, als tränken sie mehr Gin, als sie vertragen können. Gin hatte sie damals schon gemocht. Mit Gin hatte sie ja auch der Schlingel Roberto bezirzt, obwohl, wenn sie ehrlich war, dann musste sie zugeben, dass sie damals auch ohne Gin mit Roberto gegangen wäre. Er war so ein schöner Mann und Suzette wäre beinahe geplatzt …

Nini, das Hotel!

Sie standen neben dem Taxi, Maria-Carmen hatte ihre Tasche auf den Vordersitz geworfen und sah sie auffordernd an.

Cours Belsunce, sagte Nini, das Hotel liegt in der Straße, die vom Cours Belsunce abgeht. Rue du Relais, glaube ich.

Weshalb auch nicht, sagte der Taxifahrer. Na klar, wieso auch nicht.

Auf der Fahrt vom Flughafen in die Stadt blieben die beiden Frauen stumm. Einmal, da hatten sie sich schon der Stadt genähert und konnten die Hafenanlagen sehen, seufzte Nini tief.

Was ist das?, fragte Maria-Carmen einen Augenblick später.

Sie zeigte auf einen turmähnlichen Hochhausbau, ein riesiges Gebäude, das die Hafenlandschaft beherrschte.

Ich weiß nicht, sagte Nini.

Die Damen sind wohl nicht von hier, fragte der Taxifahrer und sah auffordernd in den Rückspiegel. Niemand antwortete ihm.

Na klar, antwortete er sich selbst. Die würde man doch kennen: Schnapsdrossel und Bergfink. Keine Frage, die würde man kennen. Und das Hotel erst: das würde man auch kennen. Aber nur zu. Sie haben es so gewollt.

Er blieb still, und auch die Frauen sagten nichts, bis das Auto an der Place Jules Guesde vorüberfuhr.

Da, sagte Maria-Carmen, sieh doch.

Rechts und links der Straße, auf dem Platz in der Mitte und in den Seitengassen lagen Waren auf dem Boden, Waren aller Art, bewacht von Afrikanerinnen in bunten und von Afrikanern in weißen Gewändern, von heruntergekommenen, übriggebliebenen Menschen, angeschwemmt aus aller Herren afrikanischer Länder.

Die sind wohl arm, sagte Nini.

In ihrer Stimme war ein Staunen, das echt war. Sie kam gar nicht auf die Idee, dass die Afrikaner, die sie da auf der Straße sah, Überlebende sein könnten; Überlebende der Boote, die auch auf Gomera hin und wieder angelandet waren. Sie hatte Französisch gesprochen, deshalb verstand Maria-Carmen sie nicht, aber der Taxifahrer hatte sie sehr wohl verstanden.

Ah, auch noch vom Mond, die Dame, sagte er.

Kurze Zeit später hielt er auf dem Cours Belsunce, stieg aus und stellte die Taschen auf die Straße. Das war's, murmelte er.

Ich hab ihn nicht verstanden, sagte Maria-Carmen, aber besonders freundlich war er nicht. Schade. Er hätte für heute Schluss machen können.

Es sind nur ein paar Schritte, ich erinnere mich genau, nur ein paar Schritte, sagte Nini.

Ihre Stimme klang unsicher, und sie sah suchend an den Häuserwänden entlang. Sie war in Marseille nur ein einziges Mal in einem Hotel gewesen, in der Nacht, bevor sie mit Roberto auf sein Schiff gegangen war. Sie hatte sich wunderbar gefühlt damals, und gemessen an ihrem winzigen Zimmer in Belle de Mai war ihr das Hotelzimmer großartig vorgekommen. Nun, während sie die enge Rue du Relais entlangging, die Hauswände absuchte, feststellen musste, dass einige Haustüren schon seit Jahren nicht mehr geöffnet worden waren – Müll lag auf den steinernen Treppenstufen, in einer Nische hatte sich ein ausgemergelter alter Mann sein Schlafzimmer eingerichtet –, nun dämmerte ihr langsam, dass das Hotel vielleicht nicht so großartig gewesen war, wie sie es in Erinnerung gehabt hatte. Sie blieb stehen und wandte sich um. Sie waren beinahe am Ende der Gasse. Vorn, dort, wo sie eingebogen waren, sah man einen Ausschnitt des Cours Belsunce: viele Menschen, ein buntes Durcheinander, Alte, Junge, Kinder, Straßenbahnen, die in beide Richtungen fuhren; in der Rue du Relais dagegen war es still und dunkel. Nini versuchte, nicht zu zeigen, wie sehr sie das alles bedrückte.

Auf dem Cours Belsunce, gleich rechts, wenn du von hier kommst, liegt das Alcazar. Weltberühmt. Maurice Chevalier tritt da auf, da kann man erleben, wie die Menschen ihm zujubeln.

Maurice Chevalier, wer ist das denn?, fragte Maria-Carmen.

Ach, lass mich in Ruhe, antwortete Nini. Ihre Stimme war trotzig und kleinlaut zugleich. Und dann: Hier, hier ist das Hotel.

Da war es tatsächlich. In verwaschenen Buchstaben stand der Name auf der Fassade: Hotel Auvage. Die Fenster darunter waren vernagelt. Auch die Fenster über der Schrift waren mit Sicherheit seit Jahren nicht mehr geöffnet worden. Zeitungen und Packpapier, auch ein blauer Müllsack klebten hinter zerbrochenen Scheiben. Im Eingang, zu dem ein paar Stufen hinaufführten, saß in einem umgekippten Karton eine Katze.

Igitt, sagte Maria-Carmen, die kriegt gleich Junge.

Nini sah hilflos auf die Katze, auf die vernagelten Scheiben, an den Hauswänden entlang bis zum Cours Belsunce, als käme von dort die Rettung. Da vorn war jedenfalls Leben.

So, das reicht nun, hörte sie Maria-Carmen neben sich sagen. Komm mit.

Widerspruchslos nahm Nini ihre Tasche auf und folgte Maria-Carmen, die auf die belebte Straße zusteuerte. Erst als sie dort angekommen waren, blieb sie stehen und sah sich nach Nini um.

Da drüben stehen Taxis, sagte sie. Du gehst jetzt da hin und holst ein Taxi hierher. Ich bleib hier stehen. Du sagst dem Taxifahrer, dass wir in das beste Hotel wollen, das die hier haben. In das beste, verstehst du?

Nini sah zu den Taxis hinüber und dann die Straße entlang. Rechts von ihnen standen Tische und Stühle vor einer Bar.

Ich muss erst was trinken, murmelte sie und steuerte einen der Tische an, ohne sich umzusehen. Sie bestellte für sich einen doppelten Gin mit etwas Tonic und für Maria-Carmen einen Grenadine.

Grenadine?, fragte der Kellner, ein dünner, arabisch aussehender Mensch in schwarzen Hosen und weißem Hemd. Maria-Carmen begann zu lachen, und der Kellner stimmte in ihr Lachen ein. Nini war verwirrt.

Una naranja, sagte Maria-Carmen, und der Kellner verschwand.

Das Alcazar, begann Nini …

Klar, und Maurice Chevalier. Wie lange ist das her? Sieht so aus, als hätten sie es inzwischen geschlossen. Obwohl …

Maria-Carmen stand auf und ging ein paar Schritte in Richtung des Alcazar.

Zentralbibliothek, sagte sie, als sie sich wieder setzte. Ganz schön was los in deinem Cabaret.

Nini blieb stumm. Sie trank den Gin, den der Kellner ihr gebracht hatte, in schnellen kleinen Schlucken und wartete darauf, dass er wirkte. Es dauerte zehn Minuten, bis sie sich wieder gefasst hatte. Tut mir leid, sagte sie endlich, ich hol jetzt ein Taxi.

Maria-Carmen sah ihr nach, wie sie unsicher den Cours Belsunce überquerte, hastig nach rechts und links sah, stehen blieb, um eine Straßenbahn anzustarren, während die aus der entgegengesetzten Richtung kommende wie wild klingelte, um sie von den Schienen zu vertreiben. Schließlich erreichte sie den Taxistand. Heftig gestikulierend blieb sie neben einem der Taxifahrer stehen. Irgendwann sah der Mann zu ihr hinüber, und Maria-Carmen hob die Hand. Sie trug ein blaues Kostüm und rote Schuhe und eine rote Handtasche. Selbst über die breite Straße hinweg war sie sich des Eindrucks bewusst, den sie machte. Drüben öffnete der Fahrer für Nini die Autotür.

Das ist das Geld, dachte Maria-Carmen, während sie zwanzig Euro auf den Tisch legte und dem Kellner zuwinkte. Er kam sofort und redete auf sie ein, aber sie verstand nicht, was er sagte. Sie schob ihm nur lächelnd den Schein hin und machte eine abwehrende Geste, als er in seiner Börse nach dem Wechselgeld zu suchen begann. Sie stand auf, nahm die Taschen und stellte sich an den Straßenrand. Der Kellner rief etwas hinter ihr her, und als sie sich umwandte, grinste er unverschämt.

Idiot, sagte sie laut und wandte sich ab.

Drüben am Taxistand war Nini inzwischen umständlich eingestiegen. Der Fahrer wurde von einem Kollegen aufgehalten, der mit wilden Armbewegungen auf ihn einredete. Schließlich wandte er sich ab und setzte das Auto endlich in Bewegung. Sein Kollege starrte hinüber zu Maria-Carmen, die so tat, als sähe sie den Mann nicht. Sie war froh, als das Taxi vor ihr hielt. Nini saß vorn auf dem Beifahrersitz. Sie hatte sich zu ihrer ganzen Größe aufgereckt und wirkte immer noch winzig. Allein der schwarze Spitzenschal, in dem sie beinahe verschwand, verlieh ihr Autorität. Maria-Carmen sah einen Augenblick auf sie hinunter, bevor sie einstieg. Es war klar, dass Nini ihr nicht nützlich sein würde bei dem, was sie vorhatte. Sie müsste die alte Frau irgendwie loswerden.

Der Taxifahrer brachte sie ins Sofitel, das oberhalb des Alten Hafens lag. Das Auto kam nur sehr langsam voran. Sie hatten genug Zeit, die Luxusjachten im Hafen zu bestaunen. Auch in den Hafen von San Sebastián de la Gomera waren hin und wieder Segler eingelaufen, die ihnen gewaltig vorgekommen waren. Manchmal blieben die Schiffe zwei oder drei Tage. Manchmal fielen die Eigner und ihre Gäste sogar in die Stadt ein, während die Mannschaft damit beschäftigt war, das Schiff zu überholen.

Ja, dachte Nini, »einfallen«, das ist das richtige Wort dafür. Eingefallen sind sie, haben gesoffen und Lärm gemacht, und die Männer haben jedes junge Mädchen belästigt, das ihnen begegnet ist. Die Frauen, dürre Weiber mit ausgeblichenen Haaren, runzliger brauner Haut und riesigen Sonnenbrillen, haben verächtlich in die Auslagen der Geschäfte gesehen, und nur wenn sie, eher zufällig, die Hauptstraße verließen und in die Gasse einbogen, in der ich lange Jahre meinen Laden gehabt habe, sind sie mit Gekreisch und mit bewundernden Blicken auf die ausgestellten Kleider stehen geblieben. Es gab keine, die nicht von den bunten Fetzen kaufte, die unter meinen Händen entstanden waren. Ich konnte diese Weiber nie ausstehen. Manche unterhielten sich laut in französischer Sprache und hatten keine Ahnung, dass ich sie verstand.

Ganz nett. Erstaunlich. Und das hier erst. Ein, zwei Mal kann man es anziehen. Da hab ich was für die Putzfrau zum Mitbringen.

Viele der Schiffe, an denen sie vorüberfuhren, waren größer als die größten, die je auf Gomera gelandet sind. Menschen waren darauf nicht zu entdecken. Einige sahen so aus, als dümpelten sie schon viele Jahre vor sich hin; als käme nur hin und wieder jemand vorbei, der sie sauber hielt, um sie dann wieder sich selbst zu überlassen.

Was hast du dem Mann gesagt?, unterbrach Maria-Carmen ihre Gedanken. Wieso fährt der mit uns in diese verstopfte Straße?

Wir sind gleich da, antwortete Nini. Sie versuchte, ihr durch die Panne mit dem Hotel in der Rue du Relais ramponiertes Ansehen als Marseille-Kennerin zurückzugewinnen. Maria-

Carmen, die ihre Vorliebe für schöne Hotels schon auf Teneriffa im Gran Hotel entdeckt hatte, war zufrieden, als der Fahrer vor dem Sofitel hielt.

Schade, dachte, sie. Hier würde ich gern länger bleiben.

Unterwegs im Auto, während sie kaum vorwärtskamen, war ihr klargeworden, was sie zu tun hatte. Sie würde so bald wie möglich aus dem Hotel verschwinden. Sie hatte das Foto der Frau, die in einem der Zeitungsartikel erwähnt war. Auch der Stadtteil, in dem die Schießerei stattgefunden hatte, war erwähnt. Und die Adresse. Schließlich gab es Stadtpläne. Sie würde auch das Bistro finden, von dem in dem Bericht die Rede gewesen war. Sie würde sich dort in der Nähe einmieten und herausfinden, ob es im Bistro Arbeit für sie gäbe. Schließlich hatte sie Informationen. Sie hatte den Blonden gesehen, bevor er in der Calle del Medio erschossen worden war. Vielleicht gab es jemanden, der Interesse an solchen Informationen hatte. Sie hatte seinen Namen vergessen, aber sie würde ihn herausfinden. Sie müsste nur den Text aufmerksam lesen. Ein Name fiele auf. Die Frau auf dem Foto – sie würde sie finden. Weshalb sollte der Mann ihr Foto bei sich gehabt haben, wenn die beiden nicht eine besondere Beziehung gehabt hätten? Vielleicht wusste die Frau inzwischen, dass er tot war. Aber was er in seinen letzten Stunden getan hatte, das konnte sie nicht wissen. Sie, Maria-Carmen, konnte der Frau davon erzählen. Wäre doch möglich, dass man ihr dankbar war.

Sag, dass wir zwei Zimmer wollen, flüsterte sie Nini zu, während sie neben ihr an der Rezeption stand.

Sie haben eine Suite mit zwei Schlafzimmern.

Kann man die Tür zwischen den Schlafzimmern zumachen? Weil du schnarchst, setzte sie hinzu, als Nini sie verwundert ansah.

Als sie nach einer Kreditkarte gefragt wurde, nur zur Sicherheit, die Rechnung könnten die Damen begleichen, wenn sie das Hotel verließen, schob Nini ihre Karte über den Tisch.

Ich nehme an, du hast keine Karte, und mit den Geldscheinen herumzuwedeln schien mir nicht besonders klug, sagte sie, als sie im Zimmer angekommen waren.

Maria-Carmen dachte an die Kreditkarten, die dem Blonden gehört hatten und die sie in ihrem Rucksack verwahrte. Sie wusste nicht, ob dessen Konten gedeckt waren, ob jemand sie in der Zwischenzeit aufgelöst hatte oder ob die Polizei nur darauf wartete, dass sie benutzt würden.

Das hast du richtig gemacht, sagte sie. Ich geb dir das Geld in bar zurück. Bestell dir was zu trinken und dann komm auf den Balkon. Wir lernen noch ein bisschen Französisch. Bestell auch eine Zeitung.

Dann saßen sie auf dem Hotelbalkon, sahen die Dunkelheit kommen und dass die Lichter im Alten Hafen angingen. Die Geräusche der Stadt klangen von weit her zu ihnen herauf.

Man weiß gar nicht, wo es mehr funkelt, am Himmel oder da unten im Hafen, sagte Nini irgendwann. Das ist der größte Mond, den ich bisher gesehen habe.

Um diese Zeit war sie in San Sebastián in die Bar an der Plaza gegangen. Sie hatte Durst und war entsetzlich müde.

Wir machen Schluss für heute.

Maria-Carmen war einverstanden. Sie half der alten Frau beim Auskleiden.

Weshalb sind wir eigentlich hier, fragte Nini. Es klang allerdings nicht wie eine Frage.

Morgen, lass uns morgen darüber reden, wie es weitergeht. Schlaf jetzt. Der Tag war lang genug.

Die Tür zwischen den Schlafzimmern wäre nicht nötig gewesen. Nini schlief sofort ein und würde sicher ein paar Stunden lang nichts merken von dem, was um sie herum vorging. Maria-Carmen legte das Geld, von dem sie annahm, dass es für zwei Nächte genug wäre, auf den Tisch am Fußende des Betts. Sie blickte noch einmal zu Nini hinüber. Die alte Frau sah in dem großen Bett winzig aus, noch winziger, als sie in Wirklichkeit war.

Das ist ihre Stadt, dachte das Mädchen. Sie wird sich zurechtfinden. Und wenn nicht, kann sie immer noch zurückfahren. Bei dem Gedanken an San Sebastián, an die Wohnung ihrer Eltern, an ihren Vater, der sie nie in Ruhe lassen würde, wo immer sie auch unterkäme, wurde ihr beinahe übel. Sie trank einen kleinen Schluck aus der Ginflasche, lief ins Bad und spülte sich den Mund aus. Dann schloss sie die Tür zwischen den Zimmern. Die geschlossene Tür würde Nini am Morgen davon abhalten, gleich nach dem Aufwachen nach ihr zu sehen. Je später sie merkte, dass sie allein war, desto besser.

Maria-Carmen duschte und bediente sich hingebungsvoll der Cremes und Wässerchen, die im Bad herumstanden. Sie trocknete ihr Haar und besah sich ausführlich im Spiegel. Sie war sehr jung. Das könnte ein Nachteil sein. Aber sie war hübsch und intelligent. Und ein paar Worte Französisch konnte sie auch schon.

Gerd-Omme Nissen

Der Tag, an dem Bella Block Gerd-Omme Nissen kennenlernte, war ein Sonntag. Später hatte sie darüber nachgedacht, weshalb ihre Menschenkenntnis, auf die sie sich eigentlich verlassen zu können glaubte, sie nicht gewarnt hatte. Da kam sie darauf, dass sie einfach so etwas wie ein Kontrastprogramm gesucht hatte und deshalb unaufmerksam gewesen war.

Am Abend zuvor war sie in einer Wohnung gewesen, die ihr, wenn sie später daran dachte, wie ein Nebeneingang zur Hölle vorgekommen war; ein Nebeneingang, bis unter die Decke vollgestellt mit Müll. Das Kind, das auf der Straße gestanden und geplärrt hatte, an der Hand, war sie durch die Wohnungstür, die nur angelehnt gewesen war, in eine stinkende Ansammlung von Plastiktüten und Kartons geraten, die sich bis unter die Decke des Wohnungsflurs türmte. Während sie, den Atem anhaltend, stehen blieb, hatte sich das Kind von ihrer Hand losgemacht und war im Müll verschwunden. Hier kann unmöglich jemand wohnen, dachte sie, rief aber trotzdem »Hallo« in den Müllhaufen. Sie rief mit gepresster Stimme, weil sie es vermied, den Mund weiter zu öffnen als nötig. Nach jedem »Hallo« machte sie eine Pause und hielt sich die Hand vor den Mund. Sie wollte gerade gehen, als sie bemerkte, dass die Kartons sich bewegten. Also blieb sie stehen und wartete.

Eine Frau erschien, die einen langen Rock trug und schmutzige Füße hatte. Hinter dem Rock der Frau sah das Kind hervor, freundlich, wie es schien, während die Frau verärgert wirkte.

Was wollen Sie hier?

Na, hören Sie mal. Ich hab Ihnen diese kleine Rotznase zurückgebracht, die plärrend auf der Straße stand. Wie wär's mit einem Dankeschön?

Das Kind begann wieder zu plärren. Die Frau griff mit dem Arm hinter sich, tätschelte ihm den Kopf und starrte Bella an, ohne etwas zu sagen. Auch Bella schwieg. Als genug geschwiegen war, drehte sie sich um und verließ den Hölleneingang. Auf der Straße atmete sie tief durch. Sie hatte sich auf einem Gang durch die Neustadt die besetzten Häuser in den Resten des Gängeviertels angesehen und war auf dem Weg an die Elbe gewesen, als ihr das Kind über den Weg lief. Jetzt brauchte sie erst einmal einen Wodka.

Während sie nach einer Kneipe suchte – es gab beinahe an jeder Ecke eine, aber die meisten schieden nach einem Blick durch das Fenster aus, weil nur einzelne Säufer dort saßen, auf deren Gesellschaft sie keine Lust hatte –, war sie in Gedanken noch mit dem Gängeviertel beschäftigt. 1893 hatte hier die letzte große Cholera-Epidemie gewütet, von der Deutschland heimgesucht worden war. Alle anderen Großstädte hatten inzwischen dafür gesorgt, dass die sanitären Verhältnisse in den Arbeitervierteln verbessert wurden. Der Hamburger Senat hatte das nicht für nötig gehalten, es hätte Geld gekostet. Als dann die Cholera ausbrach, begünstigt durch Enge und Schmutz und fehlende Toiletten und fehlendes Wasser, hatten die Pfeffersäcke sich lange geweigert, die Krankheit überhaupt zur Kenntnis zu nehmen und damit öffentlich zu machen. Die einzige Sorge der Regierenden war gewesen, die Cholera zu verschweigen, damit der Handel im Hafen nicht gestört würde – Hamburgs Ruf als Tor zur Welt durfte keinen Schaden nehmen. Hunderte Tote hatte diese Politik gekostet, selbstverständlich nicht in den Villenvierteln.

Als sie eine Gastwirtschaft entdeckte, die ihren Vorstellungen entsprach, setzte sie sich so, dass sie den Gesprächen der Leute zuhören konnte, ohne selbst angesprochen zu werden. Es ging um Fußball, Krankheiten, Zinsen auf Sparguthaben und Lottogewinne. Zwei Frauen in schwarz- und rosagrundigen glitzernden Pullovern führten das große Wort. Sie waren nicht mehr nüchtern, ein Zustand, den sie mit den Männern teilten und an dem deshalb niemand Anstoß nahm. Vermutlich war das sowieso der übliche Zustand der Gäste hier. Die Frau hinter dem Tresen, sie war weder jung noch alt, hatte gelbgefärbte Haare und mehrere Knöpfe ihrer Bluse geöffnet, sodass der Ausschnitt den Ansatz ihres Busens frei ließ. Sie sah ihre Aufgabe darin, die Gläser wieder zu füllen, sobald sie leer waren. Niemand protestierte dagegen.

Bella bestellte einen zweiten Wodka. Sie dachte über die Frau und das Kind nach, und irgendwann dachte sie, die Welt ist in horizontale Schichten gegliedert, in denen bestimmte Wohnungen und bestimmte Kneipen einander entsprechen. Das Höllentor bildet die unterste Schicht. Sie war sicher, dass es in der Stadt noch viele andere, ähnlich verkommene Wohnungen gibt. Menschen, die dort wohnen, gehen nicht aus. Die Schicht darüber besteht aus den Stammkneipen. Die Wohnungen, die dazugehören, sind klein, riechen nach Zigaretten und werden nur zum Schlafen und Kaffeekochen benutzt. Besuch ist sehr selten. Die dritte Schicht ist aus Coffeeshops und Schnellrestaurants zusammengesetzt. Die Menschen, die dort einkehren, haben zu Hause Wein im Kühlschrank, eine Kiste Wasser oder Bier auf dem Balkon, und sie lüften die Zimmer, bevor Besuch kommt. Besuch – das sind Eltern, die nie lange bleiben, Freunde, mit denen auch mal eine Nacht lang gefeiert wird, oder Arbeitskollegen, die nach Feierabend auf ein Glas Bier oder Wein vorbeischauen. Frauen besuchen öfter andere Frauen als Männer ihre männlichen Kollegen. Die nächste Schicht wird dann von Bars und In-Restaurants gebildet. Diese Schicht ist noch einmal geteilt in Unten und Oben, wobei es vorkommen kann, dass es in den Unten-Bars zu Prügeleien kommt (meist um eine Frau), auch wenn das dort nicht gern gesehen wird. Hausverbot ist nicht untypisch für diese Lokale. Man hält sich auf in Wohnungen, die mindestens drei Zimmer haben, mit Balkon oder Terrasse ausgestattet und nach Ikea-Gesichtspunkten eingerichtet sind. In den Oben-Bars und Oben-Restaurants geht es dagegen ruhig zu. Hier wird Stille bevorzugt. Im äußersten Fall ist leise Hintergrundmusik erlaubt, und Reservierungen sind üblich. Die Wohnungen oder Häuser der dazu passenden Gäste haben nicht weniger als hundertvierzig Quadratmeter, die ohne Putzfrau nicht instand zu halten sind. Shakermöbel und Jugendstil sind beliebt, alles möglichst einfach und nur hin und wieder mit einer günstig erworbenen alten Vase oder einem modernen Bild kombiniert. Moderne Bilder sind seltener als alte Vasen, und das Bedürfnis nach Selbstdarstellung ist größer als das Interesse an der Welt.

Die Schicht, die noch darüberkommt, hat dieses Problem nicht mehr. Da ist man, was man ist, und das schon sehr lange. Geschmack, sei es in Kleidungs- oder Einrichtungsfragen, ist nicht angelernt, sondern das Ergebnis von Erziehung durch Beispiel. Das hat ein so ungebrochenes Selbstbewusstsein zur Folge, dass sich die Angehörigen dieser Schicht überall bewegen können, ohne besonders aufzufallen. In Eckkneipen trifft man sie trotzdem selten, und wenn, dann handelt es sich um Einzelgänger, die von ihren Familien und deren Freunden hinter vorgehaltener Hand als schwarze Schafe bezeichnet werden. Manchmal spielen Drogen oder Alkohol bei denen eine verhängnisvolle Rolle, manchmal auch Liebe, meistens bei Frauen.

Noch einen Wodka?

Die Frau hinter dem Tresen rief zu Bella herüber und riss sie aus ihren Phantasien. Sie war gerade damit beschäftigt gewesen, darüber nachzudenken, aus welcher Schicht die Menschen ihr am besten gefielen. Die Frau aus dem Eingangstor zur Hölle war es jedenfalls nicht. Musste man sich um das Kind kümmern? Die Behörden informieren? Kinder wuchsen unter den unmöglichsten Bedingungen auf. Hatte das Balg hinter dem Rücken der Mutter nicht gegrinst? Sie nahm sich trotzdem vor, am Wochenanfang dem zuständigen Jugendamt Bescheid zu geben.

Nein, rief sie zurück und stand auf, ich zahle.

Auf dem Weg nach Hause fiel ihr dann ein, dass sie am nächsten Tag eine Ausstellungseröffnung besuchen wollte. Und die Kunst? Wo kommt die eigentlich vor in deinem Schichtenmodell? Und solche Menschen wie deine Mutter Olga und ihre Genossen?

Entweder du denkst gründlicher, Bella, oder du schiebst dein Schichtenmodell dahin, wo es hingehört: in die Abteilung private Spielereien, nur nützlich für eine sehr grobe Rasterfahndung; mit der du, glücklicherweise, nichts mehr zu tun hast.

Die Ausstellung sollte um 12 Uhr eröffnet werden. Als Bella ein paar Minuten früher die Galerie betrat, waren einige Kunstliebhaber und viele Weintrinker bereits versammelt. Der Galerist Pieter, ein Mensch mit einer Vorliebe für gegenständliche Malerei, begrüßte seine Gäste in einem schwarzen Anzug. Der Anzug hätte auch sein Konfirmationsanzug gewesen sein können. Er passte gut zu dem bleichen Gesicht und dem verzweifelten Gesichtsausdruck, den der Mann zur Schau trug und den er sich für seine Ausstellungseröffnungen ausgedacht hatte. Kunsthandel war ein schwieriges Geschäft. Junge Künstler zu fördern kam einem Harakiri gleich. Wer von den Eingeladenen nicht am Eröffnungstag kaufte, und das waren die allermeisten, würde sich an seinem Untergang beteiligen. Man konnte sich nur noch überlegen, ob man wirklich daran beteiligt sein wollte. Eine provokante Strategie, die aber seltsamerweise oft Erfolg hatte. An normalen Tagen war der Galerist ein freundlicher, etwas schüchterner Mensch, der Unmengen von Weißwein vertrug, ohne betrunken zu werden, und bemerkenswert gut Klavier spielte. Bella hatte ihn an so einem normalen Tag kennengelernt und mochte seine nüchterne und trotzdem hochachtungsvolle Art, über Bilder und Maler zu sprechen. Jetzt kam er auf sie zu.

Mein Lichtblick, sagte er und verzog dabei so schmerzlich das Gesicht, dass Bella lachen musste.

Lach nicht, sagte er. Nissen hat sich angesagt. Wenn er nichts kauft, bin ich ruiniert.

Du Armer, sagte Bella, wer ist Nissen?

Ist das dein Ernst? Du weißt nicht, wer Gerd-Omme Nissen ist? Liest du keine Zeitung?

Der?, sagte Bella.

Aber Pieter hatte sich schon abgewandt und ging einem Mann entgegen, der in Begleitung von zwei Herren, die jünger waren als er, aber offensichtlich seiner Gesellschaftsschicht angehörten, die Galerie betreten hatte.

Mein Schichtenmodell ist ausbaufähig, dachte Bella nach einem Blick auf die Männer. Ich sollte die Klamotten berücksichtigen, die getragen werden.

Sie wandte sich den Bildern zu, merkwürdig kleinformatige Exemplare, die in Gruppen von zehn oder zwanzig Teilen zusammengehängt waren. Ein einziges, sehr großes Bild, das den Innenraum eines Schiffes darstellte, hing an der Wand ihr gegenüber. Der Galerist und Nissen, dem seine Begleiter folgten, ohne sich nach rechts oder links umzusehen, steuerten auf das große Bild zu. Belustigt sah Bella, dass ihr Freund in der Lage war, sein Gesicht noch um mehrere Nuancen zu verfinstern. Nissen starrte das Bild an, trat ein paar Schritte zurück, starrte aus der Entfernung, trat wieder vor und starrte aus der Nähe. Bella starrte Nissen an und überlegte, was sie über ihn wusste: Gerd-Omme Nissen, enger Freund des Bürgermeisters, erfolgreicher Reeder in der dritten Generation, Nutznießer der Kredite, die die Bürgerschaft in Hamburg der HSH-Nordbank bewilligt hatte, Nutznießer auch von Steuervergünstigungen der vergangenen und der jetzigen Bundesregierung, und sicher auch der nächsten. Kunstliebhaber, Junggeselle, Polospieler, mit feinstem Tuch und feinsten Manieren ausgestattet. Die hatte er von zu Hause mitgebracht. Schon sein Großvater war Reeder gewesen und hatte sehr viel Geld verdient. Sein Vater hatte zwar die Reederei in den Ruin geführt, aber selbstverständlich waren die silbernen Tafelaufsätze, die kostbaren Möbel, das Tafelsilber und das Leinen in Familienbesitz geblieben; zum Üben sozusagen, für den kleinen Gerd-Omme, auf dass er lerne, sich später richtig zu bewegen. Nissen hatte dann darauf verzichtet, die Reederei seines Vaters wieder flottzumachen, was mit den staatlichen Hilfen, die die Bundesregierungen sich ausdachten, um Deutschland nicht einen Platz an der Sonne, sondern auf den Weltmeeren zu erhalten, ohne weiteres möglich gewesen wäre. Er wusste seine Herkunft zu schätzen, aber er wollte einen Neuanfang. Und der war ihm, trotz der Unkenrufe der alteingesessenen Reeder, richtig gut gelungen.

Bella wurde in ihren Gedanken durch die Ansprache eines Künstlers unterbrochen, der die Werke seines Kollegen sehr lange und sehr umständlich lobte. Nissen und seine Begleiter hatten sich in eine Ecke zurückgezogen, von wo aus sie einen ungehinderten Blick auf das große Bild hatten. Sie diskutierten leise miteinander und ließen sich auch von den empörten Blicken einiger Ausstellungsbesucher nicht beeindrucken. Der Galerist hatte sich zurückgezogen. Bella sah, dass er ein Glas Weißwein in der Hand hielt. Sein Gesichtsausdruck war noch immer angespannt.

Die Besucher klatschten erleichtert, als der Laudator seine Rede beendet hatte. Eine junge Frau, die bei solchen Gelegenheiten in der Galerie aushalf, bot Nissen und seinen Begleitern etwas zu trinken an. Nissen schüttelte den Kopf und sagte etwas zu einem der Männer neben ihm. Der drängte sich durch den Raum zur Tür. Nach einer kurzen Weile kam er zurück. Er hielt zwei Champagnerflaschen in den Händen. Der Galerist, der die Gruppe nicht aus den Augen gelassen hatte, brachte die Champagnergläser. Er winkte Bella zu und wirkte plötzlich sehr viel gelöster. Bella ging zu der Gruppe hinüber, und der Galerist stellte sie als alte Freundin vor.

Kein unangenehmer Mann, dieser Gerd-Omme, dachte sie, im Gegenteil. Er hat Charme. Sein Alter ist schwer zu schätzen, eher fünfzig als vierzig, angenehm, sich mit ihm zu unterhalten. Man sprach über das große Bild. Nissen glaubte darin eine Kindheitserinnerung wiederzufinden. Er bewegte die Hände beim Sprechen, schlanke Männerhände. An der rechten Hand trug er einen sehr breiten silbernen Ring.

Ich kaufe das Bild, sagte er, aber nur, wenn ich es heute noch haben kann.

Das war glatte Erpressung, und Bella hatte noch nie jemanden gesehen, der sich lieber hätte erpressen lassen als ihr Freund, der Galerist.

Ich hab heute Abend eine kleine Gesellschaft bei mir zu Hause. Kommen Sie, bringen Sie das Bild mit und auch Ihre reizende Freundin, sagte Nissen. Wir werden gemeinsam einen Platz dafür aussuchen. Er wandte sich an Bella: Sie tun mir doch den Gefallen? Bitte. Man trifft so selten kluge Frauen, die einem gleich sympathisch sind. Was trinken Sie, Whisky oder Wodka? Lassen Sie mich raten.

Er machte eine kleine Pause und musterte Bella genau. Ihr wurde klar, dass sie jedem anderen Mann, der sich wie Nissen verhielte, eine Abfuhr erteilt hätte. Aber der Mann war einfach nur offen und sympathisch.

Nein, nein, ich weiß es. Sie sind der Wodka-Typ. Sagen Sie nichts. Kommen Sie einfach und probieren Sie meinen »Kauffmann«. Und helfen Sie mir, den richtigen Platz für dieses Wunderwerk zu finden. Ich weiß, Sie können das. Wären Sie sonst mit ihm befreundet?

Nissen war aufgestanden, klopfte dem Galeristen leicht auf die Schulter, was bei jedem anderen herablassend gewirkt hätte, bei ihm aber einer freundschaftlichen Geste gleichkam, und verließ die Galerie. Seine beiden Begleiter folgten ihm, ohne sich zu verabschieden.

Puh, sagte Bella, ist der immer so?

Wie?

Ich meine, so … sie hielt inne, weil sie lachen musste.

59

Immer, sagte der Galerist. Er interessiert sich nicht für die Künstler, nur für das, was sie herstellen. Er behauptet, die Kenntnis der Person des Künstlers würde ihn in der Freiheit der Betrachtung des Kunstwerks behindern. Was diese Leute zu sagen haben, interessiert mich nicht, sagt er. Die sollen malen, nicht reden. Entweder sprechen ihre Bilder, oder sie sollen den Beruf wechseln. Den meisten Künstlern ist diese Haltung angenehm. Sie haben sowieso keine Lust, ihre Sachen zu interpretieren. Aber es gibt auch einige, die ihn geradezu hassen. Ich glaube, ich geh trotzdem mal zu dem Glückspilz da drüben und sag ihm, dass sein großes Bild verkauft ist. Willst du den Maler kennenlernen?

Ich geh nach Hause, antwortete Bella. Hol mich ab, wenn du zu dem Wunderknaben fährst. Ich bin gespannt auf seinen Wodka.

Dass Gerd-Omme Nissen auf diesen Tag und auf sein kleines Fest mehr als ein Jahr hingearbeitet hatte und dass dabei der Kauf des Bildes nur eine sehr geringe Rolle spielte, konnte sie nicht wissen.

Nissen hatte sich von seinen Begleitern verabschiedet und war noch einmal in sein Büro gegangen. Das lag nur wenige hundert Meter von der Galerie entfernt in einem alten Kontorhaus in der Innenstadt. Ihm gehörte die oberste Etage des Hauses, die so groß war, dass neben den Büroräumen noch eine Junggesellenwohnung Platz hatte. Nissen hielt sich nur selten in der Wohnung auf. Manchmal brachte er dort Geschäftsfreunde unter. Die Wohnung wurde von einer Putzfrau in Ordnung gehalten, die nur für diese Arbeit eingestellt worden war.

Als der Lift in der letzten Etage ankam, sah Nissen, dass die Tür zur Wohnung offen stand. Es war Sonntag. Er hatte zur Zeit keine Gäste. Als er sich der Tür näherte, hörte er Stimmen. Jemand sang und lachte dann. Ein Lächeln glitt über sein Gesicht. Er schob die Tür ganz auf und blieb im Türrahmen stehen. Die beiden schwarzen Frauen hielten erschrocken inne.

Tanzen könnt ihr, wenn ihr fertig seid, sagte Nissen.

Seine Stimme klang ruhig und beherrscht. Die beiden Frauen verschwanden und kamen gleich darauf zurück, nun mit Staubsauger und Schrubber ausgerüstet. Nissen wandte sich ab und ging hinüber in sein Büro.

Der Blick auf seinen Schreibtisch erinnerte ihn sofort an den Anruf von heute Morgen. Der Anruf war aus Aix-en-Provence gekommen. Der Mann am Telefon hatte ihm mitgeteilt, das Wetter dort unten sei seit zwei Stunden hervorragend.

Wann wird es umschlagen?, hatte er gefragt. Und der Mann hatte geantwortet: In fünf Tagen. Sie hatten beide gleichzeitig aufgelegt.

Er setzte sich an seinen Schreibtisch und sah auf die gegenüberliegende Wand. Dort standen, sorgfältig von Glasglocken geschützt, die Modelle seiner Schiffsflotte. Auch die Mariella stand dort, nicht mehr ganz jung, aber sehr solide. Ein schönes Schiff, das er vor Jahren gekauft und das ihm bisher eine Menge Geld eingebracht hatte: Frachteinnahmen und Steuervorteile. Nun, am Ende ihres Lebens, würde sie ihn mit einem Schlag aus der finanziellen Klemme befreien, in der er sich befand. Und zwar endgültig und für immer. Brave Mariella.

Um siebzehn Uhr ließ Nissen sich von seinem Fahrer abholen und nach Klein Flottbek bringen. Es war nicht das Haus seiner Eltern, in dem er lebte. Seine Eltern, alt und von einer Pflegerin versorgt, wohnten noch in dem Haus, in dem er aufgewachsen war. Aber etwas Ähnliches in ähnlicher Lage hatte es schon sein müssen. Der Zufall war ihm behilflich gewesen. Freunde seiner Eltern, die er schon seit seiner Kindheit kannte, waren zu ihrem Sohn nach Costa Rica gezogen. Er hatte Haus und Grundstück günstig erwerben können.

Wir freuen uns, wenn unser Haus in die richtigen Hände kommt. Auf das Geld kommt es doch nicht an.

Die Summe, auf die es nicht angekommen war, hatte 3,8 Millionen betragen und war ein wenig mitverantwortlich dafür, dass es um Nissens Finanzen zurzeit nicht so gut bestellt war. Allerdings nur ein wenig. Der Hauptgrund für seine finanzielle Schräglage hatte ganz einfach mit der Wirtschaftskrise zu tun, die über ihn und andere Reeder ziemlich unverhofft hereingebrochen war. Was nützten die schönsten Steuervorteile, wenn es keine Ladung mehr gab. Der Containerverkehr im Hafen war zusammengebrochen, und es war nicht abzusehen, wann er wieder in Gang kommen würde. Nissen, der seit Jahren auf das Geschäft mit China gesetzt und sehr gut dabei verdient hatte, war besonders betroffen. Diese Waren ließen sich immer weniger absetzen. Die Leute hatten einfach kein Geld, und es war völlig unklar, ob sie jemals wieder ausreichend Geld haben würden. Das heißt, unklar waren eigentlich nur die öffentlichen Reden der Politiker, die – keine leichte Aufgabe – Wege finden mussten, um das Wahlvolk bei Laune zu halten. Die Reden dagegen, die im Übersee-Club gehalten wurden, ließen an Klarheit nichts zu wünschen übrig. Die große Krise mit ihren Auswirkungen auf die Kaufkraft der Leute stand erst noch bevor. Der Verdrängungswettbewerb in der Industrie, bei Banken und Versicherungen war noch längst nicht auf seinem Höhepunkt angekommen. Dass die Krise überwunden werden würde, wie bisher noch jede nach dem letzten Krieg, stand außer Zweifel. Wann das aber sein würde und wer dann letzten Endes als Gewinner dastehen würde, ließ sich mit seriösen Mitteln nicht vorhersagen. Insofern war den beiden marxistischen Wirtschaftswissenschaftlern, die der Übersee-Club im letzten halben Jahr eingeladen hatte, durchaus zu glauben. Daran änderte auch nichts, dass deren Lösungsvorschläge ins Reich der Utopien gehörten. Fest stand aber auf jeden Fall, dass Gerd-Omme Nissen nicht zu den Verlierern gehören wollte. Seit Wochen schon wälzte er die unterschiedlichsten Überlegungen, wie er die Krise heil überstehen könnte, in seinem Kopf. Es gab Nächte, in denen er an nichts anderes mehr dachte, obwohl er gleichzeitig mit Freunden in einer Bar saß oder mit einer Gespielin im Bett lag. Dann aber hatte er zufällig bei seinem Anwalt einen Artikel in der *Neuen Juristischen Wochenschrift* in die Hände bekommen, der ihn fasziniert hatte.

Geschildert wurde ein Strafrechtsfall, der ihm interessanter erschien, je länger er darüber las.

In dem Artikel wurde am Beispiel des Falles Lucona erörtert, ob eine unvoreingenommene Wahrheitsfindung möglich ist, wenn ein Prozess von einem riesigen Medienecho begleitet wird. Diese juristisch sicher bedeutsame Frage interessierte Nissen allerdings nicht. Er war beim Lesen zunehmend fasziniert von dem Fall. Da hatte in Österreich jemand ein Schiff mit angeblich kostbarer Ware beladen und hoch versichert auf die Reise geschickt. Unterwegs war das Schiff durch eine Explosion auseinandergebrochen, und der Eigner hatte versucht, die Versicherungssumme zu kassieren. Es war ihm nicht gelungen. Die Versicherung war hellhörig geworden. Bei so großen Summen reagierten die schnell und gründlich. Das Ganze hatte in einem riesigen Skandal geendet. Politiker hatten sich umgebracht, Menschen waren ermordet worden, Minister mussten zurücktreten, und der Eigner landete schließlich vor Gericht und wurde verurteilt.

Was hatte der Mann falsch gemacht?

Diese Frage begann Gerd-Omme Nissen damals mehr und mehr zu beschäftigen. Er besorgte sich alle Unterlagen über den Fall, die er bekommen konnte, und vermied es dabei, Spuren zu hinterlassen. Es kam ihm selbst verrückt vor, aber er schrieb falsche Namen auf Bibliotheksscheine, und Recherchen im Internet betrieb er nicht von seinem Büro aus. Er sprach mit niemandem darüber, dass er zum Hobbyforscher geworden war. Und irgendwann, nachdem er alles gelesen, alle Informationen gegeneinander abgewogen hatte, standen für ihn die zwei Gründe fest, durch die der Versicherungsbetrug im Fall Lucona schiefgegangen war: Der Schiffseigner hatte zu viele Mitwisser gehabt.

Und er war schon vor dem Betrug ein Mensch gewesen, der Beziehungen bis in die Politik hinein zu seinen Gunsten genutzt hatte. Dieser Mensch hatte immer einen zweifelhaften Ruf gehabt, sodass es einfach gewesen war, ihn zu verdächtigen, auch als noch kaum ein Anfangsverdacht vorgelegen hatte. Er war einfach durch sein skandalbehaftetes Leben verdächtig.

An dem Abend, als Nissen zu der Erkenntnis gekommen war, dass es diese zwei Gründe waren, die im Fall Lucona den Erfolg des Versicherungsbetrugs verhindert hatten, war ihm leicht ums Herz geworden. Er war aufgestanden, hatte sich ein Glas Calvados eingeschenkt und war an das große Fenster des Wohnraums getreten, um in den Park zu sehen. In der Dämmerung standen die alten Bäume dunkel gegen den Himmel. Über dem Rasen lag eine leichte Nebelschicht, die dichter werden und am Morgen Tau zurücklassen würde. Über dem Nebel hing ein großer, weißer Mond. In der Nacht würde er die Nebelhörner auf der Elbe hören. Er liebte den Garten und den Fluss und die Stadt, in der er zu Hause war.

Zu viele Mitwisser. Krumme Beziehungen zu Politikern. Ein schlechter Ruf. Nissen trank den Calvados in kleinen Schlucken. Als er das Glas geleert hatte, begann er, die Unterlagen über den Fall Lucona zu beseitigen. Er wusste genug. Er brauchte sie nicht mehr. Niemand müsste sie bei ihm sehen.

Danach begann für ihn eine Phase intensiven Nachdenkens. Die drei Fragen, die zu klären waren, lagen auf der Hand:

Sollte er sich auf das auch bei größter Vorsicht und Umsicht riskante Spiel eines Versicherungsbetrugs einlassen? Flog die Sache auf, war klar, was folgte: Er würde für viele Jahre ins Gefängnis wandern und wäre ein erledigter Mann, auch wenn er irgendwann wieder frei herumliefe. Davor würde ihn der beste Anwalt nicht bewahren können. Sein Ruf wäre für immer ruiniert, ebenso wie der Ruf seiner Familie, den er hoch achtete. Es wäre möglich, dass seine Eltern gesundheitlichen Belastungen ausgesetzt wären, die sie wohl nur schwer überstehen könnten.

Als er mit seinen Überlegungen so weit gekommen war, beschloss er, die Frage, ob er überhaupt aktiv werden sollte, an das Ende dieser Überlegungen zu stellen. Wenn die beiden anderen Fragen geklärt waren, würde sich eine bessere Beurteilung des Risikos vornehmen lassen.

Die zweite Frage betraf das Mitwisserproblem: Es war klar, dass er den Untergang des Schiffes nicht allein inszenieren konnte. Jemand musste den Sprengstoff am oder im Schiff anbringen, und das durfte nicht er selbst sein; abgesehen davon, dass er von der Wirkung von Sprengstoff überhaupt nichts verstand, war natürlich klar, dass überprüft werden würde, ob und wann er sich auf der Mariella aufgehalten hatte. Er ging nur selten persönlich an Bord. Mit seinen Kapitänen verkehrte er über Satellit. Auf diese Weise nahmen sie seine Aufträge entgegen und klärten Probleme, die an Bord anfielen und die ihre Kompetenzen überschritten. Meist handelte es sich dabei um die Höhe anfallender Reparaturkosten oder die Neueinstellung von Besatzungsmitgliedern, wenn jemand wegen Krankheit oder Suff ausgefallen war. Er brauchte eine Person, deren Erscheinen an Bord kein Aufsehen erregen würde; jemanden, der immer mal wieder an Bord war. Dieser Jemand durfte nicht aus Hamburg sein. Man müsste ihn entweder in Panama – die Mariella fuhr unter panamaischer Flagge – oder in einem der Häfen anheuern, die die Mariella auf ihrer Route anlief. Und er konnte niemanden damit beauftragen, diese Person zu finden. Das musste er selbst übernehmen. Also entfielen auffällige Flüge nach Panama oder Montevideo. Es kam nur ein Hafen in Frage, in dem er selbst sich zur Vorbereitung der Sache aufhalten konnte, ohne Verdacht zu erregen: Marseille.

Einen Hafen, der für seine Pläne besser geeignet wäre, gab es nicht. Hamburg war Partnerstadt von Marseille. Die Mariella hatte schon oft dort im Hafen gelegen, Container abgeladen oder aufgenommen. Er selbst war vor ein paar Monaten zum Mitglied der Hamburger Delegation ernannt worden, die das gemeinsame Fest zum Bestehen der fünfzigjährigen Partnerschaft der beiden Städte im nächsten Jahr vorbereiten sollte. In diesem Zusammenhang war er bisher zwei Mal in Marseille gewesen. Er war nicht deshalb in die Delegation gewählt worden, weil er ein intimer Freund des Bürgermeisters oder irgendwelcher anderen Politschranzen gewesen wäre, sondern aufgrund seines guten Namens und des guten Rufs seiner Reederei. Zur Vorbereitung der Veranstaltung würde er Marseille besuchen können, ohne besonderen Verdacht zu erregen. Und dort könnte er ganz offiziell mit Menschen zusammentreffen, die auf die eine oder andere Weise mit dem Hafen und den Schiffen zu tun hatten.

An diesem Punkt seiner Überlegungen angekommen, gönnte sich Nissen eine Pause. Marseille. Er mochte die Stadt mit ihrem Kult um Zinedine Zidane, mit ihren schwarzen Huren und dem lächerlichen Ehrgeiz, es an Größe und Bedeutung mit dem Hamburger Hafen aufnehmen zu wollen. Im Alten Hafen hatte jahrelang eine Motorjacht gelegen, die ihm gehörte. Sie war erst vor ein paar Monaten verkauft worden. Glücklicherweise hatte er sie verkaufen können, kurz bevor die große Krise eingesetzt hatte. Ein verrückter Russe hatte ihm so viel Geld geboten, dass er unmöglich hätte nein sagen können. Der Russe hatte sich, soweit man hörte, kurz darauf erschossen; wahrscheinlich, um einem Leben im Gefängnis, wie es sein Landsmann Chodorchowski seit Jahren führen musste, zu entgehen. Dieser Russe hatte doppelt so viel gezahlt, wie die Jacht wert gewesen war, weil seine Freundin sich in die Mahagoni-Pantry verliebt hatte.

Der Zusammenbruch des Containergeschäfts war dann plötzlich und radikal gekommen. Da war es gut gewesen, zumindest eine Weile noch über genügend Geld für die laufenden Kosten verfügen zu können. Der Gang zur HSH-Nordbank war ihm später trotzdem nicht erspart geblieben, was allerdings nicht ehrenrührig war. Das verband ihn mit vielen seiner Kollegen.

Wann war das nächste Treffen der Gruppe, die mit den Vorbereitungen der Feierlichkeiten zu tun hatte? In drei Wochen. Schon beim letzten Treffen in Marseille war ihm eine Gruppe Polizisten aufgefallen, die als Sicherheitsexperten dazugeladen gewesen waren. Ein paar Gesichter waren darunter gewesen, die er bei sich als verwegen bezeichnet hatte. Er war nicht sicher, ob man in Hamburg diese Art Männer als Polizisten eingesetzt hätte, obwohl ...

Schluss jetzt, dachte Nissen. Was gehen mich Hamburger Polizisten an! Die einzigen Uniformträger, die neuerdings für das Containergeschäft von Bedeutung sind, gehören zur Marine; Soldaten, die das Eigentum der Reeder und das Leben der Seeleute vor Piraten schützen. Diese Marseiller Polizisten sind sicher ähnlich harte Burschen, möglicherweise aber flexibler als Soldaten, denn sie agieren sowohl an Land als auch auf den Schiffen im Hafen. Er versuchte, sich an einzelne Gesichter zu erinnern, aber das gelang ihm nicht.

Kein Problem also, dachte er, und einer dieser Männer wird mein Mann werden.

Er hatte plötzlich überhaupt keine Bedenken mehr, den richtigen Typen zu finden: Intelligent, verschwiegen und geldgierig würde er sein, und der Gedanke daran, dass so ein Mann schon in Marseille herumlief, ohne zu wissen, welch komplizierte, aber lohnende Aufgabe auf ihn wartete, erfüllte ihn mit leiser Zufriedenheit. Ein Mitwisser zwar und insofern ein Risiko. Aber wenn er der einzige Mitwisser bliebe, ließe sich das Risiko tragen. Wenn er eine kluge Wahl träfe – aber das sollte ihm nicht schwerfallen.

Blieb Frage Nummer drei: seine eigene Stellung in der Gesellschaft, seine Beziehungen zur Politik und sein Privatleben.

Nissen wusste, dass es besonders darauf ankam, sich in diesen Fragen nichts vorzumachen. Fest stand, weil das zur Routinearbeit der Versicherer gehörte, dass man ihn genau durchleuchten und auch befragen würde, wenn es einen Unfall auf See gegeben hätte. Seine finanziellen Verhältnisse waren eindeutig schlecht, aber den Reeder hätte er sehen mögen, der in der augenblicklichen Krise im Geld schwamm. Er verkörperte nicht die Ausnahme, sondern die Regel. Sein Ruf in der Hamburger Gesellschaft war untadelig. Ganz am Anfang seiner Karriere, als deutlich geworden war, dass er sich von seiner Familie getrennt hatte, um nicht für die Schulden seines Vaters geradestehen zu müssen, mochte der eine oder andere Freund der Familie oder seiner älteren Kollegen ihm seine Handlungsweise übelgenommen haben. Aber solche Gefühlsregungen, denn mehr war es ja nicht – oft genug wurden sie auch nur von den Frauen der Familien verbreitet –, waren schnell vergangen. Der Erfolg hatte ihm recht gegeben. Er hatte den angesehenen Namen Nissen auf seine Weise in Ehren gehalten, und mancher Kollege, am Anfang noch zögerlich in der Annahme großzügiger Steuervorteile, die die Regierungen den Reedern boten, war ihm schon bald gefolgt. Der Stolz, der daraus sprach, dass ein Hamburger Kaufmann keine Orden und Ehrenzeichen einer Zentralregierung annahm, konnte deshalb ruhig weiter gepflegt werden. Orden nahm man nicht. Geld dagegen, in Form von erstaunlich hohen Steuervergünstigungen, war etwas anderes. Schließlich diente dieses Geld dazu, die Reedereien am Leben zu halten und damit Deutschlands Präsenz auf den Weltmeeren zu stärken. Das Geld, das man von der Bundesregierung bekam, diente also dem Vaterland und nicht einzelnen Reedern, wenn auch, das ließ sich nicht übersehen und war in gewisser Weise durchaus gerechtfertigt, einzelne Reeder sehr bald persönlich einen großen Wohlstand erreichten. Er, Nissen, im Grunde Vorreiter dieser Entwicklung, war in der Hamburger Gesellschaft jedenfalls ein angesehener Mann.

Was seine Beziehungen zur Politik anging, so waren sie von Anfang an korrekt gewesen und auch so geblieben. Sie waren in keiner Weise mit denen des Eigners der Lucona zu vergleichen. Sicher, es gab Einladungen von Politikern, zu denen man besser erschien, und auch Einladungen, die man selbst hin und wieder aussprach. Man traf sich bei Vorträgen im Übersee-Club. Bei diesen Gelegenheiten fühlte sich Nissen übrigens nie so recht wohl. Auch wenn die politischen Umstände natürlich heute völlig andere waren als 1933, so waren ihm noch jedes Mal, sobald er die Räume an der Binnenalster betrat, Hitler und die beinahe bedingungslose Zustimmung der Generation seiner Großväter zu dessen antijüdischer, antibolschewistischer, kriegerischer Haltung in den Sinn gekommen. Zwar hatte man, anders als der Düsseldorfer Industrie-Club Anfang der dreißiger Jahre, Hitler nicht eingeladen, an der Alster zu sprechen. Aber der letzte Vortrag, im Dezember 1933 – bevor der Übersee-Club sich aufgelöst hatte –, wurde zum Thema *Die Erbbelastung des deutschen Volkes und die Verhütung erbkranken Nachwuchses* gehalten. Peinlich, das Ganze. Aber da im Übrigen die politischen Entscheidungen, die für die Hamburger Reeder wichtig waren, zuerst in Bonn und später in Berlin getroffen wurden, konnte man die Hamburger Politiker getrost nicht ganz so wichtig nehmen, wie die es gern gehabt hätten. Besonders amüsant in dieser Beziehung, und hier lächelte Nissen unwillkürlich, waren die neuerdings an der Stadtregierung beteiligten Grünen. Nette Leute ohne Format, die versuchten, Rollen zu spielen, die sie nicht ausfüllen konnten …

Nein, in seinem Verhältnis zur Politik hatte er sich nichts vorzuwerfen.

Schwieriger könnte es werden, wenn es um sein Privatleben ginge. Es war nicht so, dass er etwas zu verbergen gehabt hätte, und die moralischen Maßstäbe, auch in seinen Kreisen, hatten sich ja gelockert; jedenfalls, solange ein bestimmtes Verhalten oder Verhältnis nicht öffentlich wurde. Man tolerierte Scheidungen, Nebenfrauen, ausgefallene Hobbys. Man wusste von ihm, dass er eine Vorliebe für schwarze Frauen hatte, und mancher seiner Freunde und Geschäftspartner hatte schon davon profitiert. Über die Wege, auf denen diese Gespielinnen zu ihm kamen, wusste man nichts oder wollte man nichts wissen. Gerd-Omme Nissen war nicht verheiratet. Er hatte das Recht, sich auf seine Weise zu amüsieren, solange die Öffentlichkeit nicht daran teilhatte.

Konnte ihm diese seine Vorliebe in der Sache, die er möglicherweise plante, zum Nachteil gereichen?

Die Mariella war nie auf einer Afrika-Route unterwegs gewesen. Sie würde auch diesmal nicht nach Afrika fahren. Die Frauen, mit denen er sich abgab, kamen illegal nach Europa. Sie landeten auf Lampedusa, in Andalusien, auf Korfu, auf den Kanaren, in Marseille. Sie kamen in kleinen Booten oder auf Containerschiffen über das Meer, deren Reedereien darüber hinwegsahen, dass manche Kapitäne einen Nebenverdienst brauchten. Gut ausgebildete Seeleute waren Mangelware, und mancher Reeder sah ihnen einiges nach. Nissen ging davon aus, dass auf seinen Schiffen noch nie eine schwarze Frau illegal nach Europa gekommen war. Aber er kannte den Markt, und er wusste, wo die Aufkäufer ihre Ware anboten. Marseille war ein solcher Umschlagplatz, und er hatte vorgehabt, sich bei seinem nächsten Aufenthalt dort ein wenig umzutun. Konnte es ihm schaden, wenn er dabei bliebe?

Vielleicht wäre es besser, sich in diesen Dingen vorläufig ein wenig zurückzuhalten.

Hatte er alles gründlich durchdacht? Dann wäre es an der Zeit, eine Entscheidung zu treffen. Er wusste, dass diese Entscheidung sein Leben verändern würde, so oder so. Es blieb ein Restrisiko, wenn auch nur ein geringes.

Nissen hatte das leere Glas beiseitegestellt und war noch einmal an das große Fenster getreten. Es war inzwischen ganz dunkel geworden. Er brauchte eine Weile, um Bäume, Rasen und Himmel voneinander unterscheiden zu können. Sehr weit hinten funkelten die Lichter der Flugzeugwerft. Er sah den Fluss nicht, aber er spürte, dass er dort unten lag. Dies war seine Landschaft, seine Heimat, der Flecken Erde und Wasser, zu dem er gehörte; und zwar auf eine andere Weise als die allermeisten übrigen Einwohner der Stadt. Er und seinesgleichen gaben der Stadt ihr Gesicht. Sie gaben den Menschen Arbeit und der Stadt ihren Ruhm in der Welt. Dafür lohnte es sich, auch einmal ein Risiko, ein geringes Risiko, auf sich zu nehmen. Er wollte weiter zu denen gehören, die den Ruhm der Stadt mehrten.

Er musste lächeln. Große Worte! Niemals hätte er vor anderen so gesprochen. Zurückhaltung war das, was ihn und seinesgleichen auszeichnete. Worauf es aber ankam, war, sich seines Wertes bewusst zu sein.

An diesem Abend, noch immer am Fenster stehend und in die Dunkelheit hinaussehend, wo er inzwischen die Baumkronen vom Himmel unterscheiden konnte (man musste nur beharrlich sein, dann fügte sich alles nach seinen Wünschen), hatte Gerd-Omme Nissen den Entschluss gefasst, eines seiner Schiffe, die Mariella, teuer zu beladen und mit Hilfe eines Marseiller Polizisten, den er noch nicht kannte, in die Luft zu jagen, um die Versicherungssumme zu kassieren.

Drei Wochen später war Nissen mit der offiziellen Senatsdelegation in Marseille, um die Feierlichkeiten zum Fest der Städtepartnerschaft vorzubereiten. Die Marseiller zeigten sich von ihrer zuvorkommendsten Seite. Sie wussten, was ihre Stadt an Schönheit und ihre Küche an Köstlichkeiten zu bieten hatte. Nissen, der den Wunsch geäußert hatte, in der Nähe des Alten Hafens wohnen zu dürfen, war im Hotel Alize untergebracht; nicht das allererste Haus in der Stadt, aber mit einem hinreißenden Blick auf den Fischmarkt und den dahinterliegenden Hafen.

Gleich am ersten Abend wurden er und seine Begleiter ins Toinou eingeladen. Die Marseiller Gastgeber waren sichtlich stolz auf das Restaurant, in dem ausschließlich Meeresfrüchte serviert wurden, und erkundigten sich während des Essens ein paarmal, unauffällig, versteht sich, ob es denn ein ähnliches Restaurant auch in Hamburg gebe. Was, wie sie genau wussten, die Hamburger jedes Mal verneinen mussten. Überhaupt herrschte eine merkwürdige, nicht unkomplizierte Stimmung an diesem ersten Abend zwischen Hamburg und Marseille. Sie sollte auch in den nächsten Tagen noch eine Rolle spielen, dann allerdings schon abgemildert und der guten Zusammenarbeit nicht mehr abträglich. Mit Hamburg und Marseille standen sich nämlich zwei durchaus ungleiche Partner gegenüber. Nissen wurde das deutlich bewusst, als man die Hamburger Delegation zu einer Fahrt durch den Containerhafen einlud. Auch die beeindruckenden Schiffe der neuen Compagnie CMA CGM konnten daran nichts ändern. Der Zusammenschluss von Compagnie Générale Maritime und Compagnie d'Affrement war nur ein notwendiger Schritt gewesen, um im Containergeschäft überhaupt noch eine Rolle spielen zu können. Vorherrschaft auf den Weltmeeren oder auch nur die Zugehörigkeit zur Spitzenklasse konnten die Marseiller daraus noch lange nicht ableiten. Während die Barkasse durch den Industriehafen fuhr, dachte Nissen an die Containergebirge, die sich zu guten Zeiten im Hamburger Hafen türmten, und hätte beinahe mitleidig gelächelt. Später machte ein aufmerksamer Gang durch die Innenstadt das Bild erst recht vollständig. Hamburg war reich, und Marseille war arm, das war die Wahrheit.

Natürlich war den Marseillern dieser Unterschied bekannt. Und ebenso natürlich suchten sie nach Möglichkeiten, den Hamburgern trotzdem selbstbewusst entgegenzutreten. Es gab wunderbare Abendessen, den Blick vom Hügel der Notre-Dame de la Garde über die Stadt, den Alten Hafen mit seinen teuren Liegeplätzen für Bootseigner mitten in der Stadt, eine Fahrt hinüber zum Château d'If, der Insel des Grafen von Monte Christo, die überwältigende Schönheit der Calanques, der Felsküste östlich von Marseille. Jedem Menschen, der nur ein wenig Kultur hatte, mussten diese Vorzüge unmittelbar einleuchten. Und Gerd-Omme Nissen war beeindruckt. Allerdings galt das nicht für jeden in der Hamburger Delegation, die ja zum größeren Teil aus Politikern bestand. Und auch wenn man sich auf beiden Seiten Mühe gab, den Unterschied von Reich und Arm nicht herauszukehren, so blieb doch während des gesamten Aufenthalts der Hamburger im Hintergrund eine Stimmung von Unoffenheit und gegenseitigem Bemitleiden, die nur mit allergrößter Anstrengung und nachdem die Hamburger Abordnung am zweiten Abend ihres Aufenthalts eine ernsthafte Aussprache untereinander geführt hatte, einigermaßen erfolgreich überwunden werden konnte.

Ausgelöst wurde die Notwendigkeit einer solchen Aussprache durch die, wie Nissen fand, taktlose Bemerkung eines grünen Delegationsmitglieds über Jungfernstieg und Cours Belsunce, »von der berühmten Canebière überhaupt nicht zu reden«.

Und dann hatte es einen zweiten peinlichen Augenblick gegeben, als einer der Delegationsteilnehmer, in der Annahme, den Gastgebern damit zu schmeicheln, erklärt hatte: Wenn Europa einmal so weit sein wird, dass es eine Hauptstadt wählt, dann kann das nur Paris sein. Die erstarrenden Mienen und das Schweigen der Gastgeber hatten Bände gesprochen. So war es zu der Aussprache gekommen.

Die Zusammenarbeit mit den Marseillern lief von da an besser. Es gab weniger Essgelage und touristische Ausflüge, dafür aber mehr zielgerichtete Vorbereitungen der Hauptveranstaltung. Sie sollte im Palais de Pharo stattfinden, einem hoch über dem Alten Hafen gelegenen Kongresszentrum, und in diesem Palais de Pharo hatte die Hamburger Delegation auch das erste Gespräch mit der Polizeitruppe, die von den Gastgebern für die Sicherheit der Veranstaltung und insbesondere der hochrangigen Gäste vorgesehen war. Man traf sich in einem Saal im Untergeschoss, diskutierte die von den Marseillern vorgeschlagenen Maßnahmen und folgte anschließend den Polizeibeamten zu einem Rundgang durch das Gebäude.

Was den Inhalt der Gespräche anging, so war Nissen während dieses Treffens nicht wirklich bei der Sache. Schon am Beginn, als man ihnen die Polizisten vorstellte, war sein Blick an einem Mann hängengeblieben, der ihm besonders interessant zu sein schien. Soweit er verstanden hatte, gehörte er der Kriminalpolizei an und nahm dort eine leitende Stellung ein. Der Mann trug, im Gegensatz zu den übrigen Männern der Gruppe, keine Uniform. Nissen, der sich auf die Qualität von Kleidung verstand, sah sofort, dass der Mann sehr viel Geld für die Sachen ausgegeben hatte, die er trug. Was mochte so jemand verdienen? Er begann, den Polizisten zu beobachten. Es war deutlich, dass seine Kollegen ihn respektierten, auch einen gewissen Abstand zu ihm hielten. Sie vermieden kumpelhafte Gesten. Dabei war er durchaus nicht unfreundlich.

Es gibt solche Menschen, dachte Nissen, und womöglich gehöre ich sogar selbst dazu. Niemals die anderen zu dicht an sich herankommen lassen, aber immer freundlich und mit einem offenen Ohr für ihre Belange.

Der Mann war ihm sympathisch. Als man sich schließlich erhob, um den Rundgang durch das Gebäude zu machen, richtete Nissen es so ein, dass er neben ihm ging. Am Ende des Rundgangs, der bewiesen hatte, dass das Sicherheitskonzept der Marseiller lückenlos war, stand man noch eine Weile auf der Dachterrasse zusammen, die Marseiller nun wieder mit dem besonderen Blick, der besagte: So ein schönes Panorama haben Sie selbstverständlich in Hamburg nicht. Nissen, der sich darüber ärgerte, dass er sich bei der Vorstellung den Namen des Mannes, der ihn interessierte, nicht gemerkt hatte, blieb nichts weiter übrig, als ihn danach zu fragen.

Julien Grimaud, war die Antwort. Sie sprechen Französisch?

Nissen lachte und erklärte, dass er einen Teil seiner Schulzeit in der französischen Schweiz verbracht habe. Über den Unterschied zwischen dem Marseiller Französisch und dem in der Schweiz kamen die beiden ins Gespräch. Es stellte sich heraus, dass Grimaud eine Weile in Paris und in London gewesen war, aber noch nie in Deutschland.

Hamburg, sagte er, kenne ich nur aus Filmen. Dabei würde mich die Stadt durchaus interessieren.

War da ein Unterton in dieser Feststellung, der Nissen aufhorchen ließ?

Ich will Ihnen von unserer Stadt gern ausführlich erzählen, sagte er.

Man verabredete sich für den Abend in einem kleinen Restaurant am Cours Julien. Den Treffpunkt schlug Grimaud vor. Nissen wunderte sich ein wenig darüber. Er kannte Marseille nicht besonders gut, aber er wusste, dass der Cours Julien zwar eine besonders bunte, aber nicht ausgesprochen feine Gegend war.

Den Rest des Tages verbrachte er damit, sich die Begegnung mit Grimaud wieder und wieder vor Augen zu führen. Er analysierte jede Kleinigkeit, jede Betonung, ja, jede Bewegung des Mannes, an die er sich erinnern konnte. Woran lag es, dass er das Gefühl hatte, zwischen ihnen beiden, die sich doch gerade erst kennengelernt hatten, bestünde so etwas wie eine Übereinstimmung? Worin konnten sie übereinstimmen? Mit keinem Wort, mit keiner Silbe hatte er auf den Coup hingewiesen, den er plante. Er musste Grimaud als der ehrbare Hamburger Kaufmann erschienen sein, der er war. Was veranlasste ihn, in Grimaud so etwas wie einen Komplizen zu sehen, noch bevor er ihn näher kennengelernt hatte? Seine zu teure Kleidung? Das war doch eher lächerlich. Die Art, wie er sich darstellte? Daran gab es nichts auszusetzen.

Nissen kam mit seinen Überlegungen zu keinem Ergebnis; vielleicht auch deshalb nicht, weil er gar nicht daran dachte und nie daran denken würde, sich selbst als einen potenziellen Kriminellen zu betrachten. Er war und blieb für sich der ehrbare

Hamburger Kaufmann, der in einer Notsituation zu besonderen Maßnahmen zu greifen gezwungen war. Hätte er sich als Verbrecher gesehen, wäre es ihm, vielleicht, leichter gefallen, die kriminelle Energie zu bemerken, die in Julien Grimaud versteckt war. So aber dauerte der Prozess des Sich-näher-Kennenlernens noch einen weiteren Abend. Beide Herren verstanden sich gut, aber die Gespräche zwischen ihnen blieben, wenn man von einigen tastenden Blicken und Worten absah, absolut unverfänglich. Am Ende erfuhr Grimaud allerdings von Nissens Vorliebe für schwarze Frauen, was unter Männern nicht unbedingt ein besonderes Thema war. Es brachte aber Julien dazu, den Hamburger Gast für die nächste Nacht in ein besonderes Etablissement einzuladen.

Bitte denken Sie nicht, dass die Damen dort unter meinem Schutz stehen, sagte er lächelnd. Und Nissen versicherte, dass er auf diese Idee ganz gewiss nicht gekommen wäre. Trotzdem schien es so, als wäre von diesem Augenblick an schon eine winzige Bresche geschlagen, sozusagen eine kleine wirkliche Verbindung zwischen ihm und Grimaud hergestellt worden; eine Verbindung, die hinter die Masken reichte, hinter denen sie sich beide versteckten.

Schließlich trennten sie sich zu nicht allzu später Stunde. Grimaud bot Nissen an, ihn ins Hotel zu bringen, doch der lehnte ab.

Ein Spaziergang durch die warme Nacht in Ihrer schönen Stadt, sagte er, wird mir vor dem Schlafengehen guttun. Es gibt einiges zu bedenken.

Grimaud zeigte volles Verständnis und verabschiedete sich. Nissen begann mit seiner Wanderung hinunter zum Alten Hafen. Eine ihm bisher unbekannte Form der Erregung hatte ihn erfasst, die, so schien es ihm anfangs, von den vielen in Gruppen vor Restaurants und Kneipen herumstehenden und laut durcheinanderredenden Menschen ausgehen musste und vielleicht auch von der Musik, die aus offenstehenden Türen und

Fenstern drang. Das alles war ungewohnt für ihn, der sich üblicherweise in Kreisen bewegte, in denen es ruhig und zurückhaltend, durchaus nicht langweilig, aber eben ganz anders zuging. Seine Erregung verschwand auch nicht, als er die ruhige Rue d'Aubange erreichte und endlich in die Canebière einbog. Es war still, und die Nacht war warm. Ein paarmal huschten Ratten an den Mauern der Häuser entlang und verschwanden in Ritzen, die er im Dunkeln nicht erkennen konnte.

Hafenstadt und Ratten, das passt zusammen, dachte er, obwohl er sich nicht erinnern konnte, wann er in Hamburg zuletzt Ratten auf der Straße gesehen hatte. Aber es gab welche, es musste welche geben!

Seine Erregung hatte auch in der ruhigeren Umgebung nicht nachgelassen.

Wie ein Aufbruch, dachte er, es kommt mir so vor, als bräche ich zu etwas Besonderem auf. Als stünde ich am Anfang von etwas, das mein Leben verändern wird. Dabei hat nichts, beinahe nichts in dem Gespräch, das hinter mir liegt, darauf hingewiesen, dass etwas Besonderes geschehen könnte. Ein Bordellbesuch stand bevor, doch damit hatte seine Aufgeregtheit nichts zu tun. Es war etwas in dem Gespräch mit Julien Grimaud geschehen, etwas, das er nicht näher beschreiben konnte, das aber ganz sicher da gewesen war.

Gut, dachte Nissen. Wenn das so ist, dann gibt es immer noch zwei Möglichkeiten: Ich breche die Beziehung zu Grimaud ab, oder ich lasse mich einfach fallen. Aber die Beziehung abzubrechen, sofern man überhaupt schon von einer Beziehung sprechen konnte, kam nicht mehr in Frage; ja, es schien ihm sogar müßig, überhaupt einen Gedanken darauf zu verwenden.

Ich bin nun offen für alles, dachte er, offen für alles, was da noch kommt.

Er würde keinen Rückzieher mehr machen. Er war im Begriff, sich auf eine ungewöhnliche Wendung in seinem Leben einzulassen, und hatte sogar ein Gefühl, als sehne er sie herbei. Und er spürte, wie seine Erregung nachließ.

Als er den Alten Hafen erreicht hatte, stellte er sich einen Augenblick an den Quai. Er stand dort, und von den Steinen zu seinen Füßen ging ein Geruch nach Fischen aus. Aus dem Fenster seines Hotels hatte er am Morgen die Stände der Fischer betrachtet, die dort ihren Fang anboten. Der leichte Geruch nach Fisch, die ruhig auf dem Wasser liegenden Jachten vor ihm, die glänzende, vom Licht der Hafenlampen und vom Mond beleuchtete dunkle Wasserfläche dahinter, all das gab ihm plötzlich ein Gefühl der Zugehörigkeit. Ja, er konnte es nicht anders beschreiben: Hamburg und Marseille, in ihm waren sie plötzlich eine Einheit, und er war ein Teil dieser Einheit. Er wollte alles dazu tun, dass die bevorstehenden Festlichkeiten ein Erfolg würden.

Er wandte sich ab, überquerte den Kai und ging auf sein Hotel zu. Er wusste, er würde ruhig schlafen.

Weil er ausgeruht war, und auch, weil die Verhandlungen über das inhaltliche Programm des Städtetreffens zur allseitigen Zufriedenheit ausgefallen waren, wartete Nissen am Abend mit Ungeduld darauf, dass Grimaud ihn zu dem verabredeten Bordellbesuch abholte. Das Hauptquartier der Polizei, Grimauds Arbeitsplatz, befand sich auf der Canebière, nicht weit von seinem Hotel entfernt. Grimaud kam zu Fuß. Die Herren schlenderten durch ein paar Seitenstraßen, durchquerten das Viertel der Antiquitätenhändler, erreichten Notre-Dame-du Mont und standen endlich auf einer dunklen, ansteigenden Straße vor einem sicher schon hundert Jahre alten Wohnhaus. Ein paar Stufen führten zur Haustür, ausgetretene Steinstufen, über die Generationen von Mietern in ihre Wohnungen gestiegen waren. Grimaud sah auf seine Armbanduhr.

Ich fürchte, wir sind ein wenig zu früh, sagte er. Lassen Sie uns dort drüben noch etwas trinken, bevor wir hineingehen.

Sie überquerten die Straße und betraten ein heruntergekommenes schmales Bistro, in dem ein buntgekleideter Afrikaner hinter der Theke stand und ihnen entgegensah.

Der Mann passt nicht in diese Umgebung, dachte Nissen. Ihm war nicht klar, was ihn zu dieser Annahme bewog. Die Kleidung? Eine besondere Aufmerksamkeit in seinem Gesicht? Die Gelassenheit, mit der er ihnen entgegensah? Ein wenig von oben herab, oder?

Grimaud verlangte zwei Gläser Rotwein. Sie setzten sich an eines der drei schmuddeligen Tischchen und warteten, bis der Afrikaner eine Flasche entkorkt, zwei Gläser gefüllt und zu ihnen an den Tisch gebracht hatte. Nissen sah zu ihm auf. Dann betrachtete er die Gläser mit leichtem Widerwillen. Sie schienen ihm nicht sauber zu sein.

Madame, mon capitaine?, fragte der Afrikaner, während er neben dem Tisch stehen blieb.

Grimaud nickte kurz, und der Mann verschwand wieder hinter dem Tresen.

Wir werden angemeldet?, fragte Nissen.

Madame weiß gern vorher, wann ich komme, antwortete Grimaud. Das versetzt sie in die Lage, Dinge zu beseitigen, die mich in Verlegenheit bringen könnten. Sie ist sehr besorgt um ihre Gäste. Sie werden das gleich selbst feststellen. Ihre Mädchen haben Klasse. Ein Jammer, denke ich manchmal, dass sie bei uns keine anderen Chancen haben. Dabei haben die, die bei Madame Rose gelandet sind, wirklich Glück gehabt. Normal ist für schwarze Frauen der Straßenstrich, die billige Nummer im Auto oder hinter einer Hausecke. In manchen Gegenden beschwert sich die Stadtreinigung über die vielen Kondome, die in den Anlagen herumliegen. Das Gartenbauamt hat schon offiziell protestiert. Aber was soll man tun? Die Frauen haben keine anderen Möglichkeiten, mal abgesehen von der Tatsache, dass sie im Allgemeinen auch nur zu diesem Zweck zu uns gebracht werden.

Nissen blieb stumm. Weshalb erzählt er mir das?, dachte er. Das sind doch seine Probleme. Das Glas, das noch immer unberührt vor ihm stand, war wirklich nicht sauber.

Lassen Sie uns gehen, sagte Grimaud.

Auch er hatte nicht getrunken. Sie gingen zurück über die Straße. Nissen hatte nicht mitbekommen, auf welche Weise der Afrikaner sie angekündigt hatte. Vermutlich gab es eine Anlage, mit der er Zeichen geben konnte, ohne dass seine Gäste es merkten.

Das Treppenhaus war ungewöhnlich gepflegt. Es passte nicht zur Außenansicht des Hauses. Auf den Treppenabsätzen standen exotische Pflanzen. Die Türen trugen keine Namensschilder. Als sie den dritten Stock erreichten, öffnete sich vor ihnen eine Tür, ohne dass sie sich bemerkbar gemacht hatten.

Wenn Nissen an seinen Besuch bei Mama Rose zurückdachte, dann hatte er immer wieder das Gefühl, im Paradies gewesen zu sein. Die schwarzen Frauen waren ihm geradezu überirdisch schön erschienen. Das hatte sogar Auswirkungen auf die Wahl der Frauen, die er später zu Hause engagierte. Grimaud hatte er schon bald aus den Augen verloren. Irgendwann waren sie beide wieder unten auf der Straße. Er, Nissen, erfüllt von seinen Begegnungen und ein wenig müde, Grimaud ruhig und korrekt, als hätten sie gerade eben in einem Laden gemeinsam einen Schal ausgesucht. Ruhig und korrekt war auch seine Stimme, als er ein Gespräch begann, an das sich Nissen später mit Verwunderung erinnerte.

Lassen Sie uns ein Stück zu Fuß gehen, hatte er gesagt. Ich glaube, wir haben etwas zu besprechen.

Das alles war vor mehr als einem Jahr gewesen. Heute, am Morgen, als Grimaud ihn aus Aix angerufen hatte, um ihm mitzuteilen, das Wetter sei gut und würde in fünf Tagen umschlagen, war er glücklich gewesen. Die Idee, die Galerie zu besuchen, ein Bild zu kaufen und am Abend ein Fest zu geben, war ihm spontan gekommen.

Ein guter Anlass für ein Fest, dachte er. Ein Bild kaufen, Freunde einladen, um es zu hängen, niemand würde ahnen, was er wirklich feierte. Eine interessante Frau, die Block. Hoffentlich würde der Galerist sie mitbringen.

Die Villa, deren Tür ihnen von einer dunkelhäutigen Frau in einem braunen Kleid und mit weißer Schürze geöffnet wurde, erschien Bella elegant, aber nicht protzig. Während der Galerist schon in der Eingangshalle von einigen Gästen mit Beschlag belegt wurde, die das Bild noch nicht kannten, und neugierig auf seine Enthüllung warteten, ging Nissen mit Bella durch die unteren Räume.

Das Haus? Nicht gerade geerbt, sagte er, aber Freunden unserer Familie abgekauft. Es wäre einfach schade gewesen, dieses wunderschöne Haus einem dieser Neureichen zu überlassen, die versuchen, hier in der Gegend Fuß zu fassen.

Bella hörte ihm schweigend zu. Am Ende des Rundgangs blieben sie vor einem großen Fenster stehen und sahen in den Park. Ein paar Strahler beleuchteten alte Bäume.

In dieser Beleuchtung sieht der Park größer aus, als er ist, sagte Nissen. Sehen Sie, da, auf dem Rasen.

Bella blickte auf ein längliches Knäuel, das sich bewegte, ohne dass man Beine sah.

Ein Igel, sagte Nissen. Wir haben mehrere davon. Kommen Sie, wir wollen etwas trinken. Ich hab Ihnen meinen Wodka versprochen.

Die Gesellschaft hatte sich inzwischen in einen Raum mit gedeckten Tischen begeben. Als sie eintraten, sahen sie direkt auf das Bild, das, von zwei Stehlampen angestrahlt, an der Wand lehnte.

Ich hab eine gute Wahl getroffen, denke ich, sagte Nissen.

Bella musste ihm recht geben. Ihr Blick fiel auf zwei junge, sehr schöne Afrikanerinnen, die zwischen den Gästen umhergingen und Getränke anboten. Sie zog sich mit ihrem Wodka in einen großen, abseits stehenden Sessel zurück und beobachtete Nissen und seine Gäste. Man diskutierte darüber, welches der richtige Platz für das Bild sein könnte.

Alles ganz normal, dachte sie. Reiche und weniger reiche Leute, gebildet oder halbgebildet, die sich oft und bei ähnlichen Gelegenheiten treffen, gesellig, so wie man lebt, wenn man Zeit und Geld und einen gewissen Lebensstil hat und kein Einsiedler ist. Alles ganz normal. Was stimmt also nicht?

Keine Frauen. Alles Junggesellen? Ein Männerbund?

Was hockst du hier und sagst nichts?

Der Galerist war neben ihr aufgetaucht und stehen geblieben.

Pieter, sagte Bella, was ist falsch an dieser Gesellschaft? Irgendetwas stimmt doch nicht, oder?

Kann ich nicht finden, sagte Pieter leise. Sind doch alles entzückende Leute. Gut, sind nur wenige darunter, die von Bildern was verstehen, die anderen wollen dem Hausherrn um den Bart gehen. Ist doch normal, oder?

Hast du dein Geld schon?, fragte Bella.

Du bist verrückt, meine Liebe.

Nein, du hast recht, das ist es nicht. Aber was ist es dann?

Ich hol dir noch was zu trinken, sagte Pieter. Er nahm ihr das leere Glas ab. Du kannst ja inzwischen weitergrübeln über die Drachenhöhle, in die du geraten bist.

Bella sah ihm nach, während er durch den Raum ging, auf eine der Afrikanerinnen zusteuerte und vor ihr stehen blieb. Sie sah die beiden miteinander sprechen und dann gemeinsam auf eine Tür im Hintergrund zugehen, hinter der sie verschwanden. Dort befand sich vermutlich die Küche.

Neun, Nissen hatte neun Herren eingeladen, dazu sie und Pieter. Zwei schwarze Frauen bedienten. Wieso zwei? Eine war mit Pieter in der Küche. Und im Raum waren noch zwei weitere. Es war also noch eine Frau dazugekommen, oder sie hatte diese am Anfang übersehen. Nein, es musste noch eine dazugekommen sein, sie erinnerte sich genau daran, dass sie zuerst nur zwei gesehen hatte. Die Tür im Hintergrund öffnete sich, und Pieter tauchte wieder auf. Er hielt zwei Gläser in den Händen und kam direkt auf Bella zu.

Du wirst es nicht glauben, sagte er leise, als er sie erreicht hatte und direkt vor ihr stehen blieb.

Oh doch, sagte Bella, sie hat dir angeboten, dich in der Speisekammer zu treffen, oder oben, in einem der Schlafzimmer.

Vielleicht hab ich sie einfach nur missverstanden, antwortete Pieter, obwohl …

Lass es uns herausfinden, sagte Bella.

Sie stand auf und schlenderte auf Nissen zu. Er stand gerade allein, hielt ein Glas Champagner in der Hand und schien der Musik zu lauschen, die sanft aus dem Hintergrund kam. Er sah vollkommen entspannt aus und sehr zufrieden.

Irgendwann versagen auch die besten Manieren, sagte Bella. Sie folgte mit den Augen einer der Afrikanerinnen, die gerade mit einem Gast den Raum verließ. Der Mann hatte seine Hand auf den Hintern der Frau gelegt. Nissen sah, was sie sah, und lächelte.

Ich bin als großzügiger Gastgeber bekannt, sagte er leise.

Wenn ich noch Polizistin wäre, würde ich mir die Aufenthaltsgenehmigungen der Frauen zeigen lassen.

Sie können sicher sein, dass die in Ordnung sind. Seien Sie doch keine Spielverderberin. Wenn diese Frauen erst einmal hier sind, können sie nur als Putzfrauen arbeiten oder eben als Huren. Sie sollten sie fragen, was ihnen lieber ist.

Ich sollte gehen, antwortete Bella. Sie sprach laut. Ich werde ungern in ein Bordell eingeladen. Es gefällt mir nicht, wie Sie und Ihre Gäste die Notlage dieser Frauen ausnutzen.

Leben Sie wohl, sagte Nissen. Ich hatte Sie für großzügig gehalten. Afua wird Sie hinausbegleiten.

Nissens Gäste beachteten den kleinen Wortwechsel nicht. Niemand sah sich nach ihr um, obwohl sie absichtlich sehr laut gesprochen hatte. Wahrscheinlich hatte sie von Anfang an gestört, und alle waren froh, dass sie die Gesellschaft verlassen wollte. Sie ging zur Tür, hörte Pieter hinter sich und blieb noch einmal stehen.

Versteh doch, sagte Pieter leise. Er ist ein Kunde, ein guter Kunde. Musst du denn so ein Theater machen? Ich kann jetzt nicht einfach weggehen.

Ist schon in Ordnung, sagte Bella. Ich finde sehr gut allein nach Hause.

Vor der Tür überlegte sie, ob sie ein Taxi rufen sollte. Nein, sie würde bis Hochkamp gehen und dann mit der S-Bahn zurückfahren. Sie hatte plötzlich das Bedürfnis, noch einmal durch die Gegend zu wandern, in der sie selbst lange gelebt hatte; so lange, bis ihr Haus abgebrannt war, angesteckt von unvorsichtigen Friedensaktivistinnen. Aber je länger sie an parkartigen Gärten und dezent beleuchteten Villen vorüberging, desto schneller wurde ihr Schritt. Sie fühlte sich unwohl.

Was für ein Theater, dachte sie. Ich hab mich benommen wie eine Sittenwächterin. Peinlich. Du verkommst langsam, Bella Block. Du brauchst wirklich dringend Tapetenwechsel. Lass diese Stadt hinter dir. Geh irgendwohin, wo du die Menschen nicht kennst. Du brauchst einen fremden Blick, eine fremde Umgebung, um wieder zu dir selbst zu finden. Am besten geh irgendwohin, wo keine Touristen sind.

Sie rief nun doch ein Taxi, das sehr schnell zur Stelle war, und ließ sich nach Hause bringen. Dort goss sie sich einen Wodka mit Orangensaft ein und machte es sich für ihre abendliche Lektüre bequem. Es war Zufall, dass auf dem Bücherstapel neben ihrem Lesesessel Jean-Claude Izzo obenauf lag. Sie blätterte und las:

Marseille ist keine Stadt für Touristen. Es gibt dort nichts zu sehen. Seine Schönheit lässt sich nicht fotografieren. Sie teilt sich mit. Hier muss man Partei ergreifen. Sich engagieren. Dafür oder dagegen sein. Leidenschaftlich sein. Erst dann wird sichtbar, was es zu sehen gibt. Und dann ist man, wenn auch zu spät, mitten in einem Drama. Einem antiken Drama, in dem der Held der Tod ist. In Marseille muss man sogar kämpfen, um zu verlieren.

Marseille, dachte Bella, weshalb nicht Marseille. Mit oder ohne Drama. Nur weg von hier.

Bella

Den Rest der Nacht verbrachte Bella damit, Literatur über Marseille zusammenzusuchen. Gegen Morgen lag ein ansehnlicher Bücherstapel neben ihrem Lesesessel, obenauf Anna Seghers, darunter Izzo, Pavese, Walter Benjamin, Wolfgang Koeppen und Del Pappas. Sie wollte sich gründlich auf diese Reise vorbereiten. Nach kurzem Schlaf wachte sie gegen Mittag frisch und tatendurstig auf. Die nächsten Wochen waren mit Lesen ausgefüllt. Sie musste sich zwingen, ein Mal am Tag einen längeren Spaziergang zu machen, um beweglich zu bleiben. Ein sanftes, leuchtendes Herbstwetter machte ihr die Spaziergänge aber zunehmend leichter. Einmal, an einem frühen Vormittag, fuhr sie über die Elbe und wanderte in Finkenwerder umher. Sie kam an einem Birnbaum vorüber, der sicher dreißig Meter hoch war und in dessen Laub, bis hinauf zur Spitze, unzählige gelbe Birnen leuchteten. Der Anfang des Hölderlin-Gedichts »Hälfte des Lebens« fiel ihr ein:

> Mit gelben Birnen hänget
> Und voll mit wilden Rosen
> Das Land in den See …

Auch Rosen blühten in den Gärten. Noch während sie unter dem Baum stand, ließ sich ein Schwarm Wacholderdrosseln in seinen Ästen nieder. Sie beobachtete eine Weile, wie sich die Vögel auf die Birnen verteilten. Es waren sehr viel mehr Birnen da als Vögel. Durch das Geäst schimmerte ein blauer Himmel, und sein Anblick ließ sie an die Reise denken, die sie sich vorgenommen hatte. Der Himmel über Marseille würde genauso blau sein, und sicher würde der Winter dort später kommen.

Vielleicht könnte sie den Winter über dort bleiben und so die dunklen Tage im Norden umgehen. Plötzlich stoben die Vögel über ihr auf. Sie sah ihnen nach, bis sie hinter einem Scheunendach verschwanden. Nie wusste man, was so einen Schwarm in Bewegung setzte.

Auf der Fähre, die sie zurück über die Elbe brachte, waren nur wenige Passagiere: Ein junges Paar mit einem Kind, das im Kinderwagen lag und so fest schlief, als hätten die Eltern ihm von dem Bier abgegeben, das sie in der Hand hielten, und ein alter Mann, der vorn an der Reling stand und sein Gesicht in den Wind hielt. Er trug eine verblichene Kapitänsmütze und eine dunkelblaue Jacke.

So steht der immer da, sagte der junge Mann zu Bella, der ihren Fahrschein kontrollierte. Er hat eine Monatskarte. Fehlt nur noch, dass er die Kommandos gibt. Versucht hat er es, hat mir ein Kollege erzählt, aber das hat man ihm abgewöhnt.

Abgewöhnt?, fragte Bella

Die Leute haben ihn ausgelacht. Seitdem fährt er das Schiff stumm.

So, in Begleitung des trinkenden Paares, des stummen Kapitäns und des schlafenden Säuglings erreichte sie die Landungsbrücken. Der Lärm der Stadt nahm sie wieder auf. Die Portugiesen in der Ditmar-Koel-Straße waren damit beschäftigt, Tische und Stühle vor den Lokalen abzuwischen. Sie warteten auf die abendliche Kundschaft. Sicher würden die Menschen den schönen Herbstabend draußen verbringen wollen. Vom Turm der Michaeliskirche war die Trompete des Türmers zu hören, als sie das Ende der Straße erreicht hatte.

Den folgenden Tag verbrachte Bella noch einmal mit Lesen. Sie hatte fünf Romane von Izzo gelesen und auch Anna Seghers' *Transit*. In ihrem Kopf hatte Marseille langsam Gestalt angenommen. Noch immer war der Himmel, der sich in ihrer Einbildung über der Stadt spannte, blau, aber ein Gefühl von Traurigkeit, ja von Schwermut, das nicht zu dem blauen Himmel passen wollte, verstärkte sich langsam.

> Man hatte mir unterwegs erzählt, den gerissenen Häschern, die im Bahnhof von Marseille zum Menschenfang angestellt seien, könne kein Fremder durch's Netz gehen ... Ich stieg zwei Stunden vor Marseille aus dem Zug ... ich kam von oben her in die Bannmeile von Marseille. Bei einer Biegung des Weges sah ich das Meer, tief unten zwischen den Hügeln ... (die Stadt) erschien mir so kahl und weiß wie eine afrikanische Stadt.

Beim Lesen war ihr mehr und mehr deutlich geworden, dass sie auch in Marseille mit den dunklen Seiten der deutschen Geschichte konfrontiert werden würde. Damit hatte sie sich abgefunden. Gab es überhaupt ein Land in Europa, das von deutschen Untaten unberührt geblieben war? Aber sie wollte aufpassen, dass die Vergangenheit nicht das Heute verdunkeln würde. Auch deshalb hatte sie sich Fotografien besorgt, die die besondere Schönheit der Stadt und des sich anschließenden Küstenstreifens zeigten. Sie freute sich auf die Calanques, eine Felsenküste, in deren Einbuchtungen kleine Ansiedlungen und versteckte Häfen lagen. Sie kannte das Leben in dieser Gegend nun aus den Büchern von Izzo und Del Pappas. Sie wollte unbedingt dorthin. Das würden gute Orte sein, die sie davor bewahren könnten, in die ewige Schwermut zu verfallen, von der bei Anna Seghers die Rede war.

Auf ihren letzten abendlichen Wanderungen durch Hamburg vor ihrer Abreise stieß sie auf Plakate, die Feierlichkeiten zum fünfzigsten Jahrestag der Städtepartnerschaft Hamburg/Marseille ankündigten. Sicher gab es solche Festivitäten auch in Marseille. Würden sie einen Strom von Touristen aus Hamburg anziehen? War es richtig, gerade jetzt dorthin zu fahren?

Sie überlegte eine Weile und rief dann ihren Freund Kranz an, den sie lange nicht gesehen hatte. Die Verbindung zwischen ihnen war schon immer Schwankungen unterworfen gewesen. Allzu große Nähe hatte ihnen beiden nicht gefallen. Dadurch waren die Abstände, in denen man sich nicht sah, manchmal größer, ohne dass eine besondere Absicht damit verbunden gewesen wäre.

Kranz schien sich zu freuen, von ihr zu hören. Sie verabredeten sich für den Abend.

Ich werde ein wenig früher da sein, dachte Bella. Ich will ihn beobachten, wenn er ankommt. Seine Stimme hört sich an, als sei er alt geworden.

Sie saß dann, im Rücken einen dieser Heizpilze, die die Bürgersteige der Stadt in manchen Gegenden seit einiger Zeit zu Außenstellen von Restaurants und Kneipen machten, auf dem Platz an der Heiligengeistbrücke, trank Roséwein, der nicht nach Hamburg passte, und wartete. Irgendwann tauchte Kranz neben dem Steigenberger-Hotel auf.

Er ist kleiner geworden, kleiner und runder, dachte sie. Das kann doch nicht sein. Aber ihr Eindruck wurde schnell korrigiert; Kranz entdeckte Bella und hatte plötzlich die Haltung, die sie an ihm kannte: straff, elastisch, locker. Er nahm sogar seine wirkliche Größe wieder an.

Gefällt es dir hier?, fragte er, noch bevor sie sich richtig begrüßt hatten.

Nein, sagte Bella und lachte. Der Wein schmeckt, als sei er heimatlos, und ein Glühstrumpf ist gut für den Rücken, macht aber keinen Süden. Lass uns gehen.

Wie ein altes Ehepaar, dachte sie, während sie nebeneinander in Richtung Bernhard-Nocht-Straße gingen.

Wie lange kennen wir uns eigentlich schon?, fragte Kranz, vielleicht empfand er ähnlich.

Viele, viele Jahre, sagte Bella. Zuerst hast du mir das Leben gerettet …

… und dann hast du mein Leben gerettet. Wenn auch im übertragenen Sinn. Wenn ich dich nicht kennengelernt hätte, wenn ich nicht angefangen hätte, deine konsequenten Handlungen zu bewundern, wer weiß, vielleicht wäre ich noch immer im Dienst des Senats und würde Schlachtpläne gegen Demonstranten entwerfen. Ich bin dir zu Dank verpflichtet.

Sie lachten beide, weil beiden klar war, dass Bellas Beteiligung an Kranz' Entschluss, den Senatsdienst zu verlassen, sehr gering gewesen war. Eine sehr viel größere Rolle hatte die Tatsache gespielt, dass der Hamburger Bürgermeister sich mit einem rechtsradikalen Richter verbündet und ihn zum Innensenator gemacht hatte.

Mit solchen Leuten arbeite ich nicht, hatte Kranz gesagt und seine Entlassung betrieben. Der Rechtsradikale war später über seine eigene intrigante Politik gestolpert und verprasste inzwischen, so jedenfalls kolportierten es die Boulevardzeitungen, seine Pension in dubioser Gesellschaft an südamerikanischen Stränden.

Die Tower-Bar, in der sie schließlich landeten, war noch leer. Es war zu spät für Touristen und zu früh für Stammgäste.

Nach Marseille, sagte Kranz, also, vor allzu großem Touristenrummel musst du dort keine Angst haben. Und was diese Städtepartnerschaft angeht: die ist eher von gutem Willen als von guten Ideen beseelt. Zu meiner Zeit nahmen an solchen Treffen reiselustige Reeder, vergnügungssüchtige Kaufleute und wichtigtuerische Bürgerschaftsabgeordnete teil, und das Ganze wurde von ein paar Beamten mittleren Ranges vorbereitet. Ich kann mir nicht denken, dass es heute viel anders ist. Wenn du willst, besorge ich dir ein paar Einladungen zu den Veranstaltungen dort. So weit reichen meine Beziehungen noch. Dann kannst du dich selbst davon überzeugen, wie ernst diese Partnerschaft genommen wird.

Bella verzichtete auf die Einladungen, versprach Kranz, ihn anzurufen, wenn er ihr in irgendeiner Weise behilflich sein

könnte, und sie verabredeten sich für die Zeit nach ihrer Rückkehr.

Wie lange willst du bleiben?, fragte Kranz. Ich hab dich vermisst, weißt du?

Er lächelte, und auch Bella lächelte, weil sie beide wussten,
dass sie das Gleiche dachten: Das Leben ist auch ohne dich interessant gewesen, aber vielleicht würde es ein wenig schöner
werden, wenn wir uns wieder regelmäßiger sähen.

So war es jedes Mal, wenn sie sich nach längerer Zeit wieder-
trafen.

Am Abend vor ihrer Abreise, immer noch zweifelnd, ob Marseille gerade zu dieser Zeit das richtige Ziel wäre, machte Bella
einen Spaziergang um die Binnenalster. Luxushotel, Luxuskauf-
haus, Luxusläden, Luxus-Jungfernstieg (wenn die Hamburger
frankophil wären, dachte sie, anstatt englisches Understatement
zu bevorzugen, würden sie diese protzig umgestaltete Straße nun
»Boulevard« nennen). Am Ballindamm Luxusbüros und die
Niederlassung der HSH-Nordbank: »Größter Schiffsfinanzierer
der Welt«. Während in den Zeitungen ein UN-Bericht der Welt
ein »Hungerjahrhundert« voraussagte, gab sich Hamburg alle
Mühe, als europäische Millionärshauptstadt zu glänzen.

Nichts gegen Luxus, dachte Bella. Aber wenn für die armen
Leute nichts übrig bleibt … Und dann: Du denkst Unsinn, Bella.
Es gibt nur Luxus, weil für die armen Leute nichts übrig bleibt.

Als Kontrastprogramm beschloss sie, ihren Spaziergang mit
einem Gang durch das Karolinenviertel zu beenden. Auf dem
Weg dorthin sah sie mehrere Plakate »Hamburg – Marseille,
Partner seit 50 Jahren«. Eine Reihe von Veranstaltungen wurde
angekündigt, seltsam langweilige, die den Eindruck erweckten,
als sei es eher ein Pflichtprogramm, das da abgearbeitet wurde.
Ob das in Marseille ähnlich war?

Bella hatte sich in den letzten Wochen eingebildet, Marseille
zu kennen, obwohl sie noch nie dort gewesen war. Nach Seghers'

Transit hatte sie ein uraltes Exemplar des *Grafen von Monte Christo* hervorgekramt, weil sie sich an das Château d'If erinnerte, das vor der Küste von Marseille lag und in dem Roman eine Rolle spielte. Aber immer noch am meisten hatte sie die Marseille-Trilogie von Izzo beeindruckt, und abgestoßen war sie von einer Passage aus Walter Benjamins *Städtebildern*:

> Marseille – gelbes, angestocktes Seehundsgebiss, dem das salzige Wasser zwischen den Zähnen herausfließt. Schnappt dieser Rachen nach den schwarzen und braunen Proletenleibern, mit denen die Schiffskompanien ihn nach dem Fahrplan füttern, so dringt ein Gestank von Öl, Urin und Druckerschwärze daraus hervor … Das Hafenvolk ist eine Bazillenkultur; Lastträger und Huren menschenähnliche Fäulnisprodukte.

Eine seltsame, vielleicht mit der bürgerlichen Herkunft Benjamins zusammenhängende Faszination für Huren und Hurenviertel ging von seinem Text aus, die nach ihrem Verständnis nicht zu einem Mann der Aufklärung passte. Benjamin 1929, Seghers 1941, Izzo 1998 – kein Wunder wohl, dass Izzo sie am gründlichsten auf die Stadt eingestimmt hatte.

Das Karolinenviertel: Sie war lange nicht dort gewesen und sah nun, dass auch hier inzwischen die übliche Verwandlung stattfand. Die ersten kleinen Luxuslädchen waren aufgetaucht. Die Kneipenbesitzer gaben sich Mühe, ihre Räume ordentlicher aussehen zu lassen. Die Dealer benahmen sich diskreter. Ein paar sehr schicke Büroschilder waren schon an den Hauseingängen angebracht worden – vor zehn Jahren hätte man die wahrscheinlich über Nacht wieder abgerissen. Deprimierend, das Ganze. Bella machte kehrt.

Vor einer Eckkneipe an der Feldstraße hielt sie noch einmal an. Die Tür stand offen, drinnen waren nur wenige Menschen.

Sie trat ein, setzte sich an die Theke und bestellte ein Glas Weißwein. Die junge Frau hinter dem Tresen, vielleicht zwanzig Jahre alt, mit zwei kurzen, vom Kopf abstehenden blonden Zöpfen und dem Profil der Uta von Naumburg, sah sie verwirrt an.

Weißt du, eigentlich trinkt man hier Bier, sagte sie.

Im Hintergrund an der Wand sah Bella eine Art Altar zu Ehren des FC St. Pauli.

Aber ich kann gern versuchen, eine Weinflasche zu finden.

Nett von dir, sagte Bella. Ich warte dann einfach so lange, bis du eine gefunden hast.

Ein paar Plätze weiter am Tresen saß ein Mann, der so offensichtlich Kummer hatte, dass Bella befürchtete, er könnte sich vor die U-Bahn werfen, wenn er sein Bier ausgetrunken hätte. Später – es dauerte eine Weile, bis Uta von Naumburg den Wein gefunden und die Flasche geöffnet hatte (beim Öffnen der Flasche half ihr eine Frau, die ganz am Ende des Tresens stand und sich als gelernte Barfrau vorstellte) – wurde er heiterer. Offenbar brauchte er einen gewissen Alkoholpegel, um seine Leichenbittermiene verschwinden zu lassen.

Ich bin nämlich neu hier, sagte Uta von Naumburg irgendwann. Da lächelte der Trauerkloß schon.

Bella sah durch eine große Fensterscheibe hinüber auf den Bunker am Heiligengeistfeld. Eine Menschenschlange hatte sich dort angesammelt.

Die warten auf den berühmten, ach, ich weiß nicht, sagte die gelernte Barfrau, ich vergess den Namen immer. Sieht aus wie 'ne Bohnenstange mit zu kleinem Kopf.

Westernhagen, sagte der Trauerkloß. Der soll da heute auftreten.

Bella zahlte den Weißwein und ging, begleitet von den guten Wünschen der fröhlich zwitschernden Stimme der kleinen Uta und dem gebrummten »Dann mach's mal gut«, das der Trauerkloß ihr zukommen ließ. Drei Gläser Weißwein hatten offenbar Bindungen besonderer Art geschaffen.

Am Himmel waren keine Sterne zu sehen. Die Schlange vor dem Bunker auf der anderen Seite hatte sich aufgelöst. Ein leichter Regen fiel, so leicht und zart, dass er besser in den Frühling gepasst hätte. Oder nach Marseille, wo es sicher wärmer war. Es wurde Zeit für die Abreise.

Drei Tage später, in einem Straßencafé auf der Canebière, lag Hamburgs Nieselregen sehr weit hinter ihr. Marseille hatte sie mit offenen Armen empfangen. So kam es ihr jedenfalls vor. Sie hatte ein kleines Hotel in der Rue des Petites Maries gefunden, ganz in der Nähe der Bahnhofs St. Charles. Arbeiter, Handwerker, Wirtinnen, Zimmermädchen, heruntergekommene Arbeitslose, alte Männer und alte Frauen, die aussahen, als hätten sie nur eine einzige Mahlzeit am Tag, und junge Mädchen, die Arm in Arm vorbeizogen, waren ihr täglicher Anblick, während sie auf der Straße frühstückte und sich anschließend auf ihren Weg durch die Stadt machte. Nachmittags hatte sie sich, um auszuruhen, ein Café auf der Canebière ausgesucht. Von Ernst Moritz Arndt, der Marseille 1799 besucht hatte, waren ihr ein paar Zeilen im Gedächtnis geblieben, an die sie nun ein ganz klein wenig schaudernd dachte:

> Vor der Revolution! O, vor der Revolution, da war Marseille noch etwas. Jetzt sind wir arm und haben über ein Drittel unserer Menschen verloren. So sehr hat die Guillotine und die Gewerbslosigkeit die Stadt entvölkert. Ich schauderte, als man mir auf der Straße de la Canebière erzählte, dort seien zu Schreckenszeiten 600 Männer und meistens die reichsten unter der Guillotine gefallen.

Vielleicht hatte die Guillotine gerade an der Stelle gestanden, an der sie nun im Café saß?

Obwohl die Canebière nicht am Hafen lag, sondern nur dort-

hin führte, hatte sie den Eindruck, als sei Marseille als Hafenstadt hier besonders präsent. Alle Nationen, alle Sprachen, die
unterschiedlichsten Kleider, eine unübersehbare Menschenmenge, die an ihr vorüberzog, wie um zu demonstrieren, dass
diese Stadt eine Hafenstadt war, die ihre Arme offen zum Meer
ausgebreitet hielt. Wie anders war Hamburg! Würde ein Frem-
der, der vom Hafen nichts wusste, auf die Idee kommen, sich in
einer Hafenstadt aufzuhalten, wenn er über den Jungfernstieg
oder die Mönckebergstraße ging? Sicher nicht. In der Rue des
Petites Maries liefen manchmal Ratten an den Hauswänden
entlang. Mülltonnen wurden zu spät geleert, eine Ladenbesit-
zerin breitete ihre Stoffe auf der Straße vor dem Haus aus und
setzte sich daneben, wunderbar bunt gekleidet, mit einem Turban aus lilafarbenem Samt. Alles war hier lebendig, und auch
wenn die Armut unübersehbar war, schien die Stadt ein Herz
für ihre Bewohner zu haben.

An diesem Tag war Bella zu Fuß hinauf zur Kirche Notre-
Dame de la Garde gestiegen, hatte von dort die Aussicht über
die Stadt und den Hafen genossen, war wieder hinuntergewan-
dert und nun rechtschaffen müde. Sie würde ins Hotel zurückgehen, noch einmal Walter Benjamin lesen und dann tief und
fest schlafen. Benjamin, weil sie annahm, ihn erst jetzt besser
verstehen zu können, weil sie sich nun langsam selbst ein Bild
von der Stadt machen konnte.

Sie winkte dem Kellner, einem freundlichen Araber, der zu
bedauern schien, dass sie gehen wollte. Im Café waren außer ihr
nur noch zwei Gäste, Männer, die dicht an der Hauswand neben dem Eingang saßen und Spielfiguren zwischen sich hin und
her schoben, dreißig Tische und die dazugehörenden Stühle
standen leer unter den Bäumen der Canebière. Aus dem Strom
der Vorüberziehenden hielt niemand an, bog niemand ab, um
sich zu einer Pause, einem Bier, einem Wein niederzulassen.

Sie sind arm, dachte Bella. Eine Familie braucht hier mindestens zehn Euro, auch wenn alle nur ein Wasser trinken.

Irgendwann stand sie auf und reihte sich in den Strom der Spaziergänger ein, der schon dünner geworden war, denn der Abend kam. Spontan beschloss sie, bevor sie in ihr Hotel zurückging, noch einmal einen Blick auf jenes Hotel zu werfen, in dem Anna Seghers gewohnt hatte. Um dorthin zu kommen, brauchte sie zehn Minuten, und als sie vor dem Hotel stand, war es beinahe dunkel geworden. Es war zu spät, um noch Einzelheiten wahrnehmen zu können.

Und dann sah sie den Mann, eigentlich nur die Umrisse eines Mannes, der sich an einem Paket zu schaffen machte, das im Rinnstein lag. Ihr Weg führte an ihm vorüber. Sie hatte nicht vor, sich einzumischen in das, was der Mann dort tat. Was immer er gefunden hatte, er würde es vermutlich gebrauchen können. Er aber, ihre Schritte hörend, sah sich um, ließ das Paket im Stich, rannte, so schnell er konnte, davon und verschwand hinter der nächsten Straßenecke.

Bella hatte ein schlechtes Gewissen. Vielleicht hatte der Mann den Fund seines Lebens gemacht, und sie hatte ihn vertrieben! Wenn sie schnell verschwände, würde er zurückkommen. Sie war sicher, dass er sie von irgendwo beobachtete. Also: Umdrehen und sich entfernen!

Oder stehen bleiben, noch ein paar Schritte auf das Paket zugehen und feststellen, was da eigentlich am Boden lag und sich bewegte und stöhnte und jetzt wieder sehr still war.

Bella stand über etwas Schwarzes gebeugt, über eine alte Frau, in einen schwarzen Schal gewickelt, die nun versuchte, sich aufzurichten, und sich dabei übergab, ob vor Anstrengung oder weil sie betrunken war, ließ sich nicht feststellen.

He, sagte Bella.

Sie berührte die Alte an der Schulter; Knochen, nichts als Knochen. Das Aufrichten funktionierte nicht. Sie sank langsam zurück auf die Straße, hielt aber die Augen geöffnet und sah Bella an.

Kommen Sie, ich helfe Ihnen. Sie tastete nach den Händen

96

unter dem Schal. In der verdammten Straße war es viel zu dunkel, um etwas zu erkennen. Eine Katze strich um ihre Beine. Sie stieß mit dem Fuß danach. Das fehlte noch: Ratten und Katzen und nun der deutliche Gestank von Erbrochenem. Hatte die Alte überhaupt Hände?

Geben Sie mir Ihre Hand, sagte Bella. Ich werde Sie hochziehen.

Unter dem Schal entstand Bewegung. Zwei Hände kamen hervor, die sich ihr entgegenstreckten.

Na, also, sagte sie, geht doch.

Sie ergriff die Hände, zog und hätte sich beinahe selbst auf den Boden gesetzt. Die Person war leicht wie ein Vogel. Als sie stand, war sie so klein wie ein Mädchen von zehn oder elf Jahren. Das allerdings war das Einzige, was sie einem Mädchen vergleichbar machte.

Ich begleite Sie, sagte Bella. Wohin kann ich Sie bringen?

Die Alte fing an zu lachen. Sie hatte eine dunkle Stimme, die nicht zu ihrem Vogelkörper passte.

Ich leg mich besser wieder hin, sagte sie.

Bella griff nach ihren Schultern und hielt sie im letzten Augenblick aufrecht.

Sind Sie verrückt? Hier fressen Sie die Ratten. Sie müssen doch irgendwo wohnen. Sagen Sie mir die Adresse. Wir nehmen ein Taxi.

Sehnsüchtig sah sie zum Eingang der Straße, dorthin, wo es hell war vom Licht der Laternen und von den Scheinwerfern vorüberfahrender Autos.

Taxi, sagte die Alte. Ich hab kein Geld.

Lassen Sie das Geld. Wohin soll ich Sie bringen?

Ich weiß nicht, sagte die Alte, ich leg mich wieder hin.

So ging das nicht weiter. Entschlossen legte Bella einen Arm um die Frau, zog sie vom Rinnstein weg und machte sich mit ihr auf den Weg, Richtung Cours Belsunce. Die alte Frau sträubte sich nicht. Je näher sie der Straße kamen, desto deutlicher konnte Bella sie sehen. Ein winziges, runzeliges Gesicht, dichte graue Haare, Spinnenfinger, große, zu große Augen für das kleine Gesicht. Der schwarze Schal war kostbar. Zu schade, um ihn wegzuwerfen. Man würde ihn in die Reinigung bringen müssen. Flache, dünne schwarze Schuhe.

Ich bin wieder klar, sagte die dunkle Stimme neben ihrer Schulter. Sie können mich jetzt loslassen.

Bella blieb stehen, ließ vorsichtig los, die Alte stand; ein wenig schwankend, aber sie stand.

Nun gehen Sie schon, sagte sie, drehte sich um und wollte zurück in die dunkle Straße. Bella griff noch einmal nach den Schultern, hielt sie fest und drehte die Frau zu sich herum.

Wir gehen jetzt da vorn in ein Cafe. Sie brauchen etwas zu trinken. Los.

Die Alte folgte, ohne sich zu widersetzen. Bella hoffte, dass neben dem Eingang zum Alcazar noch Tische und Stühle auf der Straße standen. Ungern würde sie mit der alten Frau das Innere einer Gaststätte betreten. Die Tische und Stühle waren noch da, auch viele Menschen, die das Alcazar verließen oder hineingingen. Sie waren nicht allein unterwegs. Sie würden nicht auffallen.

Espresso, sagte sie, zwei doppelte, als ein Junge auf sie zustürzte und eifrig nach ihren Wünschen fragte.

Und Gin, einen doppelten, sagte die Alte.

Der Junge war weg, bevor Bella diese Bestellung rückgängig machen konnte. Die alte Frau hatte sich hingesetzt. Sie hielt ein beschmutztes Ende ihres Schals in der Hand und sah Bella aufmerksam an. Sie sah nicht aus, als verbringe sie ihr Leben auf der Straße, trotz des Alkoholgeruchs, der von ihr ausging, und trotz ihrer verschmutzten Kleidung.

Eine Deutsche, sagte sie endlich. Hätte ich mir ja denken können. Die Franzosen lassen die Leute liegen.

Die Deutschen auch, sagte Bella.

Sie hatte das ungute Gefühl, die alte Frau wollte sich ihr anschließen. Dem musste sie vorbeugen.

Haben Sie Geld?

Die Alte lachte. Sie hat mich durchschaut, dachte Bella. Der Junge kam zurück. Das Glas mit dem Gin und die Espressotassen schabten über den Tisch

Wenn ich getrunken habe, geht es mir besser, sagte die Alte. Dann können wir überlegen, was zu tun ist. Ohne Geld.

Sie griff nach dem Glas und trank den Gin in kleinen Schlucken. Sie trank, bis das Glas leer war.

Täusche ich mich, dachte Bella, oder blüht sie gerade auf? Sie sieht jedenfalls aus, als ginge es ihr besser.

Sehen Sie mich nur an, ich bin ganz in Ordnung. Wenn Sie den Gin bezahlen, können Sie mich ruhig allein lassen, den Kaffee können Sie selbst trinken.

Das kann ich nicht, sagte Bella. Tun Sie doch nicht so. Sie wissen, dass ich Sie hier nicht allein sitzenlasse. Ich finde Sie ganz schön raffiniert.

Im gleichen Augenblick tat ihr leid, was sie gesagt hatte. Die alte Frau sah sie an. Ihre großen Augen schwammen in Tränen. Die Hände, die den Schal hielten, waren verkrampft. Eine Frau, die auf der Straße lebte, sah anders aus.

Tut mir leid, sagte Bella. Ich kenne Sie doch überhaupt nicht. Ich heiße Bella Block und bin eine Touristin aus Deutschland, aber das haben Sie ja schon bemerkt.

Sie zwang sich zu lächeln. Die Alte schien sich zu beruhigen. Der Junge tauchte neben ihrem Tisch auf, nahm das leere Glas in die Hand und sah fragend von einer zur anderen. Bella schüttelte den Kopf. Der Junge verschwand. Die alte Frau protestierte nicht.

Nini, sagte sie, Nini Barbier. Französin. Aus Spanien. Alleingelassen. Verraten. Aber das wird sich ändern. Ich hol sie da weg. Ich hol sie so bald wie möglich da weg. Das ist kein Ort für ein junges Mädchen. Ich muss nur erst ...

Moment mal, rief Bella dazwischen. Freut mich, Sie kennenzulernen, Nini. Von wem reden Sie? Wen wollen Sie wo weghoolen? Sie müssen zuerst schlafen und dann essen, bevor Sie überhaupt etwas unternehmen können. Wann haben Sie das letzte Mal gegessen?

Keine Ahnung, sagte Nini. Getrunken hab ich zuletzt oben im Panier-Viertel, Place de Lenche. Aber ob ich da auch was gegessen habe? Wohl eher nicht. Ich hab überhaupt kein Geld mehr gehabt. Hat gerade noch für den Gin gereicht, und dann wollte ich gehen und Geld holen. Irgendwie bin ich in die Rue du Relais gekommen, weil es da dunkler war, und ich war nicht mehr so sicher auf den Beinen, und dann bin ich hingefallen. Ich hab da gelegen, und Sie haben mich gefunden … mein armer Kopf.

Sie hielt inne und befühlte ihren Hinterkopf. Beule, sagte sie. Da, Sie sehen es ja. Ich mach Ihnen nichts vor, alles die reine Wahrheit, und die Tasche ist auch weg.

Was für eine Tasche?

Meine Handtasche natürlich. Ausweis, EC-Karte, Schlüssel.

Was für Schlüssel?

Bella hatte die leise Hoffnung, dass mit dem Schlüssel auch so etwas wie eine Wohnung oder ein Hotel verbunden sein könnte. Jemanden zu finden, der eine Wohnungstür öffnete, wenn der Schlüssel weg war, dürfte nicht allzu schwer sein.

Schlüssel für meine Wohnung, Calle Trasera, San Sebastián de la Gomera.

Der wird uns nützen, sagte Bella enttäuscht.

Ich hab Ihnen gesagt, dass ich aus Spanien bin, oder?

Liebe Nini, sagte Bella so geduldig, wie es ihr möglich war, wir sind hier in Marseille, und Sie brauchen einen Schlafplatz. Wo ist Ihr Gepäck? Wenn Sie aus Spanien kommen, werden Sie Gepäck dabeigehabt haben.

Nini sah sie an. Ihre Augen füllten sich wieder mit Tränen. Sie hob die Schultern; ein winziges Häufchen Elend, zerknirscht und beunruhigt zugleich.

Ich weiß nicht. Vermutlich irgendwo dort oben.

Sie zeigte vage in Richtung Panier-Viertel. Bella überlegte kurz. Das Letzte, wozu sie Lust hatte, war, von Kneipe zu Kneipe zu laufen und nach Ninis Gepäck zu fragen. Konnte sie es riskieren, der alten Frau etwas Geld zu geben und sie dann sich selbst zu überlassen?

Nini ließ den Schal los und legte ihre Hände auf den Tisch. Ich hab kein Hotel, sagte sie. Mein Geld scheint weg zu sein. Vielleicht kann man morgen ... ich meine, die Polizei könnte doch morgen ... aber so, wie ich aussehe ... ich bin doch ganz schmutzig ... vermutlich rieche ich nach Gin ... die werden mich wegschicken ...

Wahrscheinlich, sagte Bella, und nun? Ihre Stimme hatte zu hart geklungen. Sie fühlte sich nicht wohl in ihrer Haut.

Ich brauch ja nicht viel Platz. Es wäre ja nur für diese Nacht.

Ich stelle Bedingungen, sagte Bella. Keinen Schnaps mehr. Sie nehmen zuerst ein Bad. Ich kümmere mich um Ihre Kleider. Der Schal ...

Er ist ein Geschenk, sagte Nini leise. Maria-Carmen ...

Wir wollen gehen, sagte Bella. Sie werden mir Ihre Geschichte erzählen, wenn Sie einigermaßen wiederhergestellt sind und etwas gegessen haben.

Sie winkte dem Jungen, der sofort angelaufen kam, und zahlte. Nini hatte Mühe, aufzustehen. Bella legte noch einmal den Arm um ihre Schulter.

Ich kann gehen, sagte die Alte unwirsch. Aber sie schüttelte den Arm nicht ab und lehnte sich nach ein paar Schritten sogar gegen Bellas Hüfte.

Es ist nicht weit, sagte Bella, als ich Sie fand, war ich auf dem Weg in mein Hotel.

Manchmal liegt das Glück auf der Straße, murmelte Nini. Bella zog es vor, zu schweigen. Während sie langsam weitergingen, überlegte sie, wessen Glück die alte Frau gemeint haben könnte. Hatte die Alte vielleicht sie gemeint?

Im Hotel war niemand an der Rezeption. Bellas kleines Appartement lag im zweiten Stock, und Nini schaffte die Treppe leicht. Warum auch nicht, dachte Bella. Sie hat ja kein Gewicht zu tragen, und Gin scheint sie zu beflügeln.

Beim Aufschließen der Tür empfand sie für einen kurzen Augenblick fast so etwas wie Widerwillen, die Frau bei sich zu haben. Dahin ihre Ungestörtheit, der stille Abend, das Lesen, der schlampige Bademantel. Wahrscheinlich würde sie auch auf die Angewohnheit verzichten müssen, nachts ein Bad zu nehmen. Eines war klar: Diese Nini musste so bald wie möglich wieder verschwinden. Aber zuerst wollte sie sich ihre Geschichte anhören. Danach würde sie sicher viel besser wissen, was als Nächstes zu geschehen hätte.

Sie nehmen ein Bad, sagte Bella. Ich besorg uns inzwischen eine Kleinigkeit zu essen. Geben Sie mir den Schal.

Nini verschwand im Badezimmer und reichte nach kurzer Zeit den Schal durch den Türspalt. Bella sah einen erbarmungswürdig dürren Arm, bevor die Tür wieder geschlossen wurde. Dann telefonierte sie mit der Concierge und bat um ein paar Sandwiches und zwei Bier.

Bier ist gut, dachte sie, das macht müde.

Als Nini aus dem Bad kam, eingewickelt in ein großes Handtuch und ein kleineres um den Kopf geschlungen, standen Essen und Trinken schon auf dem Tisch.

Maria-Carmen, sagte Nini, am besten, ich erzähle Ihnen alles von Anfang an.

Während Bella zuhörte, entstand vor ihr das Bild einer hübschen, jungen Spanierin, die mit allen Wassern gewaschen war und konsequent ihr Ziel verfolgte: ein unabhängiges Leben. Diesem Mädchen war es offensichtlich egal, woher das Geld kam, das sie für ein solches Leben brauchte. Und Freunde, die nicht in ihr Konzept passten, schob sie einfach beiseite.

Ein schönes Früchtchen, sagte Bella, als Nini ihre Geschichte beendet hatte. Nini war empört.

Sie kennen das Mädchen nicht. Ich habe die Familie gekannt. Sie musste da einfach raus. Dass dieser Kerl auf unserer Insel erschossen wurde, war ein Zufall, den die Kleine genutzt hat. Das war ihre Chance. Sie hatte ja nicht nur sein Geld gefunden, sondern auch eine Adresse in Marseille. Und nun läuft sie in ihr Verderben.

Eine Adresse in Marseille?

Ja, sagte Nini, es sind ein paar Zeitungsausschnitte bei seinen Sachen gewesen. Ich könnte mich heute noch ohrfeigen, dass ich sie ihr übersetzt habe. Da war von einem Bordell die Rede, Mama Rose hieß die Besitzerin, mit Foto und Adresse. Da will sie hin. Ich bin sicher. Aber sie weiß doch nichts vom Leben. Sie hat doch überhaupt keine Ahnung, worauf sie sich einlässt.

Da haben Sie wahrscheinlich recht, sagte Bella.

Sie sah Nini zu, die das Bier in kleinen Schlucken trank und dabei das Gesicht verzog, als wäre es ungenießbar.

Bier, sagte Nini, als sie Bellas Blick bemerkte, wissen Sie, wann ich das letzt Mal Bier getrunken habe? Das war 1948, als mein Matrose mich mitgenommen hat auf das Schiff nach Gomera. Wir fuhren mit einem Fischerboot von der spanischen Küste aus. Richtigen Fährbetrieb gab es damals noch nicht. Den hat später erst der alte Olsen aufgebaut, die Verbindung zwischen Teneriffa und Gomera. Jahrelang fuhren da nur seine Schiffe. Er war der König. Bei den Inselbewohnern gab es das Gerücht, dass sie sich nur durch Pfeifen verständigten, und manche Leute in Spanien hielten sie für heimliche Kannibalen. Mein Matrose nicht. Er kam von dort. Der wollte nicht, dass ich Bier trinke. Eine Lady trinkt kein Bier, hat er gesagt. Und als ich ihn gefragt hab, was eine Lady dann trinkt, hat er mich angesehen und gesagt: Ja, das kannst du nicht wissen. In deiner Tabakfabrik haben sie dir eben das Biertrinken beigebracht, aber bei uns gibt es Gin. Sie können sich gar nicht vorstellen, wie billig der Gin damals gewesen ist. Es gab keine Touristen auf der Insel, nur Eingeborene, die mich am Anfang ziemlich finster betrachtet haben. Besonders die Frauen. Die hatten überhaupt keinen Chic. Das musste ich erst ändern. Hätte ich wahrscheinlich nicht geschafft, wenn mein Matrose mich nicht sitzengelassen hätte. Da hab ich denen dann leidgetan. Ich hab gemerkt, die sind gar nicht so, und hab mich mit ihnen angefreundet. Sie tranken zwar keinen Gin und gingen sonntags in die Kirche, aber sonst waren sie in Ordnung. Nur wenn sie ihre Prozessionen machten, hab ich noch an das Kannibalengerücht gedacht und bin lieber zu Hause geblieben. Die dumpfen Trommelschläge hab ich bis in meine Wohnung gehört, und das erste Mal, als sie die Sardine am Strand verbrannt haben, da hab ich befürchtet, die Insel steht in Flammen. Waren ja mal Fischer, die Leute in San Sebastián, und das brennende Untier, das riesig war, sollte ihren Meergott beruhigen. Heute kommen die Touristen, und alles ist Theater …

Ninis Kopf fiel einfach auf die Rückenlehne des Sessels, und sie begann übergangslos zu schnarchen.

Auch das noch, dachte Bella. Aber sie war nicht mehr wütend darüber, dass sie Nini mitgenommen hatte. Diese kleine alte Frau war so lebendig, dass es durchaus auch ein Vergnügen sein konnte, mit ihr zusammen zu sein. Und ihr, Bella, würde es nichts ausmachen, Nini dabei zu helfen, diesen Satansbraten von Mädchen zu finden. Was die beiden dann miteinander anfingen, ging sie nichts mehr an. Aber bei ihrer Suche würde sie in der Stadt herumkommen, vielleicht Viertel entdecken, die ihre literarischen Reisebegleiter nicht erwähnt hatten, und ganz sicher auf Menschen treffen, die heute und nicht 1930 oder 1941 oder im Jahr 1999 in Marseille lebten.

Vorsichtig nahm sie Nini auf und trug sie auf das Sofa an ihrem Wohnzimmer. Der kleine Körper passte genau auf die Sitzfläche. Bella breitete eine Decke darüber, sah einen Augenblick auf sie hinab und verließ auf Zehenspitzen den Raum.

Mama Rose

Während Bella und Nini schliefen, begann in den Räumen von Mama Rose der Betrieb. Auch wenn die meisten Kunden erst später kamen, war es Gesetz, dass die Frauen ab zwanzig Uhr zur Verfügung zu stehen hatten. Es gab noch ein paar andere Gesetze, denen sich die Frauen unterwerfen mussten und die ebenfalls in keinem Gesetzbuch zu finden waren. Alle dienten dazu, Zuhälterinnen wie Mama Rose, den Freiern, die ihre Einrichtungen besuchten und den Schleppern, die die Frauen nach Europa brachten, den Rücken frei zu halten. Zwei der wichtigsten hießen: Sag niemandem, wie du nach Europa gekommen bist, denn sonst wird deine Familie in Afrika darunter leiden, und: Sei gehorsam in allem, was von dir verlangt wird, denn sonst wird der Fluch wirksam, den der Voodoo-Zauberer dir vor deiner Abreise für den Fall des Ungehorsams zugedacht hat.

Es war schwer zu sagen, was die jungen Frauen mehr einschüchterte: die Angst davor, am Mord oder an der Verstümmelung eines Familienmitglieds die Schuld zu tragen, oder die Angst, selbst krank zu werden und zu sterben. Auf jeden Fall waren beide Drohungen dazu geeignet, Mama Rose ihre Arbeit zu erleichtern. Schließlich war sie es, die den Mädchen nach einer langen und erniedrigenden Reise eine Heimat bot. Und wenn sie jetzt – es war noch kaum Kundschaft im Bordell – auf ihrem Sitz neben der Tür, die zu den Arbeitsräumen führte, darüber nachdachte, dann konnten die dummen Dinger tatsächlich nur froh sein, dass sie bei ihr gelandet waren.

Mama Rose trug ein leuchtend rotes Gewand, so weit, dass ihre zweihundertfünfzig Pfund locker davon umhüllt wurden. Ihr schwarzes Gesicht mit den winzigen, im Fett verschwindenden Augen wirkte entspannt. Wenn sie lächelte, war eine Reihe spitzer goldener Zähne zu sehen. Unter dem roten Turban, hieß es, hätte sie ihre Haare versteckt. Manche munkelten allerdings, Mama Rose hätte überhaupt keine Haare. Jedenfalls hatte nie jemand Haare auf ihrem Kopf gesehen. Aber das wollte nichts heißen, denn es kam nur sehr selten vor, dass eine der Frauen länger als ein halbes Jahr bei ihr blieb. Waren sie dann weg, interessierten sie sich ganz sicher nicht mehr dafür, ob Mama Rose Haare gehabt hatte. Für die jedoch, die bei Mama Rose arbeiteten, galt: Wen interessieren schon Haare, wenn man sich vor den Füßen fürchten muss.

Unter dem weiten roten Gewand sahen sie hervor: zwei dicke Füße, so dick, dass es kaum Schuhe gab, die bequem gewesen wären. Trotzdem trug Mama Rose Schuhe. Das nahm sie in Kauf. Pantoffeln wären bequemer gewesen, aber Mama Rose legte Wert auf Eleganz, und Pantoffeln trug man nicht während der Arbeitszeit. Außerdem wären die Tritte, zu denen sie mitunter gezwungen war, dann längst nicht so wirksam gewesen.

Die Mädchen wussten, dass Mama Rose alles für sie tat. Sie nahm sie auf, wenn sie, verstört von der langen Reise, in Marseille ankamen. Sie gab ihnen Arbeit und Unterkunft. Sie kleidete sie und verwahrte das Geld, das sie verdienten und das sie eines Tages brauchen würden, wenn sie sich eine eigene Wohnung kaufen oder ihre Familie unterstützen wollten.

Da war es nicht mehr als recht und billig, dass die Mädchen die Gesetze befolgten, die im Haus von Mama Rose galten. Sie verlangte neben Pünktlichkeit Gehorsam und Attraktivität. Gehorsam hieß auch, dass man den Wünschen der Freier nachzukommen hatte, und Attraktivität bedeutete, dass unter den prüfenden Augen von Mama Rose jedem Mädchen eine Bekleidung verordnet wurde, die dessen Schönheit besonders hervorhob. Diese Kleidungsstücke wurden gleich doppelt angefertigt, und die Mädchen waren gehalten, immer und zu jeder Stunde so frisch auszusehen wie am ersten Tag, nachdem sie sich von ihrer langen Reise erholt hatten, eingekleidet worden und bereit waren, ihre Arbeit aufzunehmen.

Weshalb halten sie nicht länger durch?, dachte Mama Rose, während ihr Blick über die Frauen ging, die sich im Salon versammelt hatten. Sie haben es doch gut bei mir. Es ist unbequem, so häufig für Ersatz sorgen zu müssen. Es macht unnötige Arbeit. Die da zum Beispiel, Amma mit den spitzen Brüsten, die war jung, kein Zweifel, sie war gerade sechzehn, nicht älter. Ein Wunder, dass sie den langen Weg von Nigeria bis nach Marseille überstanden hatte. Bei der Übergabe hatte der Verkäufer ihr Ammas Geschichte erzählt, wohl um damit anzudeuten, wie stark die Kleine war. Sie war aus Nigeria über die Republik Niger, durch Algerien, über Algier in den Süden von Marokko und von dort nach Tanger gebracht worden. Von Tanger aus hatten sie es dann über die Meerenge bei Gibraltar nach Europa geschafft; ein Wunder geradezu, denn die Frontex-Truppen, die die europäischen Grenzen bewachten, waren hier besonders aufmerksam. Vielleicht waren die Soldaten bestochen gewesen. Mama Rose wusste, dass man ihnen manchmal ein Mädchen überließ, um fünf andere durchzubringen. Sie wusste es deshalb, weil sie die Bestellungen aufgab und die Schlepper sich rechtfertigen mussten, wenn weniger Mädchen ankamen, als sie erwartete.

Amma war bald wieder munter geworden. Sie hatte sich damals schnell erholt, und ein paar Wochen lang war sie die Attraktion im Salon gewesen. Irgendwann aber hatte sie angefangen zu trinken. Es stand den Mädchen frei, sich an der Bar zu bedienen. Die Klügeren unter ihnen gingen sparsam mit diesem Angebot um. Amma war nicht klug. Sie trank zuerst Wein und stieg dann irgendwann auf härtere Sachen um. Sie würde die Nächste sein, die ausgewechselt werden müsste. Ihr Körper schien noch in Ordnung, aber ihre Haltung war schon die einer Dreißigjährigen.

Ein Schatten glitt über das Gesicht von Mama Rose. Der Schmerz. Da war er wieder, der verflixte Schmerz. Ein halbes Jahr, hatte der Arzt gesagt, vielleicht auch ein ganzes, mehr nicht. Sie wollte nach Hause. Sie wollte in Benin City sterben. Sie wollte genug Geld haben, um sich in ihren letzten Monaten dort bedienen zu lassen. Kein Krankenhaus. Mittel gegen Schmerzen würde sie brauchen, und die Pflege müsste sie bezahlen können.

Mühsam stand sie auf und winkte eines der Mädchen heran. Es kamen zwei, die sie stützten und ihr halfen, die Treppe zur nächsten Etage hinaufzuwanken.

Geht, sagte sie, während sie schnaufend vor der Tür stehen blieb und versuchte, wieder zu Atem zu kommen. Geht. Ich schick euch Maria.

Die Mädchen liefen die Treppe hinunter. Man hörte eine Tür hinter ihnen ins Schloss fallen. Oben öffnete sich die Tür, vor der Mama Rose stand. Maria-Carmen sah ihr entgegen, streckte ihre Hände aus und zog sie zu sich heran.

Danke, stöhnte Mama Rose, ich will mich hinlegen, bring mir die weiße Schachtel, du weißt schon.

Sie sprach spanisch. Maria-Carmen beeilte sich, ihr zu gehorchen. Sie brachte die Schachtel und ein Glas Wasser. Wenig später lag Mama Rose auf ihrem breiten, mit bunten Stoffen bedeckten Bett, und ihre Gesichtszüge entspannten sich langsam.

Erzähl mir von ihm, sagte sie leise. Erzähl mir noch einmal, wie du den Gauner kennengelernt hast.

Maria-Carmen tätschelte Mama Rose die Hand, die vom Bett herunterhing, und hielt sie fest. Sie begann zu erzählen. Sie sprach davon, was sie gedacht hatte, als der Fremde im Speisesaal des Parador gesessen und sie angesehen hatte. Sie schilderte ihn in den lebhaftesten Farben. Streng und geheimnisvoll habe er ausgesehen, aber mit harten, wachen Augen. Sehr gut angezogen sei er gewesen. Sie habe ihn sofort gemocht, obwohl er sie am Anfang gar nicht besonders beachtet hätte, nur hin und wieder angesehen mit seinen harten, wachen Augen. Sie malte den Mann für Mama Rose in den wunderbarsten Farben. Die tat, als schliefe sie, aber sobald Maria-Carmen aufhörte zu sprechen, blinzelte sie und stellte Fragen.

Was hast du gesagt? Was hat er getragen? Einen weißen Anzug?

Nein, nicht weiß. Ein wenig dunkler und ein bisschen zerknittert, Leinen, nicht ganz weiß.

Und keinen Hut?

Hätte ich mich denn in seine Haare verlieben können, wenn er einen Hut getragen hätte?

Mama Rose schloss die Augen wieder und lächelte, während Maria-Carmen ihre Erzählung fortsetzte. Das hatte sie sich inzwischen angewöhnt: zu reden und zu reden und zu reden und die ganze Zeit an etwas ganz anderes zu denken.

Zum Beispiel daran, wie es gewesen war, nachdem sie in Marseille angekommen waren. Sie hatte die Nacht abgewartet. Nini hatte getrunken, wie immer, und war eingeschlafen. Sie hatte ihre Tasche gepackt, der Alten etwas Geld auf den Tisch gelegt und war nach unten gegangen. Schon am ersten Treppenabsatz war sie an einem Fenster stehen geblieben und hatte auf die Stadt und den Alten Hafen gesehen. Hier, sie wusste es genau, würde von jetzt an ihr Zuhause sein.

An der Rezeption hatte sie das Zimmer bezahlt, noch für zwei Tage im Voraus, dann würde auch ihre Großmutter das Hotel verlassen.

Ein Taxi, hatte sie gesagt, ein Taxi in die Rue … und dann war ihr der Name der Straße nicht eingefallen, und sie hatte später dem Taxifahrer den Artikel gezeigt.

Der Teppich im Hotel war weich gewesen, rot mit gelben Lilien. Es ging sich gut darauf. Der Taxifahrer war schweigsam. Sie hatte sich so gesetzt, dass sie die Uhr sehen konnte, und ihm ein wenig mehr Geld gegeben, als auf dem Taxameter stand. Sie hatte gewusst, dass sie im Begriff war, einen entscheidenden Schritt zu tun. Wenn ihr Plan schiefginge, würde sie sich etwas anderes einfallen lassen müssen, und sie wusste nicht, was das sein könnte.

Dass Mama Rose eine Schwarze war, hatte in einem der Artikel aus dem Zimmer des Fremden gestanden. In welchem Zusammenhang? Das hatte sie vergessen. Sie wusste eigentlich nichts über diese Frau. Würde sie freundlich sein? Würde sie ihr zuhören? Würde die Erwähnung des Fremden ihr überhaupt die Tür zu Mama Rose öffnen?

Als sie vor dem Haus gestanden hatte, war sie nicht gleich hineingegangen. Sie hatte das Bistro gegenüber entdeckt, in dem ein einzelner Afrikaner hinter dem Tresen stand und sie gleichgültig musterte.

Das da drüben, hatte er gesagt, ist nichts für Mädchen.

Ich trinke ein Bier, hatte sie geantwortet.

Der Afrikaner war an ihrem Tisch stehen geblieben, als er das Bier brachte. Zwei Männer waren hereingekommen. Er hatte sich nach ihnen umgesehen, war wieder hinter den Tresen gegangen und hatte zwei Namen genannt. Die beiden waren wieder gegangen, aber nur über die Straße. Sie waren in dem Haus verschwunden. Der Afrikaner war wieder an ihren Tisch gekommen. So geht das also, hatte sie gedacht.

Nichts für weiße Mädchen, hatte er gesagt.

Auch nicht, wenn sie von René kommen?, hatte sie geantwortet und nicht gewusst, weshalb sie in diesem Bistro und vor diesem Schwarzen ihren einzigen Trumpf ausspielte.

Du?

In der Stimme des Schwarzen hatte so viel Verwunderung und auch Zurückweisung gelegen, dass sie darauf verzichtet hatte, zu antworten. War eben ein Versuch gewesen. Sie hatte dem Mann zugesehen, der hinter den Tresen gegangen und dort stumm stehen geblieben war.

Verdammte Scheiße, was sollte sie jetzt tun?

Irgendwann hatte der Mann gesagt: Du kannst hier sitzen bleiben.

Mindestens zehn, fünfzehn Männer hatte er inzwischen angemeldet. Nur wenige hatten das Haus wieder verlassen. Einer war noch einmal in das Bistro gekommen, hatte einen Schein über den Tresen geschoben und war wieder gegangen. Der Afrikaner hatte sich nicht bedankt. Sie war dann eingeschlafen, den Kopf auf dem schmierigen Bistrotisch, ihre Tasche auf dem Boden zwischen ihren Füßen. Als sie wach geworden war, musste der Himmel über der Straße wohl heller geworden sein. Sie hatte ihn von ihrem Tisch aus nicht sehen können, aber das Licht draußen war anders gewesen als in der Nacht, ein dämmriges Grau, das die Verzierungen an den Fassaden der alten Häuser und an den Einfassungen der Fenster scharf hervortreten ließ, sodass die Gebäude nun in ihrer ganzen Hässlichkeit und Verkommenheit zu sehen waren. Auch das Haus, in dem sie ihre Zukunft gesehen hatte, war nichts weiter als ein heruntergekommenes Stück Dreck.

Du kannst jetzt reingehen, hatte der Afrikaner gesagt.

Und das hatte sie getan. Was hätte sie sonst tun sollen? Über die Straße, die Tasche in der Hand, verschlafen, ungewaschen. Vor ihr war die Tür von selbst aufgegangen. Sie war die Treppe in den ersten Stock emporgestiegen. Auch dort war eine Tür von allein aufgegangen. Sie hatte einen Flur betreten, dessen Wände mit dunkelroten Tapeten beklebt waren. Es war warm dort und roch nach Puder und Parfüm. Am Ende des Flurs war eine offenstehende Tür gewesen, und durch diese Tür hatte sie Mama Rose gesehen: ein gewaltiges Gebirge aus Fett und buntem Stoff, auf einem Stuhl, der extra für sie angefertigt worden sein musste, breiter und höher als alle Stühle, die sie bisher gesehen hatte.

Alles, was ihr beim Anblick dieser Frau durch den Kopf schoss, hatte weder Sinn noch Verstand gehabt. All ihre Pläne vom leichten Leben in einer Halbwelt, die sie nicht einmal kannte, wurden mit einem Schlag über den Haufen geworfen. Das Gesicht der Dicken verhieß nichts Gutes. Diese Frau würde sie in der Luft zerreißen und die Fetzen in den Abfall kehren lassen. Wie um ihre Ängste zu bestätigen, war hinter ihr der Afrikaner aus dem Bistro aufgetaucht, an ihr vorübergegangen und hatte sich neben Mama Rose aufgebaut.

Komm näher, Kleine. Es war Mama Rose, die zuerst sprach.

Und sie, die Kleine, hatte ihren ganzen Mut zusammengenommen und zwei Schritte nach vorn gemacht. Sie erinnerte sich noch immer genau daran, dass sie beim Anblick der dicken Füße in den zu engen Schuhen plötzlich gewusst hatte, dass hier nicht nur ihre Pläne in Erfüllung gehen könnten, sondern wenn sie es richtig anstellte, würde sie sich der dicken Frau unentbehrlich machen und sie beerben können.

Sie war vor Mama Rose stehen geblieben und hatte gesagt: René lässt Sie grüßen.

Mama Rose war eingeschlafen. Der Turban, der ihren kahlen Schädel bedeckt hatte, war zur Seite gerutscht. Schlafend und ohne Turban sah sie aus wie ein dicker alter Mann. Maria-Carmen legte den Kopfschmuck zur Seite und bedeckte den Körper mit einer Decke aus imitiertem Tigerfell. Ihre Hände bewegten die Decke sorgfältig, ihre Augen musterten die vor ihr liegende Person aufmerksam, aber ohne Anteilnahme. Sie hatte keine Gefühle für Mama Rose. Die Dicke war der Jeton, den sie auf die Zukunft gesetzt hatte. Dieser Jeton musste so lange gehütet werden, bis er Gewinn einbrachte.

Maria-Carmen brauchte eine Woche, bis sie herausfand, dass Mama Rose todkrank war und nach Hause wollte. Sie überließ dem Mädchen sehr schnell die Geschäfte, für die sie zu müde war. Als Erstes hatte Maria-Carmen dem Afrikaner vom Bistro das Gehalt erhöht. Sie wusste, dass sie jemanden brauchen würde, der auf ihrer Seite stünde, wenn Mama Rose nicht mehr da wäre. Der Afrikaner aber blieb misstrauisch. Erst als Mama

Rose ihm bedeutete, dass sein Misstrauen grundlos sei, ja in Wirklichkeit dazu beitragen könnte, dass er seine Stellung verlöre, hatte sich seine Haltung geändert. Trotzdem war es Maria-Carmen am Anfang unklar gewesen, weshalb diese beiden in ihren Augen mächtigen Personen, die ein äußerst einträgliches Geschäft mit jungen schwarzen Frauen betrieben, sie so schnell zu ihrer Mitwisserin gemacht hatten. Irgendwann beschloss sie, Fofo, den Afrikaner, zu fragen.

Als sie das Bistro betrat, nun selbst in bunten Stoff gehüllt und mit einem Turban auf dem Kopf, sah er ihr nicht mehr unfreundlich entgegen.

Setz dich zu mir, Fofo, sagte sie, und lass uns reden. Du weißt, dass Mama Rose mich schätzt.

Ja, sagte Fofo, das tut sie.

Er stellte zwei Gläser mit einer grünen Limonade auf den Tisch, bevor er selbst Platz nahm. Maria-Carmen meinte zu sehen, dass seine Hände leicht zitterten.

Sie hat mir angeboten, das Geschäft zu führen, wenn sie für einige Zeit nach Hause geht.

Sie geht nach Hause und kommt nicht wieder, sagte Fofo.

Sie könnte dich das Geschäft führen lassen oder eines der Mädchen.

Nein, sagte Fofo.

Und weshalb nicht?

Dafür gibt es verschiedene Gründe. Ich habe nicht immer für Mama Rose gearbeitet. Noch von früher her bin ich der Polizei bekannt. Vielleicht würde man dort ein Auge zudrücken, aber es gibt auch noch die Konkurrenz. Ich kann nicht lesen und schreiben. Und ich hab manchmal Angst. Man darf aber keine Angst haben, wenn man in diesem Geschäft arbeiten will. René ist tot. Er war ein Freund von Mama Rose. Die Frau, der vor ihr das Geschäft gehört hat, ist tot.

Du hast Angst? Wovor hast du Angst, Fofo?

Fofo schwieg.

Maria-Carmen sah ihn an. Sie sah einen hageren Mann, der vielleicht fünfunddreißig Jahre alt war und dessen Hände, schmale Hände mit langen Fingern und einem billigen Messingring am Mittelfinger der Rechten, leicht zitterten.

Sie haben dich geschlagen, Fofo, sagte sie ruhig.

Fofo stand auf, nahm sein Glas vom Tisch und schüttete die grüne Limonade in den Ausguss. Er füllte sein Glas mit Wodka und kam damit an den Tisch zurück.

Manchmal trinke ich das, sagte er. Mama Rose hat es erlaubt. Und was die Mädchen betrifft, die hier arbeiten: Wir hatten noch keine, die lesen und schreiben konnte. Man muss darauf achten, dass sie Disziplin halten. Die Arbeit, die sie machen, ist sehr anstrengend. Man muss sie wegschicken, wenn sie erledigt sind. Es dauert oft nicht länger als ein paar Monate, bis sie nichts mehr taugen. Wie sollen die ein Geschäft führen? Sie fangen an zu trinken und betteln mich um Koks an. Mama Rose erlaubt es, aber wenn sie damit anfangen, dann wissen wir, dass bald Schluss ist.

Wohin gehen die Frauen, wenn sie von hier verschwinden?

Fofo schwieg wieder, aber seine Hände waren ruhig geworden.

Du musst es mir sagen, Fofo. Wenn ich hierbleibe, muss ich alles wissen. Wohin gehen die Frauen, wenn ihr sie nicht mehr gebrauchen könnt?

Einige verkaufen wir. Es gibt andere Häuser, die billiger sind als unseres. Die nehmen sie uns gern ab. Der Rest kommt in die Razzia.

In die Razzia?

Wir sagen Bescheid, wenn wir die Polizei brauchen. Die kommt dann und holt die Frauen ab. Sie sind illegal hier. Sie werden abgeschoben. Wir sind sie los, und die Polizei kann einen Erfolg vorzeigen.

Er schwieg und sah auf die Straße. Eine Araberin in einem langen grauen Mantel, der nur ihre Füße sehen ließ, ging vorüber. Vielleicht ging sie zur Arbeit: Treppen putzen, Toiletten

114

reinigen, Ware auspacken. Maria-Carmen folgte ihr mit den Augen. Irgendwo musste es Fabriken oder Nähstuben geben, die hässliche graue Mäntel herstellten, die wie Säcke an den Körpern der Frauen hingen. An denen waren weder schöne Knöpfe noch bunte Nähte erlaubt, und sie hatten nur den Zweck, die Trägerinnen unsichtbar zu machen.

Wenn du hierbleibst, sagte Fofo, dann lass diese lächerliche Mama-Rose-Verkleidung. Du bist keine Afrikanerin. Du bist eine Weiße. Du musst dir Respekt verschaffen. Du bist zu jung. Mama Rose wird wissen …

Ja, ja, sagte Maria-Carmen, sie weiß, was sie tut. Genauso wie ich.

Nach dem Gespräch mit Fofo war Maria-Carmen sicher, dass sie bleiben würde. Mama Rose hatte gute und schlechte Tage. Noch überwogen die guten, sodass sie die Aufsicht selbst führen konnte. Aber sie bereitete ihre Abreise vor, und Maria-Carmen half ihr dabei. Geld wurde überwiesen, Medikamente wurden gekauft. Der Arzt, der sie behandelte, wurde bestochen. Er erklärte sich bereit, nach Benin City zu fliegen und nach seiner Patientin zu sehen, wenn es ihr schlechter ginge. Sie übergab die Aufsicht über die Reinigungstruppe an Maria-Carmen und beobachtete sie, als sie mit den Putzfrauen und den Frauen aus der Wäschekammer sprach.

Du bist zu freundlich, sagte sie anschließend. Diese Leute müssen Angst haben, damit sie funktionieren. Sie sind faul und schlampig. Wenn du ihre Unterkünfte sehen könntest, dann würdest du erkennen, dass sie noch nie ein Bett bezogen haben, bevor sie hierherkamen. Das lernen sie hier. Dafür haben sie dankbar zu sein. Wenn man sie richtig behandelt, sind sie es auch. Die wenigsten haben eine Aufenthaltserlaubnis, bevor sie zu uns kommen. Sie haben keine Unterstützung, kein Geld, aber viele Verwandte, die sie von ihrem Lohn durchschleppen.

Sie brauchen die Arbeit, deshalb gehorchen sie. Aber gehorchen ist nicht genug. Sie müssen dir aus der Hand fressen, und das tun sie nur, wenn sie dich fürchten. Dein Vorteil ist: Du bist eine Weiße. Du hast Macht.

Ich bin zu jung, sagte Maria-Carmen.

Mama Rose lachte. Es war fünf Uhr am Nachmittag. Sie war gerade wach geworden und hatte sich das Frühstück ans Bett bringen lassen. Das Tablett mit dem Kaffeebecher und der Müslischüssel wackelte auf ihrem Bauch auf und nieder.

Erzähl mir noch einmal die Geschichte von René, sagte sie, als sie sich beruhigt hatte. Wie war das: Die beiden Polizisten sind mit dir in dein Zimmer gegangen, um dich zu verhören. Und du hattest sein Geld während der ganzen Zeit in der Unterhose?

An diesem Abend war Julien Grimaud gekommen und hatte einen deutschen Gast mitgebracht, der besonders sorgfältig zu behandeln war. Mama Rose hatte die Gelegenheit genutzt, Maria-Carmen mit Grimaud bekannt zu machen. Der hatte die Kleine ein wenig abschätzig betrachtet, und als sie gegangen war, hatte er sich Mama Rose zugewandt und fragend die Augenbrauen hochgezogen.

Sie werden Sie freundlich behandeln, hatte Mama Rose gesagt. Ich stelle sie unter Ihren Schutz. Sie ist jung, aber sie weiß, was sie will.

Sie wollen sie ins Geschäft einweihen?

Ja, sagte Mama Rose, in alles, bis in die kleinsten Einzelheiten. Sie und Fofo werden das Geschäft weiterführen, bis ich gestorben bin. So lange brauche ich das Geld. Danach können Sie entscheiden, wie es weitergehen soll. Ich kann Ihnen voraussagen, was passieren wird: Die Kleine wird ein hartes Kommando führen. Hier wird sich nichts ändern. Sie können Ihre Gäste ruhig weiter hierher mitbringen. Und Ihr Gehalt wird gezahlt wie eh und je. Sie werden sich hüten, auf so eine Quelle freiwillig zu verzichten.

Mama Rose, Sie sind eine alte Hexe, sagte Grimaud.

Ihm war nicht klar, wie sehr er damit recht hatte. Zwischen ihm und der alten Afrikanerin gab es keine Geheimnisse. So dachte er jedenfalls. Dass Mama Rose auch deshalb so bedenkenlos in die Zukunft sah – bedenkenlos nicht, was ihr Ende betraf, sondern die Zeit, die sie bis dahin noch übrig hatte –, lag aber daran, dass sie ihren Hexenkräften nicht entsagt hatte, als sie vor langer Zeit nach Europa gekommen war. Weiße, Männer wie Grimaud und Frauen wie Maria-Carmen, mochten klug sein und Macht haben. Wirkliche Macht aber sah anders aus, und von der hatten sie keine Ahnung.

Julien Grimaud

Der Morgen des Tages, an dessen Nachmittag Julien Grimaud Bella und Nini treffen würde, begann für ihn mit unangenehmen Angelegenheiten. Kollegen aus Süditalien, die auf die Machenschaften der N'drangheta spezialisiert waren, hatten sich zu einer Besprechung angemeldet. Julien hatte den Termin nicht vergessen, aber er hatte ihn auch nicht wirklich ernst genommen. Als er die Kollegen kommen sah – die Tür zu seinem Büro stand offen, und er hatte einen freien Blick über die Abteilung –, konnte er ein Lächeln kaum unterdrücken. Drei junge Männer in Jeans und Lederjacken, die dunklen Haare kurz geschoren, dunkelbraune Gesichter, vom Krafttraining ausgebeulte Figuren – du lieber Himmel, wem wollten die denn imponieren?

Ziemlich schnell musste Julien dann allerdings begreifen, dass diese italienischen Kollegen überhaupt nicht die Absicht hatten, irgendjemanden zu beeindrucken. Sie waren einem Giftmüllskandal auf der Spur. Und sie hatten die Idee gehabt, dabei auch in Richtung Frankreich zu ermitteln.

Also, die Sache ist die, sagte Mario. Er führte das Wort, aber Julien ahnte, dass die beiden anderen, die stumm danebensaßen, jederzeit seine Rolle übernehmen könnten; man hatte sich offenbar für heute auf Mario als Wortführer geeinigt. Also, die Sache ist die: Unsere kalabrischen Freunde haben in den achtziger Jahren Millionen damit verdient, Schiffe mit Giftmüll zu beladen, zu versenken und anschließend sowohl für die Müllentsorgung als auch für das versunkene Schiff hohe Summen zu kassieren. Diese Schiffe sind Zeitbomben. Man muss sie finden, bevor die Giftfässer durchrosten und der Inhalt das Wasser verseucht. Der Mann, den die Regierung mit der Suche nach den

118

Schiffen beauftragt hatte, ist tot. Wir gehen davon aus, dass er an Informationen gekommen war, die nicht veröffentlicht werden sollten. Man hat ihn also umgebracht.

Ein Kollege von Ihnen?, fragte Julien. Er wusste nicht, weshalb diese Italiener ausgerechnet zu ihm gekommen waren. Es war bekannt, dass vor der Küste von Somalia und eben auch vor der Küste Kalabriens nach Giftfässern gesucht wurde. Was sollte er mit dieser Geschichte zu tun haben.

Nein, sagte Mario, der Mann war Kapitän, ein sehr fähiger.

Tut mir leid um ihn, sagte Julien.

Er wusste, dass seine Antwort irgendwie unzureichend war, stand auf und ging ans Fenster. Dort unten auf der Straße drängten sich die Leute gerade in eine Straßenbahn. Eine zierliche schwarze Frau fiel ihm auf. Wo hatte er diese Frau schon gesehen? Er wandte sich ab und kam zurück an den Tisch, an dem die drei Italiener saßen und ihn ungerührt anstarrten.

Dieser Kapitän hatte ein Logbuch, fuhr Mario fort. Es war bis vor ein paar Tagen einfach verschwunden.

Ja?

Ihm war, als tauchte ganz hinten, ganz weit weg am Horizont, ein kleiner schwarzer Punkt auf, so klein, dass man ihn mit bloßem Auge kaum erkennen konnte. Und trotzdem würde er größer werden und größer und immer größer …

Wie wir schon sagten, bisher haben wir vor der Küste Kalabriens und vor Somalia nach diesen Giftfässern gesucht. Aus dem Logbuch geht nun hervor, dass dieser Kapitän von den ihm vorgegebenen Küstenabschnitten abgewichen ist. Seine letzten Fahrten haben ihn nach Westen geführt.

Nach Westen?

Um genau zu sein: vor die Küste von Marseille. Unser Mann war kein Phantast. Er muss irgendwelche Anhaltspunkte gehabt haben. Wenn ein italienischer Kapitän, dessen Auftrag ihn eigentlich in andere Gegenden geführt haben sollte, hier bei Ihnen Schweinereien vermutet, dann, so haben wir uns gesagt, werden die französischen Kollegen irgendetwas gehört haben. Wir sagen nicht, dass Sie etwas wissen. Wir meinen ausdrücklich nur Gerüchte.

Die Rede des italienischen Kollegen gefiel Julien aus verschiedenen Gründen nicht. Der wichtigste war, dass es tatsächlich Gerüchte gegeben hatte und dass er in einem Augenblick, in dem er mit diesem Deutschen ein lukratives Geschäft abgeschlossen hatte, irgendwelche Schnüffeleien an der Küste überhaupt nicht hatte gebrauchen können. Er hatte stattdessen dafür gesorgt, dass die Gerüchte nicht ernst genommen wurden. Dann war vor ein paar Tagen das Schiff des Deutschen, die Mariella, in den Hafen von Marseille eingelaufen. Er wusste nicht, was sie geladen hatte, aber er nahm an, dass die Ladung hoch versichert war. Er hatte bei einer Fahrt mit dem Polizeiboot einen kurzen Blick auf das Schiff geworfen und war überrascht gewesen. Da lag kein Schrottdampfer, wie er vermutet hatte. Auch das Schiff selbst würde eine hübsche Versicherungssumme bringen.

Was für Zeiten, hatte er gedacht, in denen Reeder ihre Flotte vernichten, um am Leben zu bleiben.

Er kannte seine Aufgabe. Er hatte sich seit Tagen vorbereitet. Ein Besuch in der Kaserne unterhalb der Corniche und ein Besuch in der Asservatenkammer waren zu seiner Zufriedenheit verlaufen. Am Abend desselben Tages hatte er mit der Arbeit begonnen. Es war nicht weiter schwer gewesen, den Sprengstoff an Bord zu bringen und den Zünder zu befestigen. Die Mannschaft – er stockte einen Augenblick, als er das Wort »Mannschaft« dachte. Wie viel Mann Besatzung hatte die Mariella eigentlich? Nissen hatte kein Wort darüber verloren. Wie wollte er die Leute von Bord bringen, bevor das Schiff in die Luft flog? Als er an Bord gekommen war, hatte er nur eine Wache dort gesehen.

Alle Mann an Land, hatte der Philippino gesagt und dabei breit gegrinst.

Er hatte den Mann an Deck zurückgelassen und einen Inspektionsgang durch das Schiff angetreten. Dabei hatte er sich nicht einmal die Zeit genommen, die Ladung näher zu untersuchen. Als er zurückkam, war der Rucksack über seiner Schulter leer gewesen. Er hatte genau hingesehen: dem Philippino war nichts aufgefallen. Es war nicht einmal nötig gewesen, mit dem Mann noch eine Zigarette zu rauchen. Das hatte er vorgehabt, für den Fall, dass Misstrauen zu zerstreuen gewesen wäre.

Alles in Ordnung, Mann, hatte er gesagt. Grüß den Kapitän. Er soll unsere Mädchen in Ruhe lassen.

Immer noch breit grinsend, war ihm der Philippino ans Fallreep gefolgt, hatte Aye, aye, Sir gezwitschert und hinter ihm hergesehen, bis er im Motorboot stand und abfuhr. Julien war ziemlich sicher gewesen, dass der Mann ihn nicht verstanden hatte.

Die Mariella war dann mit Kurs auf die Bahamas ausgelaufen und inzwischen untergegangen. Schiff und Mannschaft waren verschwunden. Es gab Spekulationen, aber niemand hatte bis jetzt auch nur den leisesten Hinweis auf das gefunden, was wirklich vorgegangen war. Er selbst, Julien, wusste nicht, ob die Mannschaft noch lebte oder ob sie sich rechtzeitig abgesetzt hatte. Italiener, die vor der Küste herumschnüffelten, konnten leicht auf die Idee kommen, die Dreimeilenzone zu verlassen und sich weiter draußen umzusehen. Er konnte diese Leute im Augenblick überhaupt nicht gebrauchen. Ihm gefiel auch der Ton nicht, in dem der italienische Kollege sein Anliegen vorgetragen hatte. Man musste sie in ihre Schranken weisen.

Sie sind zu mir gekommen, weil Sie in mir den für die Sicherheit zuständigen Beamten vermuten, und damit haben Sie recht. Aber was ist Sicherheit? Was umfasst sie?

Er sah das spöttische Grinsen im Gesicht des Italieners, auch seine beiden Kollegen wirkten erheitert. Was dachten die sich? Dass er der Hampelmann sei, an dessen Strippe sie nur zu ziehen brauchten, um ihn in Gang zu setzen?

Es kann sein, dass Sie in Süditalien diese Frage anders definieren als wir in Frankreich. Ich vermute, die unselige Mafia-
Entwicklung bei Ihnen verlangt andere Maßstäbe. Was Marseille betrifft und seine Küsten, so versichere ich Ihnen, dass wir
dem Gerücht nachgegangen wären, wenn es eins gegeben hätte.
Wir sind daran interessiert, dass unsere Fischer ihren Fang jeden
Morgen frisch am Hafen verkaufen können.

Er hatte das Wort »wir« betont, und die Italiener begriffen,
wie es gemeint war: als Kampfansage.

Die Männer gingen, und Grimaud blieb nachdenklich zurück. Etwas an dem Verhalten dieses Mario und seiner Kollegen
hatte ihn an sich selbst erinnert und an die Zeit, als er ein eifri-
ger junger Beamter gewesen war, an nichts anderem interessiert
als daran, Täter zu ergreifen, verbrecherische Netzwerke aufzu-
decken und Verbindungen zwischen Politik und Verbrechen zu
entlarven. Er war ehrgeizig gewesen. Oft hatte er, besonders am
Anfang seiner Laufbahn, das Gefühl gehabt, seine proletarische
Herkunft nötige ihn zu besonderen Anstrengungen. Mit seinen
Erfolgen, auf die seine Vorgesetzten bald aufmerksam geworden
waren, verschwand dieses Gefühl. Stattdessen hatte sich nach
und nach eine Art Gleichgültigkeit seiner bemächtigt. Eine
Gleichgültigkeit, die ihn nicht daran hinderte, seine Arbeit zu
tun, die ihn aber dazu bewog, Erfolge, die er nach wie vor auf-
zuweisen hatte, nicht mehr so wichtig zu nehmen. Es war abzusehen, wann das nächste Verbrechen geschehen, die nächste
Korruption aufgedeckt, der nächste Bandenkrieg mit Toten
stattfinden würde. Im Grunde war sein gemeinsames Engage-
ment mit Antoine, den Fußball-Club aufzubauen, so etwas wie
der letzte Versuch gewesen, die Hoffnungslosigkeit auf Verbes-
serung der Verhältnisse durch seine Arbeit zu durchbrechen. In
Antoine hatte er einen Kameraden gehabt, der ihn verstand
und der mit ihm zusammenarbeitete. Der Anschlag, bei dem der
Freund zum Krüppel geschossen wurde, hatte sie beide endgültig zu Zynikern gemacht; den einen im Rollstuhl, den anderen

auf einem herausgehobenen Platz bei der Kriminalpolizei. Natürlich hatte es von Anfang an Versuche gegeben, ihn auf die Lohnliste gewisser Kreise zu setzen. Er hatte ihnen nicht nachgegeben. Nach dem Anschlag wurden diese Versuche wiederaufgenommen, und wenn er den »Geschäftemachern« auch nicht gleich auf den Leim gekrochen war, so war sein Widerstand doch irgendwann geringer geworden.

Die Geier riechen das Aas, hatte er bei sich gewitzelt.

Inzwischen war das geheime Leben, das er nun neben seiner Arbeit oder durch seine Arbeit oder wegen seiner Arbeit führte, für ihn so selbstverständlich geworden, dass er nicht mehr darüber nachdachte. Es sei denn, da kamen drei junge süditalienische Kollegen, die ihn unabsichtlich daran erinnerten, wer er einmal gewesen war …

War sein Verhalten ihnen gegenüber tatsächlich klug gewesen? Er war sich nicht mehr sicher. Aber im Grunde waren die Italiener mit der Bitte um informelle Zusammenarbeit zu ihm gekommen, weil sie genau wussten, dass der offizielle Weg durch bürokratische Hürden beinahe ungangbar geworden war. Es brauchte Jahre und die Überwindung unzähliger kleinlicher Eitelkeiten, um über Ländergrenzen hinweg etwas gemeinsam zu erreichen. Selbst wenn sie seine Antwort als Kampfansage aufgefasst hatten, würde noch viel Zeit vergehen, bis sie sich ungehindert vor Marseille tummeln dürften. Zeit, die er dazu nutzen würde, sich aus dem Dienst zu verabschieden und ein besseres Leben aufzubauen; ein Leben ohne Tote, ohne Bürokratie, ohne Verbrechen. Und der Deutsche würde ihm dazu verhelfen.

Nach dem Zusammentreffen mit den Italienern verließ Julien sein Büro. Er hatte das dringende Bedürfnis, etwas zu tun, um sein seelisches Gleichgewicht wiederherzustellen. Was in solchen Fällen zu tun war, wusste er: einkaufen und kochen und über den Dächern von Marseille auf seiner Terrasse sitzen, einen besonderen Weißwein trinken und das Essen genießen. Auf dem Weg zum Alten Hafen spürte er, wie seine Gelassenheit in ihn zurückkehrte. Er liebte seine Stadt. Er liebte sie so, wie jemand eine Hure liebt, von der er weiß, dass sie ihr Gewerbe nicht aufgeben und daran zugrunde gehen wird, trotz all der Liebe, die er ihr entgegenbringt.

Außerdem wurde ihm immer bewusster, dass er diesen Deutschen nicht mochte, mit dem er sich auf den Deal eingelassen hatte, selbst wenn er eine Menge Geld kassieren würde. Im Grunde hasste er ihn. Der Mann war reich, auch wenn er vorübergehend anscheinend in einer Finanzklemme steckte. Dessen Stadt war reich. Solche Leute konnten nie genug haben. Hier unten am Hafen hatten die Deutschen jüdische Flüchtlinge und Einwohner Marseilles zusammengetrieben, bevor sie in die Todeslager geschickt wurden. Eine der großen Geschichten in seiner Familie war die seines Großvaters. Er war Fischer gewesen. Unter der Plane seines Boots hatte er ein jüdisches Paar versteckt; junge Leute, die wussten, dass sie getrennt werden sollten. Er hatte den Deutschen gesagt, die beiden seien seine Kinder, und die dämlichen Soldaten hätten ihm beinahe geglaubt.

Weshalb nur beinahe?

Er war dreißig, und die beiden waren zwanzig.

Und dann?

Die Soldaten waren jung und dumm und glaubten ihm. Aber dann kam der Anführer.

Und dann?

Sie haben euren Großvater auch gleich mitgenommen. Die Juden wurden verladen, und er kam ins Gefängnis.

Und dann?

Er hatte ein paar Zähne weniger, als sie ihn entließen. Sein Boot hatte man ihm weggenommen. Aber es gab ein paar Freunde. Mit denen ist er dann gefahren. Er war ein tüchtiger Fischer, so einen kann man immer an Bord gebrauchen.

Und dann haben sie ihn in Ruhe gelassen?

Die Deutschen ja, aber es gab ein paar Franzosen, Polizisten … Lass uns von etwas anderem reden. Was ist, hast du deine Schulaufgaben schon gemacht?

So waren die Gespräche jedes Mal verlaufen, und er war lange Zeit sicher gewesen, dass er Polizist geworden war, um die Schande wiedergutzumachen, die die Vichy-Polizisten über Marseille gebracht hatten. Jetzt aber hatte er sich auf ein Geschäft mit einem Deutschen eingelassen. War er verrückt geworden?

Grimaud blieb stehen, als er den Cours Belsunce erreicht hatte. Er wandte sich nach rechts und ging langsam die Rue d'Aix hinauf. In der Nähe der Bibliothek Alcazar kamen ihm zwei Frauen entgegen, die ihm auffielen, weil sie so aussahen, als gehörten sie nicht zusammen, obwohl sie nebeneinander hergingen und sich auf Französisch unterhielten.

Eine Touristin, dachte er, was hat die mit dieser Alten zu tun?

Dann fiel sein Blick auf einen kleinen Trupp arabischer Mädchen, die mit Büchern beladen aus der Bibliothek kamen, und sein Herz ging auf vor Freude. Dafür liebte er Marseille, dafür, dass diese Mädchen eine Chance hatten. Auch wenn nicht genug für sie getan wurde. Seine Stadt war arm. Aber sie nahm Fremde mit offenen Armen auf. Auch das liebte er an seiner Stadt.

Der Deutsche hatte ihn nach Hamburg eingeladen. Abgesehen davon, dass private Treffen in ihrer Geschäftsbeziehung nicht besonders klug wären, würde er auf keinen Fall nach Hamburg fahren. Er wollte sich nicht den Reichtum vorführen lassen, von dem Marseille nur träumen konnte.

Schon zweihundert Meter weiter konnte Grimaud wieder einmal beobachten, was sich an der Place Jules Guesde abspielte. Er kannte die Quartiere, in denen die Afrikaner verschwanden, wenn der Tag zu Ende war und sie ihre am Boden ausgebreiteten Waren eingesammelt hatten. Keines der Kinder hier, und es waren viele, hatte eine Chance. Längst nicht alle besuchten eine Schule. Da waren die in den Vororten besser dran, auch wenn diese Vororte von den Bewohnern der bürgerlichen Viertel gemieden wurden wie die Pest. Vor Jahren hatte er dort mit Antoine die Patenschaft für einen Fußballverein übernommen. Das war zu der Zeit gewesen, als Zinedine Zidane die Köpfe und Herzen der Jungen erobert hatte wie kein anderer. Sie hatten eine Chance gesehen, die Verehrung für den berühmten Fußballer zu nutzen. Sie wollten den Jungen beibringen, stolz zu sein, sich selbst zu lieben. Und sie wollten endlich etwas tun, was einen bleibenden Erfolg versprach. Beides war ihnen gelungen. Wenn er das Geld des Deutschen in der Hand hätte, und er zweifelte keinen Augenblick daran, dass er es bekommen würde, könnte man darangehen, ein Clubhaus zu bauen.

Für einen kurzen Augenblick dachte Grimaud an Antoine. Sollte er ihn besuchen? Er war lange nicht dort gewesen. Er sah auf die Uhr, holte sein Telefon hervor und rief im Büro an.

Ich bin auf einen Sprung bei Antoine, Belle de Mai, sagte er.

Er wusste, dass er nicht mehr zu sagen brauchte. Antoine saß seit der Schießerei mit ein paar Gangstern, die etwas dagegen gehabt hatten, dass die Jungen sich fast mehr für Fußball als für krumme Geschäfte interessierten, im Rollstuhl. In der Stadt und bei seinen Kollegen galt er als Held. Alle Zeitungen hatten darüber berichtet, dass zwei Marseiller Polizisten einen Fußballclub für Jugendliche in der Vorstadt gegründet hatten und dabei der Drogenmafia ins Gehege gekommen waren. Eine Zeitlang hatten sie danach sogar finanzielle Unterstützung von Privatleuten und aus dem Haushalt der Stadt bekommen. Die Geldquellen waren inzwischen versiegt, und Antoine, der sein Leben aufs Spiel gesetzt und es beinahe verloren hatte, war mehr und mehr verbittert. Vielleicht könnte er Antoine eine Freude machen, wenn er andeutete, dass sie einen neuen Geldgeber gefunden hätten?

Ich hab dir nichts mitgebracht, würde er sagen, du wirst sowieso zu fett. Nur eine frohe Botschaft …

In den Augen von Antoine würde er Ablehnung erkennen, aber auch eine kleine Hoffnung. Bezog sich die Hoffnung vielleicht auch darauf, dass sich an seinem Rollstuhlleben noch etwas ändern könnte? Egal, er würde hingehen und Antoine aus seiner Lethargie holen. Der hing doch an dem Club, noch immer.

Er überlegte, wie lange er Antoine schon kannte. In Belle de Mai waren sie Nachbarskinder gewesen. Sein Alter und der von Antoine hatten in der Zigarettenfabrik gearbeitet. Alle Menschen, an die Julien sich aus seiner Kindheit erinnern konnte, hatten damals in der Friche gearbeitet, auch die ältere Schwester von Antoine. Die hatte er so angehimmelt, dass er nächtelang nicht schlafen konnte.

Was hast du bloß mit dieser Ziege, war Antoines Rede gewesen.

Auch für den gleichen Beruf hatten sie sich entschieden. Dass Kinder von Zigarettenarbeitern Karriere bei der Polizei machen wollten, war damals etwas Besonderes gewesen.

Einmal Prolet, immer Prolet, hatten ihre Väter behauptet.

Die Fabrik gab es inzwischen nicht mehr, und bei der Polizei suchten sie verstärkt Nachwuchs, der sich auch in die schwierigen Viertel wagte. Auch Antoine war ein guter Polizist geworden. Vielleicht wäre dessen Karriere sogar besser gelaufen als seine, aber dann war die Schießerei dazwischengekommen. Antoine hatte aufgehört. Er war nie ein Schreibtischtyp gewesen.

Julien stellte sein Auto in der Rue Jobin ab. In die Gebäude der verlassenen Fabrik waren inzwischen Künstler und Theatergruppen eingezogen. Wilde Malereien zierten die Wände, und Plakate, neben- und übereinandergeklebt, zeigten Veranstaltungen an. Die Idee war gewesen, für die Bevölkerung vor Ort eine Gelegenheit zu schaffen, mit Kunst und Kultur in Berührung zu kommen.

Mag sein, dachte Julien, dass von den Jugendlichen, die hier noch wohnen, einige in die Rockkonzerte gehen. Dass sich von den älteren Bewohnern noch niemand in die Theaterfabrik verirrt hat, darauf würde ich wetten.

Trotzdem war er mit der veränderten Nutzung des Geländes einverstanden. Die Fabrik hatte riesige Ausmaße gehabt. Das Gelände war 120000 Quadratmeter groß. Leerstehende, verfallende Gebäude wären ein idealer Unterschlupf für Gesindel gewesen. Jetzt war dieser Teil des Viertels befriedet. Harmloses Volk, das dort flanierte, tanzte, Theater spielte und quatschte, was das Zeug hielt. Gemeinsam mit Antoine hatte er das alles besichtigt. Sie hatten sich beide davon überzeugt, dass zumindest in dieser Ecke der Stadt Ruhe herrschte. Eine riesengroße ehemalige Lagerhalle diente als Restaurant. Sie hatten sich dort niedergelassen und den Betrieb eine Weile beobachtet. Antoine war so begeistert gewesen von ein paar kleinen Tänzerinnen, dass er für nichts anderes mehr Augen gehabt hatte. Selbst die Ratten, die hin und wieder am Rand der hölzernen Terrasse entlangliefen, hatten ihn nicht gestört.

Was willst du, alle Hafenstädte haben Ratten, aber wir haben Ballettratten.

Das war zwei Tage vor dieser verdammten Schießerei gewesen. Und nun war er auf dem Weg zu dem gelähmten, verbitterten Mann, der noch nicht alt war, aber, wenn er so weitermachte, ziemlich bald an dem Fett sterben würde, dass er sich angetrunken und angefressen hatte.

Nini

In der Nacht, als Bella die alte Frau mit in ihr Hotel genommen hatte, war sie entschlossen, sie am nächsten Tag wieder vor die Tür zu setzen.

War sie wirklich entschlossen gewesen?

Bella musste lächeln, wenn sie an den Morgen zurückdachte, der auf die erste gemeinsame Nacht gefolgt war.

Sie lag noch im Bett, lesend, wie immer am Morgen. Kurz vor ihrer Abreise aus Hamburg war ihr in einem Antiquariat ein Buch mit dem Titel *Die Provence – Morgensegel Europas* in die Hände gefallen, in dem auch Reiseberichte über Marseille enthalten waren. Sie hatte das Buch gekauft, eingepackt, vergessen und zufällig in einer Reisetasche gefunden, als sie nach einer Zahnbürste für die alte Frau gesucht hatte. Nun hatte sie gerade staunend gelesen, wie Josef Roth 1933 die Stadt erlebt hatte:

> Aber Marseille ist eine Welt, in der das Abenteuerliche alltäglich und der Alltag abenteuerlich ist. Marseille ist das Tor zur Welt. Marseille ist die Schwelle der Völker.

Das konnte sie, wenn sie daran dachte, wie die Menschen ausgesehen hatten, die auf der Canebière an ihr vorübergegangen waren, und wenn sie an das Abenteuer dachte, auf das sie sich am Abend vorher eingelassen hatte, auch noch für heute bestätigen.

Dann war Nini ins Zimmer gekommen, mit zerstrubbelten grauen Haaren über dem runzligen braunen Gesicht und in Bellas Morgenrock gewickelt. Den hatte sie auf so raffinierte Weise mit dem Gürtel verkürzt, dass es schien, als wäre er für sie gemacht.

Wenn man so dürr ist wie ich, kann man eben alles tragen, sagte sie, als sie Bellas prüfenden Blick wahrnahm. Es sollte trotzig klingen, kam ihr aber ziemlich kleinlaut über die Lippen.

Wir werden frühstücken und dabei in Ruhe beraten, was zu tun ist, sagte Bella, und Nini stimmte erleichtert zu.

Ninis Frühstück bestand aus drei Bechern Kaffee und einem halben Croissant. Danach schien es ihr gutzugehen.

Sie sieht plötzlich kampflustig aus, dachte Bella. Dabei ist das gar nicht mehr nötig. Was hindert mich daran, mit der alten Frau gemeinsam ein paar Tage nach dieser jungen Frau zu suchen? Nichts. Und außerdem werde ich ein gutes Gewissen haben, weil ich eine gute Tat tue, und das wird mich zufrieden stimmen.

Ich denke, Sie sollten hier bei mir bleiben, sagte sie. Wir werden uns gemeinsam nach Ihrer Freundin umsehen. Aber vorher möchte ich, dass Sie mir etwas mehr von sich erzählen. Man muss doch wissen, mit wem man es zu tun hat.

Nini starrte Bella überrascht an. So einfach sollte sich ihre verfahrene Situation zum Besseren wenden?

Ich warne Sie besser vorher, sagte sie. Abends brauche ich Gin. Mein Gepäck ist weg, und ich habe kein Geld. Ich kenne mich hier nicht mehr aus. Marseille hab ich zuletzt vor fünfundsechzig oder sechzig Jahren gekannt.

Erzählen Sie mir davon, sagte Bella.

Erzählen, erzählen, das kann man nicht erzählen, das muss man gelebt haben.

Ich weiß, dass Sie es können. Es ist meine Bedingung dafür, dass wir zusammenbleiben, bis wir Ihre Freundin gefunden haben. Wie heißt sie eigentlich?

Maria-Carmen, murmelte Nini, Maria-Carmen Herera. Sie schwieg und schien zu überlegen.

Also zuerst über mich und dann über Maria-Carmen, und dann gehen wir los?, fragte sie.

Bella nickte und versuchte, ein Lächeln zu unterdrücken. Die alte Frau hätte es missdeuten können.

Dann gehen wir zuerst nach Belle de Mai. Ich hab ihr davon erzählt. Sie kennt sich in Marseille nicht aus. Vielleicht ist sie dort ... Nini sprach nicht weiter, und Bella spürte ihren Zweifel.

Der Reihe nach, sagte sie, zuerst Ihre Geschichte.

Da gibt es nicht viel zu erzählen. Arbeit in der Zigarettenfabrik, nachts am Alten Hafen, aber nur am Sonnabend. In allen Ehren! Viel verdient haben wir nicht, aber wir hatten es immerhin nicht nötig, uns auf der Straße anzubieten. Die Kerle konnten das natürlich nicht wissen. Für die sahen alle Frauen gleich aus in der Nacht. Wir haben uns einen Spaß daraus gemacht, sie zum Narren zu halten. Bis Roberto kam. Der hat sich einen Spaß daraus gemacht, mich zum Narren zu halten.

Sie haben sich verliebt! In einen Matrosen, stimmt's?

Na klar, auch wenn »verliebt« vielleicht nicht das richtige Wort ist. Plötzlich konnte ich nicht mehr leben ohne ihn. Er fuhr die Strecke Marseille–Algier, das ist nicht besonders weit. Aber immer wenn er weg war, wurde ich krank. Als er zum dritten Mal an Land war, immer alles ganz regelmäßig – ich weiß nicht, was sie transportiert haben, manchmal auch Waffen und Soldaten, glaube ich –, hab ich ihn nach Belle de Mai, mitgenommen. Meine Familie wohnte an der Place Cadenat. Da war immer Leben, jede Menge Händler und so viele Kinder. Ich hab da nie was vermisst, auch wenn es keine besonders vornehme Gegend war. Und für den Weg in die Fabrik brauchte ich fünf Minuten. Das ist ein Vorteil, wenn die Arbeit zehn Stunden dauert und man anschließend noch was vom Leben haben will. Und dann kommt dieser großsprecherische Idiot, Verzeihung, dieser großsprecherische Strolch und sagt: Was? Hier wohnst du? Du hast doch keine Ahnung, wie schön die Welt ist. Und fängt an, mir von seiner Heimat vorzuschwärmen. Palmen, Gummibäume, Tamarisken. Bougainvillea. Hatten wir auch alles, nicht in Belle de Mai natürlich, aber in den feineren Vierteln, die waren damals schon hübsch dekoriert.

Er hat Sie neugierig gemacht.

Neugierig? Gierig! Die Arbeit in der Fabrik war anstrengend. Es gab nichts anderes. Mein Leben war vorgezeichnet. Ich brauchte doch nur die älteren Kolleginnen anzusehen. Die kriegten Kinder und sahen irgendwann aus wie Gespenster. Dagegen Roberto, der sagte:

Ich hab genug Geld für uns beide. In Molinito gehört mir ein kleines Stück Land mit Bananenpflanzen und eine Hütte. Gut, die Hütte ist nicht groß, aber für uns beide wird sie reichen. Auf den Terrassen kannst du Tomaten und Zwiebeln anpflanzen. Aber die meiste Zeit wirst du in der Hängematte liegen und lesen.

Lesen! Es gab dann nicht mal 'ne Bibliothek in dem verdammten Kaff, nicht mal einen Laden. Wenn ich etwas brauchte – auch wer den ganzen Tag in der Hängmatte liegt, muss hin und wieder etwas essen, und von den Bananen wurde mir bald übel –, musste ich nach San Sebastián wandern. Das war nicht weit, ein paar Kilometer, aber zurück mit der Kiepe auf dem Rücken wurde ich angestarrt von den blöden Gomeranern, wie das achte Weltwunder, Fremde gab's da nicht. Das waren die nicht gewohnt. Manchmal ein Segler im Hafen, aber der machte, dass er wegkam, wenn er Wasser getankt und sich mit Proviant versorgt hatte. Die Gomeraner hatten einen Ruf wie Menschenfresser. Das war Quatsch, aber sie waren eben dunkel und klein und schweigsam. Toll für 'ne junge Frau, die das Leben an der Place Cadenat gewohnt ist!

Ich hab gedacht, ich müsste sterben, als Roberto weg war. Zwei Mal, nur zwei Mal ist er nach Hause gekommen. Dann hab ich ihn nicht mehr gesehen. Kann man ewig trauern? Nein, das kann man nicht. Aber ich, dumme Gans, die ich war, ich dachte, ich könnte. Bis dann eines Tages der Ortsvorsteher zu mir kam. Gomera, das war Spanien, und Spanien war damals Franco. Für die Insel hieß das: sie wurde vergessen. Was die Leute sich nicht selbst organisierten, das hatten sie nicht. Das ist übrigens auch nach Franco noch eine Weile so geblieben. Noch in den achtziger Jahren gab es auf der Insel keine Feuerwehr. Bis bei einem Waldbrand ein paar Touristen verbrannt sind und mit ihnen der Gouverneur von Teneriffa und ein paar seiner Begleiter.

Der Gouverneur von Teneriffa?

Ein besonders tüchtiges Exemplar. Der Señor war gekommen, um sich das Feuer anzusehen, das schon seit zwei Tagen wütete und nicht kleinzukriegen war.

Möchten Sie noch einen Kaffee?, fragte Bella.

Rede ich zu viel?, fragte Nini zurück.

Nein. Ich möchte nur, dass es Ihnen gutgeht.

Keine Sorge, ich pass schon auf mich auf. Wo war ich stehen geblieben?

Beim Gouverneur.

Ach, der ist doch unwichtig. Beim Ortsvorsteher war ich. Der kam und hat gefragt, ob ich ein paar Kindern Französisch beibringen möchte. Was für eine Idee! Ich und Lehrerin. Ich kam aus der Fabrik. Ich vermute, dieser Ortsvorsteher konnte selbst kaum lesen und schreiben. Damals gab es keine vernünftigen Schulen dort.

Keine Schulen?

Ich sagte doch: Die Insel war vergessen. Das ging so bis zum Tod von Franco und hat sich auch danach nur sehr langsam geändert.

Ich war mal dort, sagte Bella. Das muss in den achtziger, vielleicht Anfang der neunziger Jahre gewesen sein.

Jedenfalls hatten die sich im Gemeinderat überlegt, wenn sie ein Hotel bauen und dort Leute arbeiten lassen würden, die Französisch sprechen, dann könnten sie Touristen anlocken. Nini kicherte. Was haben Sie denn auf Gomera gemacht?

Ich erzähl's Ihnen irgendwann. Heute sind Sie dran.

Da gibt es nicht mehr viel zu erzählen. Das mit dem Hotel hat nicht geklappt, aber die Kinder haben gern bei mir Französisch gelernt. Ich hatte immer Schüler. Manche wollten weg, andere wollten nur was gegen ihre Langeweile tun. Auf diese Weise hab ich nach und nach die Familien kennengelernt, und irgendwann gehörte ich dazu.

Und Roberto?

Ja, der. Das hab ich dann auch erfahren. Ich war die dritte Frau, die er auf die Insel mitgebracht hatte. Die beiden anderen waren Spanierinnen. Die waren schnell wieder abgehauen, als sie merkten, wie der Hase lief. Er brachte seine Frauen in das Haus seiner Eltern. Die lebten schon lange nicht mehr. Es war ein schönes Haus: Kanarischer Baustil, die Decken aus dunklem Holz, bepflanzter Innenhof, sehr hübsch. Wirklich. Kein Wunder, dass er es nicht verkommen lassen wollte.

Die Frauen sollten sein Haus in Ordnung halten?

So hatte er sich das gedacht. Ein Schlitzohr. Wenn diese Häuser nicht bewohnt werden, verfallen sie schnell. Ich bin später trotzdem ausgezogen. Ich eigne mich nicht als Hausbesorgerin.

Bella lachte. Und Maria-Carmen? War die auch eine von Ihren Schülerinnen?

Ninis Gesicht verfinsterte sich. Sie sah plötzlich traurig aus, eine kleine traurige Gestalt in einem viel zu großen Morgenmantel, die sich mit den Fingern durchs Haar fuhr, als wollte sie unangenehme Gedanken vertreiben.

Ich unterrichte schon lange nicht mehr, sagte sie. Irgendwann habe ich angefangen, Sommerkleider zu nähen. Die Familie von Maria-Carmen ist in San Sebastián bekannt. Die Eltern trinken beide und prügeln sich auf der Straße, wenn sie kein Geld mehr haben. Sie haben ein kleines Haus in der Calle Ruiz de Padron, eins von den alten kanarischen Häusern, die nun langsam verschwinden. Gomeraner, die etwas auf sich halten, pflegen diese Häuschen. Manche streichen sie an, blau oder dunkelrot, sieht hübsch aus, kleine Farbflecken in all dem Weiß. Obwohl mir immer noch die ganz alten Häuser am besten gefallen, weiße Mauern, braune Steine, braune Balken. Maria-Carmens Eltern haben weder das eine noch das andere. Sie lassen ihr Haus einfach verkommen. Da kann die Mutter am Sonntag noch so viel in die Kirche rennen, in die evangelische übrigens, da predigen die bei offenen Türen und so laut, dass die Mutter die Predigt auch zu Hause im Bett hören könnte. Ihr Haus liegt nämlich gleich gegenüber. Stattdessen rennt sie hin und wirft ihren letzten Cent in den Klingelbeutel. Und wenn das Gesinge und Gebete vorbei ist, steht schon der Alte vor der Tür, um ihr eine zu kleben. Pack. Das Mädchen konnte einem leidtun. Die Häuser sind nämlich klein, müssen Sie wissen. Da ist es nicht so einfach, einem geilen Vater aus dem Weg zu gehen, wenn man größer wird.

Wie sind Sie denn zusammen mit ihr nach Marseille gekommen?

Ich wollte, es wäre mir gelungen, ihr das Ganze auszureden. Wahrscheinlich ist es meine Schuld, wenn sie hier unter die Räder kommt. Ich hatte solches Heimweh. Ich dachte, es wäre eine günstige Gelegenheit. Sie hatte doch Geld, mehr, als sie brauchte, und …

Geld? Was für Geld?

Nini schwieg. Die Stunde der Wahrheit war gekommen. Sollte sie reinen Tisch machen? Alles erzählen, von Anfang an? Vielleicht würde es nützlich sein, wenn die Frau, bei der sie untergekommen war und die ihrer Geschichte so interessiert zugehört hatte, auch mehr über Maria-Carmen erfuhr. Sie begann zu erzählen. Bella hörte zu, fragte nur manchmal, wenn ihr etwas unklar war, und hütete sich, einen Kommentar abzugeben, als Nini geendet hatte.

Sie sagte nur: Danke. Nun wollen wir uns anziehen, und Sie zeigen mir Belle de Mai, und dann sehen wir weiter.

Nini sah sie dankbar an und stand auf, um ins Nebenzimmer zu gehen. Auf der Schwelle wandte sie sich noch einmal um.

Jetzt geht es mir besser, sagte sie. Hoffentlich hab ich nun nicht bewirkt, dass es Ihnen schlechter geht. Sie sehen so ernst aus.

Machen Sie sich keine Sorgen, lächelte Bella. Ich hab schon ganz andere Geschichten gehört. Ich bin hart im Nehmen.

Nini verließ das Zimmer. Toll, Bella Block, du bist hart im Nehmen! Gib wenigstens zu, dass du nicht damit gerechnet hast, in so eine Geschichte zu geraten, als du die alte Frau aufgesammelt hast. Das riecht nach Mord und Totschlag. Unmöglich, sie jetzt allein zu lassen. Die ist imstande, sich mit den Banditen einzulassen. Wenn sie die findet. Seit Tagen ist sie auf der Suche, und nur ihre inzwischen völlig unzureichenden Ortskenntnisse haben sie davor bewahrt, in den richtigen Gegenden zu suchen. Aber wo ist die richtige Gegend für ein Bordell mit schwarzen Frauen? War es noch immer so, wie sie es bei Pavese gelesen hatte?

In Marseille ... gehen die vornehmen Damen am Hafen in die Freudenhäuser und bezahlen dafür, sich hinter einem Vorhang verbergen zu dürfen.

Wen sollte sie fragen? War es möglich, dass Nini in Belle de Mai Bekannte traf, die man fragen könnte? Also, zuerst Belle de Mai und dann würde sie weitersehen.

Das Haus, in dem Nini und ihre Familie gelebt hatten, gab es nicht mehr. An seiner Stelle stand ein Supermarché, auch nicht mehr neu und ziemlich heruntergekommen. Sie setzten sich auf eine Bank dem Eingang gegenüber und beobachteten die Menschen, die drüben ein und aus gingen.

So einen Laden hatten wir nicht, sagte Nini nach einer Weile, aber die Leute sahen so aus wie die da drüben. Vielleicht nicht so viele Afrikaner, aber Griechen, Italiener, arme Leute, so wie wir damals.

Bella beobachtete eine junge Frau, hochschwanger, mit einem Kleinkind in der Kinderkarre und einem Dreijährigen an der Hand.

Das war genau das, was ich nicht wollte, sagte Nini neben ihr. Damals standen die an den Maschinen, bis es so weit war. Die Würmer, die dann geboren wurden, hatten Glück, wenn sie überlebten. Es gab viele Frühgeburten, die schafften es sowieso nicht. Damit hat er mich gekriegt, mein Roberto.

Womit?

Na ja, er hat mir erzählt, von ihm bekämen Frauen keine Kinder.

War das ein Trick?

Na ja, es war vielleicht ein Trick, aber bei mir hat's gestimmt. Und auch bei den beiden anderen, die er auf die Insel geschleppt hat.

Die Schwangere drüben war stehen geblieben und wischte sich mit dem Handrücken über die Stirn. Eine ältere Frau stellte sich neben sie und sprach sie an. Die Schwangere antwortete, aber ihrem Gesicht war anzusehen, dass sie nicht bei der Sache war. Sie war in Gedanken sehr weit weg, so weit, dass sie den Dreijährigen nicht spürte, der an ihrer Hand zog. Bestimmt nahm sie auch die Menschen nicht wahr, die in den Laden gingen oder herauskamen und denen sie mit ihrer Karre den Weg versperrte.

Was ist los mit ihr?, fragte Bella.

Was soll sein, antwortete Nini. Sie überlegt, wie viel Geld sie noch in der Tasche hat.

In diesem Augenblick ging die Schwangere ganz langsam in die Knie. Ihre Hände ließen den Griff der Kinderkarre nicht los und auch nicht die Hand des Dreijährigen. Der starrte seine Mutter fassungslos an. Bella erhob sich, aber Nini zog sie auf ihren Sitz zurück.

Das ist nicht nötig, sagte sie. Die Leute regeln ihre Sachen selbst. Sehen Sie doch. Sie ist nicht mehr allein.

Eine der Kassiererinnen, deren Arbeitsplatz durch die Schaufensterscheibe zu sehen war, kam auf die Straße gelaufen. Ein dünner Mann im Trainingsanzug, der zwei Baguette unter dem Arm und ein Netz mit ein paar Bierdosen in der Hand hielt, bemühte sich, mit der freien Hand der Frau wieder auf die Füße zu helfen. Der kleine Junge begann zu weinen. Eine alte Frau holte etwas, das vielleicht eine Süßigkeit war, aus ihrem Korb und versuchte, sie dem Jungen zu geben. Bald standen sechs oder sieben Menschen um die Schwangere herum, die Bella und Nini den Blick auf die Szene versperrten.

Was hab ich gesagt, murmelte Nini. Sie schien zufrieden mit dem Verhalten der Menschen in ihrem Viertel.

Die beiden setzten ihren Spaziergang fort. Bella hielt, je länger sie umherwanderten und je deutlicher ihr die Situation in Belle de Mai wurde, die Szene, die sie gerade beobachtet hatten, für zufällig. Vielleicht hatten sie gesehen, was sie sehen wollten, weil sie auf Solidarität gehofft hatten. Es gab zu viele heruntergekommene Häuser, zu viele Wohnungen mit vernagelten Fenstern, zu viele Männer, die schon am Vormittag auf der Straße saßen, rauchten und Bier tranken. Nini hatte schon seit einer Weile aufgehört zu reden.

Hier war mal Leben, sagte sie irgendwann.

Dabei konnte nicht die Rede davon sein, dass das Viertel ausgestorben war. Es gab immer noch kleine Läden, Menschen, die einkauften, Kinder, die in die Schule gingen oder nach Hause.

Was ist das, überlegte Bella, das sich wie Mehltau über das ganze Viertel gelegt hat?

Die Fabrik war die Seele, sagte Nini, und die Seele ist weg.

Kommen Sie, wir setzen uns in ein Bistro und essen eine Kleinigkeit, antwortete Bella.

Essen, immer nur essen. Ich glaube, ich könnte einen Gin vertragen. Können Sie sich vorstellen, dass ich tatsächlich gehofft habe, jemanden zu treffen, den ich noch von früher kenne?

Sie fanden ein kleines Bistro, das in dem spitzen Winkel zwischen zwei Straßen lag. Der Besitzer hatte ein paar Tische und Stühle auf das Stückchen Erde vor dem Eingang gestellt. Auf eine Tafel hatte er mit Kreide geschrieben, wie günstig das Mittagessen hier sei. Im Innern hielten sich zwei Männer und eine Frau auf, die Bier vor sich stehen hatten und rauchten. Die Frau trug ein Netz mit Gemüse in der Hand. Sie sah nicht so aus, als hätte sie es eilig. Auf der gegenüberliegenden Seite der Straße stand ein Mann, der zu ihnen herübersah.

Vielleicht hat der da drüben Sie erkannt?

Unmöglich, sagte Nini. Als der geboren wurde, war ich schon weg. Sieht gut aus, der Junge. Vielleicht meint der Sie?

Na ja, sagte Bella, jung? Fünfundvierzig, würde ich schätzen, Irgendetwas an uns scheint ihm zu gefallen.

Hinter ihnen erschien der Wirt und brachte den Gin für Nini und ein Glas Rosé für Bella. Er winkte dem Mann zu und ging wieder hinein.

Was trinken Sie denn? Hier kann man keinen Rosé trinken, nicht in solchen Buden. Rosé ist immer schwierig, Weißwein ist ehrlicher.

Sollte sie Nini erklären, weshalb sie beschlossen hatte, in Marseille nur Rosé zu trinken? Warum nicht.

Ich hab ein Buch gelesen über Ihre Stadt, sagte sie. Die Zeit um 1940 wird darin beschrieben. Die Frau, die das Buch geschrieben hat, war damals hier. Sie war auf der Flucht vor den Nazis. In dem Buch gibt es eine wunderbare Stelle, in der sie über den Zusammenhang von Rosé und Melancholie schreibt.

Deshalb trinken Sie das Zeug. Schlimme Zeiten damals. Die armen Menschen. Ich seh das alles noch wie heute. Am Quai du Port, den hatten sie damals nach Marschall Pétain benannt, stand eine lange Reihe von Straßenbahnen. Die Menschen trugen in Koffern und Kisten, was sie schleppen konnten. Es hieß, sie würden evakuiert. Als sie weg waren, haben die Nazis die Quartiere am Alten Hafen in die Luft gesprengt. Meine Mutter hat geweint. Sie wusste nicht, ob ihre Schwester mit ihrer Familie rechtzeitig die Wohnung verlassen hatte. Später sind wir zum Hafen gegangen. Da, hinter dem Quai du Port, lag der größte Schuttberg, den ich je gesehen habe. Die Wolke aus Staub und Rauch hat tagelang in der Luft gestanden. Meine Mutter wollte ihre Schwester suchen. Die Deutschen haben uns nicht näher herangelassen. Aber was hätten wir denn auch finden können, wo sie doch alles in die Luft gesprengt hatten. Nichts als Trümmer und Rauch …

Und eine Gruppe von Marseiller Bürgern, die froh war, dass im alten Hafenviertel endlich einmal aufgeräumt wurde.

Bella und Nini sahen gleichzeitig auf den Mann von gegenüber, der unbemerkt herangekommen war und sich in ihr Gespräch eingemischt hatte.

Entschuldigen Sie, darf ich mich vorstellen? Julien Grimaud, hervorragender Kenner der Geschichte Marseilles und kostenloser Fremdenführer. Wenn Sie's nicht weitersagen. Die offiziellen Fremdenführer haben diese Konkurrenz nicht so gern. Aber ich versichere Ihnen, bei mir sind Sie bestens aufgehoben, wenn Sie etwas über diese Stadt erfahren wollen.

Bella wusste einen Augenblick lang nicht, ob sie lachen oder sich über die ungebetene Einmischung ärgern sollte.

Ich esse hier manchmal mein kärgliches Mittagessen, fuhr Grimaud fort. Ich bin Polizist. Sie wissen ja vielleicht, wie das ist mit unseren mageren Gehältern. Das Geld reicht vorn und hinten nicht. Würden Sie mir trotzdem erlauben, Sie einzuladen? Ich könnte Philippe davon überzeugen, dass er den Rosé herausrückt, den er selbst trinkt.

Bella entschied sich, zu lachen. Grimaud zog einen Gartenstuhl heran und setzte sich neben Nini.

Sie sind Marseillerin, Madame, das spürt man sofort.

Nini war gewonnen. Trotzdem blieb sie misstrauisch. Waren sie und Maria-Carmen nicht gerade erst der Polizei auf der Insel entwischt? Vielleicht hatte man schon Kontakt zu den Franzosen aufgenommen?

Während Julien mit dem Wirt verhandelte, beschloss sie, den Stier bei den Hörnern zu packen. Sie beugte sich zu Bella hinüber, um ihr ihren Entschluss mitzuteilen.

Machen Sie nur, wisperte Bella zurück. Aber dezent, wenn's geht. Kann sein, diesen Herrn schickt uns der Himmel.

Bevor wir mit Ihnen trinken, mein Herr, beantworten Sie bitte eine Frage: Was tun Sie hier?, trompetete Nini.

Der Gin, den sie schon getrunken hatte, und die Aussicht auf den nächsten hatten sie angriffslustig gemacht. Julien wandte sich ihr zu. Bella empfand sein Gesicht als offen und sympathisch.

Ich hab einen Freund besucht, sagte er, einen Freund, der im Rollstuhl sitzt und mit sich und der Welt überkreuz ist. Ich mag meinen Freund, aber es ist manchmal schwer, seine Beschimpfungen auszuhalten. Ich war deprimiert, als ich ihn verlassen habe. Und dann sah ich Sie beide hier sitzen. Ich bin Ihnen schon einmal begegnet. Sie werden sich nicht daran erinnern, weil Sie sehr mit sich selbst beschäftigt waren. Aber mir sind Sie aufgefallen. Ich habe wohl gehofft, dass ein Gespräch mit Ihnen mich auf andere Gedanken bringen würde. Ich spreche Fremde sonst nicht gleich an. Ich glaube, ich muss mich für meine Aufdringlichkeit bei Ihnen entschuldigen.

Nein, sagte Bella, das ist nicht nötig. Wir sind sehr an einem guten Fremdenführer interessiert. Was haben Sie vorhin über die Marseiller Bürger gesagt?

Ich hab Ihnen nur einen kleinen Einblick in die neuesten Forschungen gegeben, antwortete Grimaud. Inzwischen ist erwiesen, dass die Pläne zur Sprengung des Panier-Viertels damals von der Marseiller Bourgeoisie schon lange entwickelt worden waren. Man hat sich nur nicht getraut, sie umzusetzen. Man hat einfach den Widerstand der Leute dort befürchtet. Da kam die Wehrmacht gerade recht. Man bediente sich der Deutschen, die die Sprengung dann allerdings mit Vergnügen durchführten; eine Übung in Präzision sozusagen, wie man sie nicht alle Tage serviert bekommt. Schließlich sollte das alte Rathaus am Quai du Port stehen bleiben.

Wie 1871, sagte Bella.

Sie haben vollkommen recht. Sie kennen sich gut aus in der Geschichte. Das ist übrigens manchmal so mit Deutschen. Sie schleppen ihre Geschichte mit sich herum, selbst wenn sie in fremden Ländern sind. Sie sind doch Deutsche, Madame?

Ich versteh überhaupt nichts mehr, sagte Nini. 1871! Was war 1871? Und woher wissen Sie, dass meine Freundin Deutsche ist? Lassen Sie uns beobachten?

Julien lachte, und auch Bella konnte ein Lächeln nicht unterdrücken.

1871 haben sich die Franzosen, genauer gesagt die Pariser Bourgeoisie, mit dem angreifenden deutschen Heer verbündet, um die eigenen Landsleute niederzuhalten, antwortete Grimaud. Die Kommunarden wurden von den Deutschen besiegt und von den eigenen Bürgern an die Wand gestellt. Ihre Freundin fühlte sich durch das Verhalten der Marseiller Bürger 1943 an diese Geschichte erinnert.

Wenn es darauf ankommt, verbünden sich die Bürgerlichen auch mit dem äußeren Feind, um die eigenen Unzufriedenen in Schach zu halten. Und dass ich Deutsche bin, wird Monsieur an meiner Sprechweise erkannt haben, fügte Bella hinzu.

Darf ich fragen, was Sie nach Marseille geführt hat?

Bella und Nini sahen sich an. Der Zeitpunkt schien gekommen, sich der Möglichkeiten zu bedienen, die Grimaud ihnen eröffnete. Aber wer sollte ihn einweihen? Und wie? Bella ergriff das Wort.

Wir haben uns zufällig kennengelernt. Ich war auf einem meiner Stadtrundgänge, und Madame Nini war auf der Suche nach ihrer Enkelin.

Nini warf Bella einen bewundernden Blick zu. Die Sache mit der Enkelin war gut. Das ersparte umständliche Erklärungen.

Sie müssen wissen, führte sie das Gespräch fort, bei der kleinen Maria-Carmen handelt es sich um ein besonders abenteuerlustiges Mädchen. Ich hatte ihr die Reise nach Marseille, in meine alte Heimat, versprochen. Daraufhin hat sie begonnen, alles, was über die Stadt in der Zeitung stand, zu sammeln und aufzuheben.

Nini bedachte Bella mit einem Blick, der besagte: Siehst du, ich kann deine Geschichte wunderbar weitererzählen. Bella nickte ihr anerkennend zu. Julien entging die heimliche Verständigung zwischen den beiden nicht. Er wurde aufmerksam.

Wir haben überall gesucht, fuhr Nini fort. Das Problem ist, dass ich zu lange nicht hier war. Die Stadt ist nicht mehr dieselbe wie zu meiner Zeit. Und meine deutsche Freundin kennt sich natürlich noch viel weniger aus.

Möchten Sie, dass ich Ihnen helfe, Ihre Enkelin zu finden?, fragte Grimaud.

Bella und Nini sahen sich an. Es war geschafft. Nun war nur noch eine einleuchtende Erklärung dafür zu finden?, weshalb sie das Mädchen ausgerechnet in einem Bordell zu finden hofften.

Sie hat einen Artikel gelesen, in dem von einer Schießerei die Rede war. Tagelang hat sie mir davon erzählt. Sie hat sich in immer neuen Varianten über den Mann Gedanken gemacht, der geschossen hatte. Am Ende sah es beinahe so aus, als wollte sie nur seinetwegen nach Marseille.

Julien fand, dass die Geschichte interessanter wurde, je länger die Frauen redeten. Er glaubte inzwischen kein Wort mehr von dem, was sie sagten. Aber weshalb erfanden sie diese Räuberpistole?

Sagen Sie es mir, wiederholte er: Möchten Sie, dass ich Ihnen helfe, Ihre Enkelin zu finden?

Grimaud sah Nini freundlich an. Bella begriff, dass er ihnen nichts von dem glaubte, was sie erzählt hatten. Wie auch? Wäre sie selbst in seiner Situation, würde sie ganz sicher nicht auf die Idee kommen, diese Geschichte zu glauben. Sie hatte sich von Nini mitreißen lassen und sich einfach blöd verhalten. Aber weshalb ging Grimaud auf ihr Märchen ein? Aus Höflichkeit? Oder weil er vermutete, dass eine ganz andere Sache dahintersteckte, der er bei dieser Gelegenheit auf die Spur kommen könnte?

Würden Sie das wirklich tun?

Nini sah hinreißend aus: Dankbar lächelnd, zerbrechlich, zog sie den schwarzen Spitzenschal fester um sich, als suche sie Schutz.

Julien lächelte. Wenn es in meiner Macht steht, sagte er. Ein paar Informationen brauche ich wohl noch. Können Sie sich daran erinnern, wie der Mann hieß, den Ihre Enkelin so sehr bewunderte?

Er geht direkt auf sein Ziel los, dachte Bella. Jetzt wird sich entscheiden, wieweit er uns geglaubt hat.

René, murmelte Nini, René Irgendwas. Sie war nicht sicher, ob sie den Namen nennen sollte. Schließlich war der Mann ein Killer. Und außerdem war er tot.

Von woher, hatten Sie gesagt, sind Sie nach Marseille gekommen?

Typische Polizistenfrage. Bella erinnerte sich nicht daran, dass Nini davon gesprochen hatte, woher sie gekommen war.

Gomera, sagte Nini. San Sebastián de la Gomera.

Und der Mann, für den sich Ihre Enkelin begeistert hat, der war blond? Auffällig blond?

Das hab ich nicht gesagt.

Nini sah erschrocken aus. Bella lächelte ihr aufmunternd zu.

Die alte Frau sollte keine Angst bekommen. Sie hatte nichts verbrochen. Man hätte diesem Grimaud von Anfang an reinen Wein einschenken sollen. Alle drei schwiegen einen Augenblick. Grimaud sprach als Erster, freundlich wie zuvor.

Also, sagte er, der Mann, von dem Sie sprechen, heißt René Picard. So hieß er mit seinem wirklichen Namen. Im Lauf seiner Karriere hat er verschiedene Namen angenommen. Vor ein paar Wochen hat man ihn in San Sebastián de la Gomera erschossen. Wenn Sie mich fragen – und Sie können mich ruhig fragen, denn ich war jahrelang mit dem Fall befasst –, Picard war am Ende. Es gab keinen Ort mehr, an dem er sich ungehindert hätte aufhalten können. Wir hatten ihn, und er wusste das. Hat Ihre Enkelin ihn gekannt?

Ich glaube, sagte Nini. Sie hat jedenfalls gewusst, dass er mit Marseille zu tun hatte. Ob er es ihr gesagt hat, weiß ich nicht.

Ungewöhnlich für ein junges Mädchen, einfach hierher zu reisen. Was könnte sie gesucht haben? Der Mann war tot.

Natürlich, dachte Bella. Er ist Polizist. Und intelligent ist er auch.

Um Nini vor einer Antwort zu bewahren, die sie nicht geben wollte, fragte sie:

Was wissen Sie über diesen Picard? Womit hat er sich beschäftigt? Weshalb waren Sie so lange hinter ihm her?

Grimaud sah sie aufmerksam an. Bella überlegte, ob auch sie beim Fragen unwillkürlich in einen Polizeiton verfallen war.

Sie sind vom Fach, sagte Grimaud.

Ist schon eine Weile her, antwortete sie. Ich bin schon seit Jahren nicht mehr im Dienst. Offensichtlich verlernt man alte Gewohnheiten nicht so leicht.

Nini hatte die Unterhaltung mit größtem Interesse verfolgt. Zwei Polizisten! Da konnte es doch gar nicht mehr schwer sein, Maria-Carmen zu finden.

Es war auch meine Schuld, flunkerte sie drauflos. Ein Leben lang hab ich ihr von Marseille vorgeschwärmt. Da ist es doch kein Wunder, dass die Kleine sich in den Kopf setzt, die Stadt kennenzulernen.

Lassen wir es dabei, sagte Grimaud.

Sie spürten beide, dass er annahm, sie verschwiegen ihm etwas, aber das schien ihm im Augenblick gleichgültig zu sein.

Sie sollten wissen, sagte Grimaud, was für ein Mensch dieser Picard gewesen ist. Er war jemand, der das Töten zu seinem Beruf gemacht hatte. Bevor wir überhaupt auf ihn aufmerksam wurden, ihn mit irgendwelchen Morden in Verbindung brachten, hatte er schon mindestens dreißig Menschen auf dem Gewissen. Auch der klügste Verbrecher, und zu denen gehörte er zweifellos, kann allerdings auf Dauer nicht verhindern, dass seine Taten das Muster erkennen lassen, nach dem er handelt.

Selbst wenn er sich vornimmt, ohne Muster zu arbeiten. Kein Muster ist auf die Dauer auch eins, sagte Bella.

Sie dachte an eine alte Frau, die ein gepunktetes Kleid getragen hatte, als sie vor vielen Jahren zu ihr gekommen war. Sie hatte für ihre Enkelin um Schutz gebeten. Es war interessant gewesen, sich mit der alten Frau zu unterhalten, weil sie sehr unkonventionelle und, wie Bella fand, sehr richtige Ansichten über Liebe und Prostitution gehabt hatte. Am Ende hatte sie sich tatsächlich überreden lassen, die Enkelin zu beschützen. Die wollte ihren Zuhälter verlassen, der deshalb einen Killer auf sie angesetzt hatte. Es war ihr nicht gelungen. Einer der schrecklichsten Momente in ihrem Berufsleben war es gewesen, der alten Frau den Tod ihrer Enkelin mitzuteilen. Damals hatte Eddy noch gelebt, der Herrscher über die Kneipen in der Hamburger Süderstraße. Bei ihm hatte sie sich danach Trost geholt, in Eddys Hinterzimmer, wo ein Billardtisch stand …

Hatte Eddy ihr nicht damals diesen Killer beschrieben? »Blond und so dünn, dass ihm die Haut an den Knochen klebt.« Sein Kopf habe einem Totenschädel ähnlich gesehen, wenn er grinste. Die Hamburger Polizei war nicht klug genug gewesen, ihn zu erwischen, und auch ihr, Bella, war er entkommen.

Halten Sie es für möglich, dass dieser Picard auch in Deutschland gearbeitet hat?, fragte sie.

Das ist überhaupt nicht ausgeschlossen, antwortete Grimaud. Er ging dorthin, wo man ihn brauchte und wo man ihn gut bezahlte. Auch als wir endlich verstanden hatten, dass es immer derselbe Täter war, mit dem wir es bei bestimmten Tötungsdelikten zu tun hatten, brachte uns das nicht weiter. Eine seiner letzten Taten, ich bin davon überzeugt, dass es seine war, hat hier in Marseille stattgefunden. Es gab Krieg zwischen den Bordellbesitzern, und irgendwann wurde die Frau erschossen, die das einträglichste Geschäft hatte. Danach war dann Ruhe.

Diese Frau war eine Schwarze, sagte Nini.

Bella und Grimaud sahen sie erstaunt an.

Vielleicht wäre es doch ganz nützlich, sagte Grimaud endlich, wenn Sie alle Karten auf den Tisch legen würden?

Bella nickte Nini aufmunternd zu. Es gab keinen Grund mehr, vor Julien Grimaud Geheimnisse zu haben. Im Gegenteil: Je mehr er wüsste, desto gezielter würde er ihnen bei der Suche nach Maria-Carmen helfen können.

Nini erzählte die ganze Geschichte. Sie verschwieg auch nicht, dass Maria-Carmen gar nicht ihre Enkelin war, aber sie verstand es trotzdem, ihre Sorge um die junge Frau verständlich zu machen.

Sie können froh sein, sagte er, als Nini ihren Bericht beendet hatte, dass die spanischen Kollegen den Mann erwischt haben. Nach allem, was wir inzwischen wissen, hätte die junge Frau kein erfreuliches Schicksal an seiner Seite erwartet. Ich glaube übrigens auch nicht, dass er wirklich mit ihr anbändeln wollte. Der Mann war ein Einzelgänger, und er war am Ende, glauben Sie mir. Aber das soll uns jetzt gleichgültig sein. Ich glaube, ich weiß, wo die junge Frau sich aufhält. Wir werden eine kleine Razzia veranstalten und uns einen bestimmten Laden dabei etwas genauer ansehen. Gut möglich, dass wir die junge Frau dort finden.

147

Toll, sagte Nini, es wäre mir aber lieb, wenn wir am Tage dorthin gehen könnten. Ich bin ein bisschen unsicher im Dunkeln, wissen Sie.

Ich fürchte, ich muss Sie enttäuschen, Madame, sagte Grimaud. Ob am Tage oder in der Nacht: Sie werden auf gar keinen Fall dabei sein.

Er stand auf und ging in das Bistro. Bella sah, dass er zahlte. Es war ihr nicht recht, dass er auch für sie zahlte, aber sie hatte keine Lust, aufzustehen und ihm zu folgen.

Das entscheidet der doch nicht, empörte sich Nini.

Ich fürchte, er ist der Einzige, der das entscheidet. Und ich will Ihnen gleich sagen: Er hat recht. Ich hab zwar keine Ahnung, wie eine Razzia in Marseille abläuft, aber wenn sie auch nur die geringste Ähnlichkeit mit einer Razzia in Hamburg hat, dann haben Sie dort nichts zu suchen, glauben Sie mir.

Nini schwieg und starrte Bella empört an. Grimaud kam zurück und blieb neben ihnen stehen. Er sah auf die wütende Nini.

Dabei wissen Sie nicht mal, wie sie aussieht, stieß sie hervor.

Grimaud lächelte mitleidig.

Ohne Sie oder gar nicht, sagte er. Wir könnten natürlich einen Kompromiss schließen. Sie versprechen, zu Hause zu bleiben, und Ihre Freundin begleitet uns. Sie kennt solche Einsätze und weiß, wie sie sich zu verhalten hat – so ist es doch, oder?

Bella schwieg. Sie hatte überhaupt keine Lust, Grimaud bei seiner Razzia zu begleiten. Ganz im Gegenteil. Sie fand sein Angebot merkwürdig und wenig solide. Überhaupt schien er ihr plötzlich weniger sympathisch. Sein Verhalten war zumindest ...

Würden Sie das tun, Bella?

Nini sah so hoffnungsvoll aus, dass Bella es nicht übers Herz brachte, Grimauds Angebot abzulehnen.

Geben Sie mir Ihre Telefonnummer, sagte er, ich rufe Sie an, wenn wir so weit sind. Es wird eine Zeit spät am Abend sein. Das Einfachste ist, ich lasse Sie dann vom Hotel abholen.

Wo ist es denn, dieses Etablissement?

Nini hatte sich offensichtlich doch noch nicht damit abgefunden, von der bevorstehenden Suche ausgeschlossen zu sein. Sie werden Ihre junge Freundin wiedersehen. Dabei wollen wir es belassen, sagte Grimaud. Ich darf mich jetzt verabschieden. Er ging und ließ die beiden Frauen ein wenig verwirrt zurück. Bella verstand nicht, weshalb Grimaud ihnen die »Razzia« so schnell angeboten hatte. Wie hätte sie an seiner Stelle reagiert? Zwei Frauen, die eine alt und möglicherweise nicht mehr ganz zurechnungsfähig, die andere Touristin und ehemals Polizistin. Hatte er befürchtet, dass sie nicht aufgeben, sich ohne ihn auf die Suche machen und das Mädchen finden würden? Gefiel es ihm nicht, Fremde herumschnüffeln und vielleicht Dinge entdecken zu lassen, die sie nichts angingen? Aber er selbst hatte vorgeschlagen, sie mitzunehmen. Natürlich, nichts war einfacher für ihn, als diese angebliche Razzia so vorzubereiten, dass nichts dabei herauskommen würde, was ihn und seine Marseiller Polizei kompromittieren konnte.

Ich bin müde, sagte Nini. Ich möchte ins Hotel.

An diesem und auch am nächsten Abend warteten sie vergeblich auf einen Anruf von Grimaud. Nini war schließlich sogar zu erschöpft, um ihren abendlichen Gin zu trinken. Bella wagte kaum, sie allein zu lassen. Sie sorgte dafür, dass die alte Frau genügend zu essen bekam. Sie aß zwar winzige Portionen, aber Bella zwang sie, mehrmals am Tag zu essen. Zwischendurch gestand sie sich ein, dass sie es satthatte, Kindermädchen für eine Frau zu spielen, die ihr fremd war, und dass sie froh sein würde, wenn der Anruf von Grimaud endlich käme. Man würde diese Maria-Carmen finden, und sobald sie Nini und deren Schützling in ein Flugzeug nach Teneriffa verfrachtet hätte, wäre sie wieder frei. Ein Ausflug in die Calanques war, was sie dringend brauchte. Abstand von Marseille und darüber nachdenken, ob sie die Reise abbrechen oder noch bleiben sollte. Vielleicht wäre es eine Lösung, Kranz anzurufen und ihn zu bitten, sie in

Marseille zu besuchen. Nein, dann konnte sie sich auch gleich eingestehen, dass ihr Vorhaben, auf den Spuren von Seghers & Co. zu wandeln, an den ganz normalen Widrigkeiten des Lebens von heute gescheitert war.

Trotzdem: Nini ging ihr auf die Nerven. Sie hätte ihr gern das Provence-Lesebuch in die Hand gedrückt, in der Hoffnung, dass die Passagen über diese Stadt hier sie interessieren und eine Weile ablenken würden. Aber natürlich konnte Nini nicht Deutsch lesen, und der Versuch, ihr von den Erfahrungen der Menschen aus dem Buch zu erzählen, scheiterte kläglich.

Ich bin nicht gebildet genug, um mit diesen Sachen etwas anfangen zu können, maulte Nini. Was sind das für Leute? Was habe ich mit denen zu tun? So unterbrach Nini sie jedes Mal nach einer Weile ungeduldig.

Schließlich blieb Bella nichts anderes übrig, als hinunterzugehen und ein paar Modezeitungen zu kaufen, um Nini zu beschäftigen. Das Blättern darin schien ihr Spaß zumachen. Sie gab sogar hin und wieder Kommentare ab, die Bella mäßig belustigten.

Alles schon da gewesen! Hab ich schon vor fünfzig Jahren entworfen! Das soll ein Kleid sein? Wenn ich solche Beine hätte, würde ich im Bett bleiben!

Zwischendurch schlief sie ein, und die Zeitschriften rutschten auf den Boden, von dem Bella sie aufhob und auf den Tisch legte.

Wo sind meine Zeitungen?, zeterte Nini dann jedes Mal, wenn sie aufwachte und wild um sich sah. Als wäre ihr jemand auf den Fersen, der ihr die verdammten Zeitschriften wegnehmen wollte.

Ich geh nach draußen, ich brauche einen kleinen Spaziergang, sagte Bella.

Der dritte Abend war angebrochen. Sie hatten nichts von Grimaud gehört und ihre Geduld war erschöpft. Es lag Streit in der Luft, zu dem sie absolut keine Lust hatte. Noch ein sinnlos vertaner Tag. Sie war entschlossen, Nini auch ohne Maria-Carmen in ein Flugzeug nach Teneriffa zu setzen. Über dem Vorplatz des Bahnhofs St. Charles hing ein riesiger Vollmond. Er bescherte ihr einen wunderbaren Blick auf die Stadt.

Als sie zurückkam, stand Nini aufgeregt mitten im Zimmer. Endlich! Wo bleiben Sie denn? Dieser Mensch hat anrufen lassen. Sie werden gleich abgeholt. Sie ist achtzehn und hat lange, dunkle Haare. Ein hübsches Mädchen, nur halsstarrig. Bestellen Sie ihr, dass ich auf sie warte. Ich werde mit ihr zurückfahren. Sie muss keine Angst vor der Rückkehr haben. Ich kann alles regeln. Sie wird ihre Arbeit wiederbekommen, ganz bestimmt. Da, sehen Sie aus dem Fenster. Ich glaube, das Auto ist da. Könnte ich nicht doch …

Nein, sagte Bella. Sie warten hier auf mich. Legen Sie sich hin. Ich wecke Sie, wenn Sie eingeschlafen sind. Versprochen.

Sie führte Nini zum Bett, aber die wandte sich ab und stellte sich ans Fenster.

Ich werde Ihnen nachsehen, sagte sie. Das werde ich doch noch dürfen. Dann leg ich mich hin. Viel Glück. Gehen Sie jetzt, sonst fahren die ohne Sie weiter.

Vor dem Hotel stand das Auto, ein Privatwagen, jedenfalls nicht als Polizeifahrzeug zu erkennen. Der Fahrer hielt ihr von innen die Tür auf und fuhr an, sobald sie sich neben ihn gesetzt hatte.

Er sprach nicht und konzentrierte sich aufs Fahren, was sicher vernünftig war, denn er fuhr nicht, er raste durch das nächtliche Marseille. Sehr schnell hatte Bella die Orientierung verloren. Sie versuchte, sich entspannt zurückzulehnen. Bald würde diese Sache ein Ende haben. Bald.

Keine Minute hatte Nini daran gedacht, während der Suche nach Maria-Carmen im Bett zu bleiben. Sie hatte dafür gebetet, dass dieser Grimaud nicht selbst anrufen würde und dass sie allein wäre, wenn der Anruf käme. Ihr Gebet war erhört worden. Während Bella vor dem Hotel auf und ab gegangen war, hatte Nini von dem Polizisten am Telefon den Einsatzort und das Fahrziel des Wagens, der Bella abholen sollte, erfahren. Das war nicht einmal besonders schwer gewesen, denn der Mann wusste ja nicht, dass ihr der Ort verborgen bleiben sollte.

Als Bella abgefahren war, trat Nini vom Fenster zurück, zog ihre Schuhe an, wickelte sich in ihren Schal, nahm ihre Geldbörse und verließ das Zimmer. Sie ließ sich an der Rezeption ein Taxi rufen und war wenige Minuten später zu der Straße unterwegs, in der Mama Roses Bordell lag.

Schon als der Taxifahrer unten in die Straße einbog, war zu sehen, dass in zweihundert Meter Entfernung eine Straßensperre aufgebaut worden war.

Da kommen wir nicht durch, Madame, sagte der Taxifahrer.

Macht nichts. Halten Sie einfach hier. Ich geh den Rest zu Fuß, antwortete Nini.

Ihre Stimme klang fröhlich und ein wenig aufgeregt. Sie war beinahe am Ziel.

Julien Grimaud hatte sich nicht lumpen lassen. Mehrere Einsatzfahrzeuge erhellten die Straße mit flackerndem Licht. Neben den Autos standen uniformierte Männer, einige schienen einer Spezialtruppe anzugehören, die für den Eingriff bei besonders gefährlichen Situationen ausgebildet worden war.

Weshalb treibt er so einen Aufwand?, dachte Bella. Wem will er imponieren? Um ein Mädchen aus dem Bordell zu holen, ist das doch bestimmt nicht nötig.

Hätte sie gewusst, dass Grimaud seinen Einsatz sogar vorher angekündigt hatte, wäre sie sicher noch mehr verwundert gewesen.

Weil aber Mama Rose informiert war, konnte Grimaud auf den Kontakt mit dem Afrikaner in dem Bistro gegenüber ver-

zichten. Auch deshalb entdeckte er später Nini nicht, die sehr
bald nach ihm am Einsatzort angekommen war und sich hinter
den Polizisten vorbei einen Weg in das Bistro gebahnt hatte.
Dort saß sie neben einem Stapel Bierkästen und beobachtete
die Vorgänge auf der Straße.

Bella kam gar nicht auf den Gedanken, dass Nini in der Nähe
sein könnte. Nachdem Grimaud sie aufgefordert hatte, hinter
ihm das Treppenhaus zu betreten, hielt sie sich möglichst eng
in seiner Nähe. Dass die Haustür wie von selbst aufgegangen
war, wunderte sie kaum. Im Treppenhaus war es still, bis auf
die schweren Tritte der sechs Polizisten, die ihnen folgten und
die das Geräusch ihrer eigenen Schritte überdeckten. Keine
Namen an den Wohnungstüren. Ein gepflegtes Treppenhaus.
Dann, im dritten Stock, eine Tür, halb geöffnet, dahinter Lachen und Musik. Grimaud hielt an, sah sich nach Bella und den
Männern um, die ihm gefolgt waren, und legte die Hand an die
Lippen. Er bedeutete ihnen, sich absolut still zu verhalten. Bella
sah ihm zu und dachte: Der spielt Theater. Wetten, dass hier
keine Maria-Carmen mehr zu finden ist? Wenn sie sich überhaupt jemals in diesem Haus aufgehalten hat …

Grimaud trat gegen die offene Tür, die zurückflog und gegen
die Wand schlug. Er ging hinein, gefolgt von Bella und zwei Polizisten. Die vier anderen postierten sich auf dem Treppenabsatz.

Die Räume in der Wohnung unterschieden sich kaum von
denen ähnlicher Etablissements, die sie bisher kennengelernt
hatte. Es gab einen langen Flur, Türen, die geschlossen waren
und die von den beiden Männern hinter ihnen aufgetreten wurden. Es gab kreischende Mädchen, strampelnde Freier, einen
Salon, in dem, an einer Wand aufgereiht, die saßen, die gerade
nicht arbeiteten. Der einzige Unterschied zu den einschlägi-
gen Einrichtungen in Deutschland war, dass hier alle Frauen
schwarz waren.

Dann erschien am Ende des Flurs die gewaltige Gestalt von
Mama Rose. Bei ihrem Anblick blieb Grimaud stehen. Die bei-

den Polizisten unterbrachen ihre Tätigkeit. Auch Bella ging nicht weiter und starrte dem Berg entgegen, der auf sie zugewankt kam; eine gewaltige Fleischmasse, in rote Seide gewickelt und mit einem Schal um den Kopf geschlungen, der gemustert war wie ein Leopardenfell.

Der Fleischberg blieb vor Grimaud stehen und deutete eine Verbeugung an.

Willkommen, mon capitaine, was verschafft uns die Ehre Ihres Besuchs?

Die kleinen Augen in dem breiten Gesicht funkelten, ob böse oder freundlich, war nicht auszumachen.

Die kennen sich, dachte Bella plötzlich. Gerade wird mir der zweite Akt des Dramoletts vorgespielt, das Grimaud sich ausgedacht hat.

Wir werden jetzt, ohne auf den laufenden Betrieb Rücksicht zu nehmen, sagte Grimaud, alle Räume durchsuchen. Wir suchen eine junge Frau, Spanierin, Weiße, und wenn sie sich bei Ihnen versteckt hält, werden wir sie finden.

Hier arbeiten keine Weißen, sagte Mama Rose, mit einer Stimme, die ausdrückte: Das weißt du doch, du Trottel.

Grimaud wandte sich den beiden Polizisten zu und forderte sie mit einer Handbewegung auf, weiterzumachen. Dann zwängte er sich an Mama Rose vorbei und ging bis an das Ende des Flurs.

Wetten, dass dort die Bar ist?, dachte Bella belustigt. Sie wollte ihm folgen, aber Mama Rose schob sich zwischen sie und Grimaud. Als sie die Bar erreicht hatten, rief Mama Rose ein paar Worte in einer fremden Sprache in Richtung Tresen. Gleich darauf wurden zwei Gläser mit einer rosa Flüssigkeit gebracht, und Bella hatte Gelegenheit, den Aufzug der Frau, die sie in den Händen hielt, zu bewundern. Sie trug nichts außer Schuhen mit sehr hohen Absätzen und im Nabel und an den Ohren funkelnde Steine, die Bella als echt angesehen hätte, wenn ihr die Umgebung für Brillanten dieser Größe nicht unangemessen vorgekommen wäre.

Trinken Sie, meine Dame, trinken Sie, krächzte Mama Rose. Sie hatte sich auf einen Stuhl gezwängt, der einem Thron ähnlich sah. Ihre Tochter ist weggelaufen? Böses Mädchen, böses, böses Mädchen.

Ruhe!, schrie Grimaud. Ich verlange absolute Ruhe, solange die Durchsuchung läuft. Vor der Tür stehen ein paar Männer, die mit Schießeisen umgehen können. Weglaufen hat gar keinen Zweck.

Die Mädchen im Salon hörten auf zu kichern. Es wurde still, bis auf das Knallen der Türen, wenn sie, von Stiefeln getreten, gegen Wände flogen, und das immer gleiche Gekreisch, das darauf folgte. Bella beobachtete Mama Rose.

Die Frau sieht gefährlich aus, dachte sie. Sie ähnelt einem Krokodil, das unter Wasser auf Beute lauert. Wen die einmal zwischen den Zähnen hat, den lässt sie nicht wieder los.

Die Durchsuchung der Nebenräume war erfolglos. Im Salon wurden die Frauen von den Bänken gescheucht und mussten sich in der Mitte des Raums aufstellen. Die Rückenlehnen der Bänke ließen sich abnehmen. Auch dahinter keine Spur von Maria-Carmen. Mama Rose sah noch immer wütend aus.

Da macht Ihr alles kaputt, sagte sie, und wir können sehen, wie wir dann die Reparaturen bezahlen. Dafür muss ich den Frauen etwas extra abnehmen.

Ich schlage vor, Sie beschweren sich beim Innenminister, entgegnete Grimaud. Ich werde Ihnen seine Telefonnummer hierlassen.

Die brauch ich nicht, murmelte Mama Rose.

Weil der Innenminister ihr Kunde ist, wetten?, murmelte Bella.

Mama Rose hatte sie trotzdem gehört. Sie richtete sich halb auf und stützte sich mit ihren fetten Händen auf die Lehnen ihres Stuhls, als sie sagte: Es kann ja sein, dass Sie die Geliebte dieses durchgeknallten Polizisten sind, aber ich rate Ihnen: Verlassen Sie ihn, solange noch Zeit ist. Dieser Mann ist ein Gauner. Er ist ein Angeber und Betrüger. Außerdem macht er es nur mit Schwarzen. Sie hätten keine Freude an ihm.

Halt den Mund, Mama Rose, sagte Grimaud friedlich. Und zu Bella gewand: Hier ist niemand. Sie konnten es selbst feststellen.

Haben wir denn alle Räume gesehen?, fragte Bella.

Sie hatte einfach keine Lust, nach der Komödie, die man ihr vorgespielt hatte, so zu tun, als wäre sie zufrieden. Sie hasste es, reingelegt zu werden.

Was meint sie?, fragte Mama Rose.

Sie hatte sehr gut verstanden. Auch sie spielte ihr Spiel. Wie Grimaud. Nur ein wenig anders.

Weshalb soll ich nicht auch spielen, dachte Bella. So etwas wie Kampfgeist war in ihr erwacht, trotz des süßlichen Geruchs nach Puder, Parfüm, Zigaretten und Haschisch, der in der Luft lag und ihr das Atmen schwermachte. Das hier hatte nun nichts mehr mit Nini zu tun und mit der Suche nach Maria-Carmen. Das war ganz einfach ihr eigenes Spiel. Sie ging auf Grimaud zu und flüsterte mit ihm. Mama Rose bemühte sich vergeblich, etwas zu verstehen.

Der Hausflur, flüsterte sie. Die Wohnungen gehören doch alle diesem Ungeheuer. Nirgends war ein Name an der Tür. Wir müssen uns die Wohnungen ansehen.

Grimaud atmete hörbar, er seufzte beinahe. Mama Rose beäugte ihn argwöhnisch.

Das wagt er nicht, der nicht, murmelte sie vor sich hin.

Wir brauchen noch vier Mann, rief Grimaud laut.

Einer der beiden Männer, die die Türen eingetreten hatten, nahm ein Sprechgerät vom Gürtel und gab Grimauds Anweisung weiter. Der andere war damit beschäftigt, ein Paar zu beobachten, das nach einem kurzen Augenblick des Erschreckens einfach fortsetzte, womit es gerade begonnen hatte.

Was wollen Sie denn noch?, jammerte Mama Rose. Sie haben doch alles gesehen.

Wenn sie jammerte, hätte ihre krächzende Stimme durchaus als Synchronstimme für das böse Krokodil in einem Zeichentrickfilm aus den Disney-Studios herhalten können.

Maria-Carmen heißt das Mädchen, sagte Bella freundlich. Wir möchten es sprechen.

Grimaud nickte, ohne sich zu bewegen, vielleicht war es nur ein Lidschlag, der signalisierte: Mach schon, oder willst du wirklich, dass wir das ganze Haus auf den Kopf stellen?

Hilf mir hier runter, sagte Mama Rose.

Sie streckte die Hand nach Grimaud aus. Die Frauen hatten ihre Plätze auf den Wandbänken wieder eingenommen. Alle starrten auf Grimaud, der die ausgestreckte Hand ergriff und Mama Rose half, den Thron zu verlassen. Die ließ ihn los, als sie fest auf dem Boden stand, und zeigte mit einem fetten Zeigefinger auf eine der Frauen an der Wand.

Geh und hol sie.

Die junge Frau, ebenfalls nur notdürftig mit ein paar glitzernden Steinchen bekleidet, aber barfuß, bewegte sich zögernd.

Mach, mach, worauf wartest du noch?, schrie Mama Rose. Die goldenen Zähne in ihrem Mund blitzten.

Die Frau ging den Gang entlang, unverwandt angestarrt von den beiden Polizisten, die kurz vorher die Türen aufgetreten hatten, von den vier Polizisten, die vor der geöffneten Wohnungstür standen, und von den sechs Polizisten, die gerade die Treppe heraufkamen, als sie, einen Augenblick zögernd, in der Wohnungstür stehen blieb. Sie ging weiter, klopfte an die gegenüberliegende Tür, ein besonderes Zeichen, das sich niemand merkte, weil alle damit beschäftigt waren, auf den Körper der Nackten zu starren, und die Tür öffnete sich.

In der Tür stand Maria-Carmen, bekleidet mit einem afrikanischen Gewand in Rot und Schwarz und auf dem Kopf einen roten Turban. Ohne zu zögern, betrat sie die gegenüberliegende Wohnung, lief beinahe den Korridor entlang, stellte sich neben Mama Rose und ergriff deren Hand.

Na also, sagte Grimaud zufrieden. Geht doch.

Mama Rose und Maria-Carmen blieben stumm. Sie waren ein merkwürdiges Paar, unterschiedlicher hätten sie nicht sein können, und doch demonstrierten sie unübersehbar: Wir gehören zusammen. Bella ging ein paar Schritte auf die beiden zu. Sie glaubte zu spüren, wie deren Widerstand größer wurde, je näher sie kam. Sie würde gegen die beiden nichts ausrichten können, aber sie würde es trotzdem versuchen.

Nini möchte, dass Sie zurückkommen, sagte sie. Sie macht sich große Sorgen. Sie hat Angst um Sie. Ich bin Bella Block, eine Freundin.

Das ist nicht nötig, antwortete Maria-Carmen. Sie sprach sehr deutlich. Vielleicht nahm sie an, dass Bella kein Spanisch verstand. Ich werde nie wieder zurückgehen. Sagen Sie ihr das. Es geht mir gut hier. Auch Mama Rose ist eine Freundin.

Sie sind hier in einem Bordell, entgegnete Bella.

Ja. Und?

Bella dachte daran, was Nini ihr über die Eltern des Mädchens erzählt hatte. Mama Rose legte ihren fetten Arm um die Schultern der Kleinen.

Maria-Carmen kann selbst entscheiden, wo sie leben will, krächzte sie. Sie können sie nicht abschieben. Sie ist aus Europa. Und sie ist sauber. Sie hilft mir. Dies ist ein angemeldetes Geschäft. Sie bekommt Lohn wie alle anderen auch, und der wird versteuert. Sie können uns nichts anhaben.

Bella wandte sich zu Grimaud um. Der hatte der Szene den Rücken gekehrt und sprach im Flur mit seinen Polizisten. Es waren nun zehn von ihnen im Flur versammelt, die alle interessiert ihre Umgebung betrachteten.

Lassen Sie die Männer abziehen, sagte Bella. Sie will nicht mitkommen. Wir können sie nicht zwingen.

In Ordnung, sagte Grimaud.

Er gab den Befehl zum Abrücken. Bella wandte sich noch einmal an Maria-Carmen.

158

Soll ich Nini etwas ausrichten?

Nein, antwortete Maria-Carmen. Das ist nicht nötig. Es war ihre Idee, mich zu begleiten. Sie wird den Weg nach Hause auch ohne mich finden.

Kommen Sie, sagte Grimaud unten auf der Straße. Bevor wir Sie ins Hotel zurückbringen, gehen wir etwas trinken. Es wird für Sie nicht einfach werden, der alten Dame beizubringen, dass die Kleine erwachsen geworden ist.

Grimauds Stimme klang aufrichtig und fürsorglich. Bella war plötzlich froh, dass er da war.

Ich möchte irgendwohin, wo es schön ist, sagte sie. Es war schon früher so, dass mir übel wurde, wenn ich ein Bordell betreten musste. Ich hatte inzwischen ganz vergessen, wie das ist.

Sie wollten dabei sein, antwortete Grimaud. Und, ehrlich gesagt, ich bin froh, dass Sie dabei waren. Wenn Sie nicht darauf bestanden hätten, auch die anderen Wohnungen zu durchsuchen …

Ich glaube Ihnen kein Wort, sagte Bella. Deshalb hätte ich Ihnen auch nicht geglaubt, dass die Kleine nicht mitkommen wollte. Es war wirklich gut, dass ich dabei war. Wohin gehen wir?

Grimaud sah auf seine Uhr. Er winkte ein Auto heran, sprach kurz mit dem Fahrer, der ausstieg und zu Fuß weiterging, und forderte Bella mit einer Handbewegung auf, einzusteigen. Das Auto, in dem sie saßen, war als einziges übrig geblieben. Die Polizeifahrzeuge waren so schnell verschwunden, wie sie gekommen waren.

Unterhalb von Notre-Dame de la Garde gibt es ein kleines Restaurant, sagte Grimaud, während er anfuhr. Alles ganz einfach, aber der Blick über die Stadt wird Ihnen gefallen und Sie auf andere Gedanken bringen.

Der Afrikaner hatte zu Nini gesagt, sie könne nicht einfach sitzen bleiben, ohne etwas zu trinken. Sie hatte nach ihrer Geldbörse gesucht und festgestellt, dass sie verschwunden war. Sie musste sie auf dem Weg vom Taxi ins Bistro verloren haben, vielleicht bei dem Versuch, ungesehen durch die Reihen der Polizisten zu schlüpfen. Das war ihr jedenfalls gelungen. Und wenn sie jetzt Gin bestellte, dann würden Bella und Maria-Carmen ihn nachher bezahlen.

Sie hatte also Gin bestellt, einen doppelten, und den Polizeieinsatz gegenüber beobachtet. Dem Afrikaner Fofo war nicht entgangen, dass sie sich für den Einsatz interessierte. Er ließ sie einfach in Ruhe, machte sogar einige Lampen aus. So könnte Nini besser nach draußen sehen, und die Polizei würde nicht auf sein Bistro aufmerksam. Es gab nur sehr selten Razzien bei Mama Rose, und immer wurden sie vorher angekündigt. So war es auch diesmal gewesen, aber man wusste nie im Voraus, was den beteiligten Polizisten einfallen würde. Der Kommissar wählte seine Leute mit Bedacht aus, aber manchmal gab es nicht genug von denen, auf die er sich verlassen konnte. Dann waren Rassisten darunter, mit denen schwer auszukommen war.

Auch als die Polizei abgezogen war, machte Fofo das Licht im Bistro nicht gleich wieder an. Er ging an den Tisch der alten Frau und setzte sich zu ihr. Er wusste nicht genau, weshalb er das tat, vielleicht weil sie zusammengesunken noch kleiner aussah und ihm leidtat. Er nahm an, dass ihre Anwesenheit etwas mit der Weißen zu tun hatte, die seit einiger Zeit für Mama Rose arbeitete und die er nicht mochte. Sie hatte es schnell verstanden, den Platz neben Mama Rose zu besetzen. Jeder im Haus wusste, dass Mama Rose krank war und nach Benin City zurückkehren wollte. Er war nicht sicher, ob die Weiße das Geschäft wie bisher weiterführen und ihn behalten würde. Vielleicht hatte sie andere Dinge vor, die seine Arbeit überflüssig machten?

Wollen Sie mir sagen, Mama, weshalb Sie so traurig sind?

Nini schrak zusammen und richtete sich auf. Alles war verloren. Sie hatten Maria-Carmen nicht gefunden. Sie wusste, die Suche war zu Ende. Man würde sie allein zurück nach San

Sebastián verfrachten, und sie würde sich den Rest ihres Lebens Vorwürfe machen.

Gib mir noch einen Gin, sagte sie.

Sie trinkt wie ein Vogel, dachte Fofo. Vielleicht kann sie fliegen. Leicht genug ist sie. Er hatte von kleinen weißen Hexen gehört, die nachts ihr Unwesen treiben. War sie so eine? Aber in ihrem Kummer kam sie ihm ganz wirklich vor.

Du hast die kleine weiße Frau gesucht, Mama.

Sie ist nicht da. Du hast es doch gesehen, antwortete Nini.

Sie dachte nicht einen Augenblick daran, sich darüber zu wundern, dass der Afrikaner Maria-Carmen kannte.

Ich weiß aber, dass sie da drin ist, sagte Fofo.

Nini, die im Begriff war, mit Hilfe des Gins in eine Welt ohne Sorgen einzutauchen, wurde aufmerksam.

Das kannst du nicht wissen, sagte sie, nachdem sie einen Augenblick angestrengt nachgedacht hatte.

Ich weiß immer, wer da drüben ein und aus geht, sagte Fofo.

Sie sahen beide auf die Tür des gegenüberliegenden Hauses. Drei Männer mittleren Alters standen davor und klopften. Die Tür blieb verschlossen. Einer der Männer löste sich aus der Gruppe und kam über die Straße. Fofo stand auf und ging hinter den Tresen. Nini hörte ihn nach dem Namen des Mannes fragen. Der sagte einen Namen, den sie nicht verstand, und gab seinen Freunden draußen ein Zeichen. Auch die beiden anderen kamen über die Straße und betraten das Bistro.

Ich will nichts trinken, sagte ein kleiner Dicker, der offensichtlich schon genug getrunken hatte. Ich will …

Halt die Klappe, du kriegst schon, was du willst. Der Mann, der zuerst über die Straße gekommen war, zog seine Freunde an einen Tisch im Hintergrund. Der Afrikaner brachte ihnen Wein. Nini hörte, dass er leise mit ihnen sprach. Dann kam er zurück an ihren Tisch. So war das also. Der war der Pförtner. Sie saß in der Pförtnerloge. Natürlich wusste er, wer dort in dem Haus war.

Sie ist da drin, ja?, fragte Nini.

Ja, antwortete Fofo.

Und Sie können mich dort hineinlassen?

Nein, sagte Fofo, das kann ich nicht. Mama Rose will keine Frauen als Gäste.

Aber sie ist doch da drin, wiederholte Nini eigensinnig.

Fofo ging zurück hinter den Tresen. Er schaltete auch die letzten Lampen wieder an. Die betrunkenen Männer standen auf und verließen das Bistro. Nini sah, dass sie im Haus gegenüber verschwanden. Mit betrunkenen Männern hatte sie also zu tun. Was denn sonst? Was hast du geglaubt? Dass du sie ins Paradies begleitet hast? Es werden andere Männer kommen. Ich kann nicht zulassen, dass sie dort bleibt. Sie hat sich versteckt, als die Polizei kam. Vor mir kann sie sich nicht verstecken. Ich werde sie finden.

Nini erhob sich und ging hinüber zum Tresen. Fofo sah nur ihren Kopf, als sie davorstand.

Ich geh mal nach draußen, sagte sie. Ich komme aber wieder. Ich zahl dann nachher. Du kannst meinen Schal hierbehalten, wenn du willst.

Lass nur, Mama, sagte Fofo. Du wirst schon wiederkommen.

Nini verließ das Bistro, wandte sich nach links und war vom Bistro aus nicht mehr zu sehen. Nach zwanzig Metern wechselte sie die Straßenseite. Eng an die Hauswände gedrückt, kam sie langsam zurück. In einer Nische neben der Tür, hinter der die Betrunkenen verschwunden waren, blieb sie stehen, ein Ende des Schals vor das Gesicht gezogen, um auch noch den geringsten hellen Fleck zu verbergen. Nach einer Weile entstand Lärm am unteren Ende der Straße. Ein paar Männer, fünf oder sechs, kamen die Straße herauf, blieben vor der Tür stehen und versuchten, sie zu öffnen. Aus dem Krach, den sie machten, dem Gebrüll, dem Schlagen gegen die Tür schloss Nini, dass sie nicht wussten, wer darüber bestimmte, ob sie eingelassen wurden. Sie trat einen kleinen Schritt vor.

Psst, he, da drüben, ihr müsst nach da drüben, flüsterte sie. Wenn der Afrikaner die Männer einließ, würde sie ihre Chance nutzen und mit ins Haus schlüpfen.

Was ist das denn, grölte einer, ein großer, kräftiger Mann, der eine schwarze Hose trug und ein T-Shirt, das auf dem Rücken mit einem Totenkopf bemalt war. Der Mann schwankte. Er schien stärker betrunken als seine Kumpane.

Was ist das denn, wiederholte er und zog Nini in den Kreis der anderen, die aufhörten, sich mit der Tür zu beschäftigen, und Nini anstarrten, als sähen sie ein Gespenst.

Ist das 'ne Begrüßung, Jungs?, lallte der Betrunkene. Sie schicken das hier vor. Soll wohl zum Abschrecken sein. Aber nicht mit uns, Hexe. Ich weiß, was da oben gespielt wird. Sag denen, dass wir reinwollen, los, mach!

Er schubste Nini gegen einen der anderen. Der wich zurück, als hätte er Angst, berührt zu werden. Nini stürzte. Sie fiel mit dem Kopf auf die steinerne Treppe und blieb dort liegen.

He, das ist nur 'ne harmlose Alte, sagte einer. Gib ihr 'n Euro, dann haut sie ab.

Er stieß leicht mit dem Fuß gegen den am Boden liegenden Körper. Aufstehen, Alte. Verschwinde. Das hier ist was für Männer.

Es waren sechs Männer, die um Ninis Körper herumstanden und darauf warteten, dass sie aufstünde.

Brauchst du Hilfe, oder was?, fragte der Betrunkene, der sie gestoßen hatte. Seine Stimme war leiser geworden, kleinlaut. Fass sie doch mal einer an, setzte er hinzu, als die anderen sich nicht rührten, nur noch auf die kleine Frau starrten, die zwischen ihnen lag. Endlich trat einer, ein kleiner, sehr junger Mann, vor, beugte sich über die am Boden Liegende und versuchte, sie hochzuziehen. Alle sahen ihm zu, wie er sie anhob, sahen, wie der Kopf der Alten haltlos nach hinten fiel, sahen, dass der Mann einen Augenblick unschlüssig dastand und den Körper dann wieder fallen ließ.

Die will nicht mehr, sagte der junge Mann leise. Ist vielleicht besser, wenn wir abhauen. So laut, wie sie gekommen waren, so still gingen die Männer davon.

Fofo, der sie beobachtet hatte, war erleichtert. Die hätte er abweisen müssen. Mama Rose hatte Prinzipien. Die da wären nicht willkommen gewesen. Und von ihm hätten sie etwas zu trinken verlangt und Krach gemacht. Er kannte solche betrunkenen Typen zur Genüge. Er war froh, dass sie gingen. Auf den Stufen vor dem Haus lag etwas, das sie verloren hatten. Man musste es wegräumen, bevor die nächsten Gäste kämen.

Als Fofo Nini fand, war sie tot. Er trug sie über die Straße in sein Bistro und legte sie im Nebenraum auf den Fußboden. Er würde die Polizei benachrichtigen müssen. Aber zuerst Mama Rose.

Es war nicht Mama Rose, die herüberkam, sondern Maria-Carmen. Fofo führte sie in den Nebenraum. Da stand sie eine Weile mit zusammengekniffenen Augen, die Zähne in die Unterlippe gegraben, und starrte auf den Körper, der vor ihr auf dem Boden lag.

Du hättest sie liegen lassen sollen, sagte sie schließlich. Wir müssen die Polizei anrufen. Kann sein, dass sie Schwierigkeiten machen. Wie willst du erklären, dass sie hier liegt? Fass an. Wir tragen sie dahin, wo sie gelegen hat.

Das mach ich allein, sagte Fofo. Sie ist leicht. Sie hat nach dir gefragt. Sie wollte zu dir, glaube ich.

Ja, sagte Maria-Carmen. Sie ist mit mir gekommen. Ich hab ihr gesagt, sie soll wieder zurückfahren. Sie hat nicht auf mich gehört. Sie hat gern Gin getrunken.

Ich weiß, sagte Fofo. Eine kleine alte Mama, die gern Gin trank.

Er trug Ninis Körper an Maria-Carmen vorbei, zurück auf die Stufen, und sah auf ihn hinunter.

So hat sie gelegen, glaube ich, sagte er. Ich ruf jetzt die Polizei.

Bella

Das Restaurant unterhalb von Notre-Dame de la Garde war geschlossen.

Es ist zu spät, sagte Julien. Jetzt weiß ich nur noch eine Bar, zu der wir fahren können. Oberhalb der Place de Lenche …

Lassen Sie nur, sagte Bella. Bringen Sie mich einfach nach Hause. Sie haben's wenigstens versucht.

Sie sollten nicht so tun, als ob Sie gerade heute keine Gesellschaft brauchten, sagte Julien, als sie wieder im Auto saßen und den Berg hinabfuhren. Ich sag Ihnen was: Ich bin sehr froh, dass ich Sie getroffen habe.

Ich bin nicht allein. Sie erinnern sich an diese kleine alte Frau, die ich bei mir habe?

Ja, selbstverständlich erinnere ich mich. Wenn Sie jetzt zurück ins Hotel gehen, werden Sie ihr sagen müssen, dass Sie nichts erreicht haben. Das wird ein Lamento auslösen, und Sie werden in dieser Nacht, die allerdings bald vorüber ist, kein Auge zutun. Lohnt sich das? Mit mir dagegen könnten Sie den Versuch unternehmen, sich in die Seele eines einsamen Marseiller Polizisten zu versetzen, der danach lechzt, verstanden zu werden. Dem seine Arbeit immer schwerer fällt und der …

Du lieber Himmel, Bella lachte. Wenn Sie wüssten, was ich mir in den letzten vierzig Jahren im Umgang mit Männern antrainiert habe, dann wäre Ihnen eben etwas anderes eingefallen, um mich zum Bleiben zu überreden.

Ich bin nicht dumm, erwiderte Julien. Ich weiß sehr genau, zumindest ahne ich, was Sie versucht haben sich anzutrainieren.

Bella sah ihn an. Grimaud lächelte.

Sie wollen frei sein, fuhr Grimaud fort. Sie wollen selbst bestimmen, mit wem Sie sich einlassen. Worauf Sie sich einlassen. Wann Sie sich einlassen. Und dabei versäumen Sie dann manchmal die besten Dinge, die Ihnen geboten werden.

Und den Rest der Nacht mit Ihnen zu verbringen gehört zu diesen besten Dingen?

Meine liebe Bella, ich kann Ihnen versichern, dass Sie heute Nacht niemanden wie mich finden, der Ihnen Marseille zu Füßen legt; der Sie mit Geschichten aus dem Bauch von Marseille unterhalten kann; der an Ihren Lippen hängt, wenn Sie vom großen, reichen Hamburg erzählen, unserer großen Schwester, wenn Sie so wollen. Heute Nacht werde ich Ihnen Marseille erklären, und Sie werden mir Hamburg erklären, und das wird das einzig angemessene Fest sein, mit dem die Partnerschaft unserer beiden Städte gefeiert wird. Sie wissen das alles und wollen es ausschlagen, nur weil Sie selbst bestimmen wollen, mit wem Sie sich einlassen?

Ich gebe mich geschlagen, sagte Bella.

Julien parkte das Auto am Alten Hafen und stieg mit Bella ins Panier-Viertel hinauf. Die kleine Bar am Ende der Rue de Panier hatte tatsächlich noch geöffnet. Julien schien auch dort bekannt zu sein. Die Frau hinter dem Tresen, eine dunkelhaarige, langmähnige Schönheit mit großen Augen, großem Busen und großem Ausschnitt, winkte ihm zu.

Charlene, sagte Julien. Seit zwanzig Jahren im Geschäft. Früher hat sie geschwiegen wie ein Grab, wenn es hier irgendwelche Razzien gab. Das Viertel hat damals noch anders ausgesehen. Es haben auch andere Menschen hier gewohnt, darunter einige, die wussten, weshalb sie uns lieber aus dem Weg gingen. Heute gibt es nichts mehr, was Charlene verschweigen muss. Das Viertel hat sich verändert. Sie haben die kleinen Läden unterwegs gesehen: Kunsthandwerker, Boutiquen, der ganze kleinkarierte Mittelstand. Das Höchste, was es hier an Kriminalität gibt, sind Ehestreitigkeiten um Geld. Und die werden in aller Stille ausgetragen. Charlene bedauert das, glaube ich. Die Geheimnisse, von denen sie früher gewusst hat, haben ihr eine Aura gegeben. Heute hat sie Mühe, diese Aura aufrechtzuerhalten. Jetzt gibt sie uns gelegentlich aus freien Stücken einen kleinen Hinweis.

Hinweis? Worauf?

Julien antwortete nicht gleich. Er wartete, bis Charlene die Weinflasche und zwei Gläser gebracht hatte und wieder gegangen war.

Kleinigkeiten, sagte er dann achselzuckend. Wir sind hier sehr nah am Industriehafen. Sie wissen doch selbst, was am Hafen los sein kann.

Er schwieg, und Bella hatte den Eindruck, als wäre es ihm unangenehm, dieses Thema angeschnitten zu haben. Er wirkte plötzlich verschlossen. Es war nichts mehr übrig von dem lockeren Erzähler, der er gerade noch gewesen war. Sie schwiegen nun beide, und als sich Juliens Telefon bemerkbar machte, war er sichtlich erleichtert.

Ja?

Bella beobachtete ihn, während er lauschte, ohne den Anrufer zu unterbrechen. Selbst in dem schummrigen Licht in der Bar konnte sie sehen, dass er blass wurde.

Weiter, sagte er einmal, um dann wieder zuzuhören. Und dann am Ende: Danke.

Er steckte das Telefon ein und sah Bella an.

Ich überlegte gerade, sagte er, ob ich diesen Abend retten könnte, wenn ich Ihnen erst morgen sage, was ich jetzt schon weiß.

Aber das können Sie nicht, erwiderte Bella.

Nein, sagte Julien, weil ich Ihre Achtung nicht verlieren möchte, deshalb kann ich es nicht. Er machte eine kleine Pause, bevor er weitersprach.

Ihre Freundin Nini, sagte er, sie ist tot.

Später, wenn Bella sich an diesen Augenblick erinnerte, war sie über sich selbst erstaunt. Sie hatte sich für mitfühlender gehalten. Das Erste, was sie nach Grimauds Eröffnung gedacht hatte war: Sie ist nicht meine Freundin.

Jetzt schwieg sie und sah Grimaud an, der sie beobachtete, als machte er sich Sorgen um ihren Verstand. Was erwartete er?

Was ist passiert?, fragte Bella. Als ich sie verließ, war sie im Hotel. Ich hatte ihr eingeschärft, auf mich zu warten …

Sie brach ab. Natürlich, sie hatte ihr Versprechen nicht gehalten. Sie war nicht rechtzeitig zurückgekommen. Es hatte Nini zu lange gedauert, auf sie zu warten. Sie war auf die Straße gegangen, und es war ihr etwas zugestoßen … Es schien ihr, als hätte Grimaud ihre Gedanken erraten.

Machen Sie sich keine Vorwürfe, sagte er. Sie muss das Hotel gleich nach Ihnen verlassen haben. Der Mann aus dem Bistro gegenüber hat behauptet, sie habe von dort aus die Razzia beobachtet und sei anschließend gegangen.

Woher wusste sie, wohin wir fahren würden? Das ist ganz unmöglich. Ich wusste doch selbst nicht, wo das Bordell war.

Bitte, Bella. Es ist wichtig, dass Sie sich keine Vorwürfe machen. Ihre Freundin ist tot. Sie war für sich selbst verantwortlich.

Ich möchte zurück ins Hotel, sagte Bella.

Grimaud erhob sich sofort. Während er zahlte, versuchte sie sich vorzustellen, wie es sein würde, in das leere Appartement zurückzukommen. Würde sie Nini vermissen?

Ich kenne noch nicht alle Einzelheiten, sagte Grimaud, während Bella stumm neben ihm im Auto saß. Ich verspreche Ihnen, Sie bekommen einen genauen Bericht. Ist es Ihnen recht, wenn ich Sie morgen am späten Nachmittag abhole? Ich glaube, ich habe eine Idee, wie ich Sie ein wenig trösten kann.

In Ordnung, sagte Bella.

Sie hatte nicht wirklich zugehört. Sie wusste nur, dass es

müßig war, darüber nachzudenken, wie Nini vor das Haus von
Mama Rose gekommen war. Trotzdem fragte sie die Concierge,
als sie das Hotel betrat.

Sie hat ein Taxi bestellt, Ihre Freundin. Keine Ahnung, wohin sie gefahren ist. Das hat sie mir nicht verraten.

Meine Freundin, dachte Bella, während sie die Treppe em-
porstieg.

Im Appartement gab es nur sehr wenige Dinge, die an
Nini erinnerten; etwas Waschzeug im Bad, eine kleine schwarze
Strickjacke, die sie gemeinsam in den Galeries Lafayette gekauft
hatten, ein Paar schwarze Strümpfe. Bella steckte alles zusammen in eine Plastiktüte und stopfte die in den Papierkorb. Die
Putzfrau würde die Sachen entsorgen. Sie setzte sich in den Sessel, in dem Nini zuletzt gesessen hatte, und dachte eine Weile
darüber nach, wie ungewöhnlich die Begegnung mit der alten
Frau gewesen war. Nur eine Episode, aber eine, die auf seltsame
Art zu der Stadt zu gehören schien, in der sie sich befand. Noch
einmal fiel ihr Josef Roth ein:

> Vom Reichtum zur Armut ist weniger als ein Schritt.
> Der Obdachlose schläft auf der Schwelle des Palas-
> tes. Die Lebensmittel verkauft man in einem, die
> Liebe im anderen Laden. Das Boot der armen Schiffer
> schwimmt hart neben dem großen Ozeandampfer.

Durch Nini hatte sie einen Teil des Lebens in dieser Stadt kennengelernt, der ihr womöglich sonst verschlossen geblieben
wäre. Ein Stück Vergangenheit von Marseille war durch Nini
wieder lebendig geworden, wenn man im Zusammenhang mit
Belle de Mai wirklich von »lebendig« sprechen konnte. Durch
die Geschichten, die Nini über ihr Viertel, über ihre Arbeit in
der Fabrik erzählte, hatte sie eine Ahnung davon bekommen,
wie das Leben dort früher gewesen sein könnte. Insofern war
es erlaubt, Nini in eine Reihe mit Seghers, Benjamin, Roth,

Izzo & Co. zu stellen, die ihr bisher geholfen hatten, sich mit dem Charakter der Stadt vertraut zu machen. Allerdings würden von Ninis Erzählungen keine Bücher übrig bleiben, sondern nur die Erinnerung an sie. Und die würde sterben mit den Menschen, die sich jetzt noch an sie erinnerten.

Maria-Carmen, dachte Bella, ich hätte nicht übel Lust, sie noch einmal zu besuchen.

Jetzt? In der Nacht? Weshalb nicht. Besser, als hier im Zimmer zu sitzen und nicht schlafen zu können.

Bella ging zu Fuß, weil sie dem Taxifahrer den Namen der Straße nicht nennen konnte, aber sie fand die Straße und auch das Haus, in dem die Razzia stattgefunden hatte. Im Bistro gegenüber brannte nur noch eine kleine Lampe über einem Tischchen, an dem ein Mann saß und schrieb. Bella betrat das Bistro, und die abgestandene Luft, die ihr entgegenschlug, ließ sie flacher atmen. Der Mann am Tisch sah auf. Sie ging zu ihm und setzte sich ihm gegenüber.

Es ist geschlossen, sagte Fofo.

Die alte Frau, sagte Bella, es war eine kleine Alte bei Ihnen. Haben Sie mit ihr gesprochen? Was hat sie gesagt, bevor man sie …

Sie sehen müde aus, sagte Fofo. Ich mache einen starken Kaffee.

Er verschwand hinter dem Tresen, und Bella blieb regungslos sitzen und starrte auf die Tischplatte. Ihr war nicht mehr klar, weshalb sie gekommen war. Sie war nur müde. Dankbar nahm sie den Kaffee, den Fofo ihr reichte.

Ich hab nicht gewusst, dass sie versucht hat, dort drüben ins Haus zu kommen. Sie war einfach verschwunden. Und als ich sie wiedergesehen habe, da war sie … Ich kann nichts dafür.

Ist schon gut, sagte Bella. Ich würde gern noch einmal mit der jungen Frau dort drüben reden. Können Sie dafür sorgen, dass ich eingelassen werde?

Fofo sah sie an und schwieg. Besser, sie kommt hierher, sagte er dann. Mama Rose hat es nicht gern, wenn Fremde kommen. Ich will ihr Bescheid sagen.

Es dauerte nur wenige Augenblicke, bis Maria-Carmen drüben das Haus verließ. Sie blieb neben der Haustür stehen.

Gehen Sie zu ihr, sagte Fofo. Sie wartet nicht lange.

Auf den Treppenstufen waren mit Kreide aufgemalte Umrisse zu erkennen.

Ja, hier hat sie gelegen, sagte Maria-Carmen. Sie sprach laut, so als läge ihr daran, die Situation von Anfang an zu beherrschen. Und wenn Sie nicht dieses Theater veranstaltet hätten, diese Suche, gemeinsam mit Grimaud, dann würde sie noch leben, vermutlich. Was wollen Sie nun noch?

Ich weiß es selbst nicht, sagte Bella. Es war Grimauds Vorschlag. Nini hat geglaubt, sie könnte Sie davon überzeugen, nach Hause zu kommen. Ich hab geglaubt, ich könnte ihn nicht allein lassen. Nini war im Hotel geblieben. Ich hab das alles nicht wirklich ernst genommen. Grimaud …

Was wissen Sie denn von Grimaud?, fragte Maria-Carmen. Der bringt seine deutschen Freunde hierher, damit sie sich kostenlos vergnügen. Vielleicht hat er gedacht, wir hätten auch für Sie etwas im Angebot. Ich geh wieder. Die Nacht ist noch nicht zu Ende. Sie wollen sicher nicht mitkommen?

Nein, sagte Bella, sicher nicht. Eine Frage hab ich noch: Deutsche Freunde, haben Sie gesagt? War jemand dabei, der Nissen heißt? Gerd-Omme Nissen?

Maria-Carmen stand schon in der Tür. Sie wandte sich noch einmal Bella zu. Bei uns ist es nicht üblich, dass die Kunden sich vorstellen, sagte sie. Es sei denn, sie möchten mit einem bestimmten Wort angesprochen werden. Omme, vor ein paar Nächten war Grimaud mit einem Mann hier, der unbedingt Omme genannt werden wollte. Die Art, die wieder zum Kleinkind wird, wenn Sie verstehen, was ich meine.

Sie machte eine kleine Pause, bevor sie weitersprach. Es tut mir leid um Nini, sagte sie. Sie hat einfach nicht begriffen, dass unsere Wege verschieden waren.

Maria-Carmen schlug die Haustür hinter sich zu. Bella ging zurück ins Bistro, um ihren Kaffee zu bezahlen. Fofo weigerte sich, Geld von ihr zu nehmen. Sie verabschiedete sich und lief zurück ins Hotel. Zuletzt war ihr, als liefe sie im Schlaf.

Grimaud kam am nächsten Mittag gegen zwölf. Die Concierge meldete ihn an, und Bella erinnerte sich erst in diesem Augenblick daran, dass er in der Nacht zuvor seinen Besuch angekündigt hatte. Sie erinnerte sich auch an ihren nächtlichen Besuch bei Maria-Carmen und beschloss, Grimaud nichts davon zu sagen. Als er mit Beileidsmiene in der Tür stand, musste sie beinahe lachen.

Hören Sie, Sie müssen kein Mitleid mit mir haben. Die alte Frau war eine flüchtige Bekannte. Ich kannte sie zu wenig, zu kurze Zeit, um mein Herz an sie zu hängen. Natürlich hätte ich ihr einen schöneren Tod gegönnt, und natürlich möchte ich trotzdem gern wissen, was gestern wirklich geschehen ist. Haben Sie Neuigkeiten?

Grimaud wusste inzwischen, woher Nini die Adresse von Mama Rose bekommen hatte. Er war auch selbst noch einmal in dem Bistro gewesen und hatte mit dem Afrikaner gesprochen. Die Umstände des Todes der alten Frau waren vollständig aufgeklärt. Nach den fünf oder sechs Männern, die vor der Tür randaliert hatten, wurde Ausschau gehalten. Sicher würden sie irgendwann wieder bei Mama Rose auftauchen. Sobald Fofo einen von ihnen erkannte, würde er die Polizei informieren.

Hat eigentlich jemand mit Maria-Carmen gesprochen? Es kann doch sein, dass sie wissen möchte, was mit der alten Frau geschehen ist.

Wir waren auch bei ihr. Wir brauchten ja die Adresse auf Gomera, antwortete Grimaud. Diese Maria-Carmen hat be-

172

hauptet, Nini hätte keine Verwandten auf der Insel, die benachrichtigt werden müssten. Im Übrigen schien sie kein Interesse daran zu haben, mehr über den Tod der alten Frau zu erfahren. Aber sie hatte offensichtlich Befürchtungen, wir könnten sie zu den Kosten für die Beerdigung heranziehen. Wenn Sie meine Meinung über diese Person wissen wollen: eiskalt und hinter dem Geld her. Kann gut sein, dass wir in Zukunft noch mit ihr zu tun haben werden. Aber dann sind Sie ja längst wieder in Hamburg.

Täusche ich mich, oder höre ich einen gewissen Neid in Ihren Worten?

Du lieber Himmel, nein, sagte Grimaud. Wenn ich ehrlich sein soll: Ich hasse die Hamburger. Reich, auf ihren Vorteil bedacht und ohne jede Phantasie.

Sie lachten nun beide, aber Bella hatte den Eindruck, dass Grimaud seine Worte durchaus ernst gemeint haben könnte.

Geht man so mit Touristen um?, fragte sie.

Aber Sie sind doch keine Hamburgerin. Mag sein, dass Sie dort wohnen, aber deshalb muss man doch nicht dazugehören. Er machte eine kleine Pause. Ich möchte, dass wir uns heute am Nachmittag noch einmal treffen, sagte er dann. Ich glaube trotz allem, dass ich Sie auf andere Gedanken bringen könnte. Ich treffe Sie am Palais Longchamp. Wir machen einen kleinen Spaziergang und besuchen einen Laden, der Ihnen gefallen wird. Dann werden wir etwas essen, und am Abend nehme ich Sie mit in den Palais du Pharo. Sie werden den Höhepunkt der Festlichkeiten zu Ehren der fünfzigjährigen Freundschaft zwischen Hamburg und Marseille miterleben. Hamburg hat eingeladen. Tun Sie mir den Gefallen und kommen Sie mit.

Sie sind dienstlich dort?

Ich muss mich dort einfach sehen lassen. Meine Leute sind instruiert. Aber sie erwarten, dass ich mich für ihre Arbeit interessiere.

Tun Sie das nicht?

Soll ich ehrlich sein? In diesem Fall könnten sie sehr gut alle nach Hause gehen. Da passiert nichts. Dieses Sicherheitstheater ist einfach nur Show, aber die Herren Bürgermeister erwarten so etwas. Je mehr Sicherheit, desto größer die Bedeutung der Gesicherten. Oder glauben Sie, dass dem Bürgermeister von Hamburg und dem Bürgermeister von Marseille Gefahr droht, wenn sie sich zu einer völlig überflüssigen Veranstaltung treffen, bei der ihnen ihre Untertanen etwas vortanzen und vorsingen?

Wenn Sie mir versprechen, dass wir nicht den ganzen Abend dort verbringen müssen, dann komme ich mit, sagte Bella. Ich glaube, ich möchte heute Abend wirklich nicht ganz allein sein. Was ist das für ein Laden, der mir gefallen soll?

Wird nicht verraten. Überraschung. Um drei, Longchamp, sagte Grimaud.

Bella hatte noch zwei Stunden zum Lesen. Wenn sie ihr Buch für einen Augenblick aus der Hand legte, waren ihre Gedanken bei Nini. Sie war in dem Gespräch mit Grimaud zu leicht über deren Tod hinweggegangen. Wie tapfer Nini ihre Enttäuschung über Belle de Mai unterdrückt hatte. Sie hätte auch jammern und die vergangenen Zeiten in rosigem Licht sehen können. Aber sie war nicht in der Lage gewesen, etwas schönzureden, das für sie nicht schön gewesen war.

Ich hätte es mit ihr noch eine Weile aushalten können, dachte Bella, und nun kann ich nichts mehr für sie tun außer Grimaud bitten, nachzuforschen, ob es hier irgendwo noch Verwandte gibt. Vielleicht haben sie genug Geld für die Beerdigung. Sonst gebe ich etwas dazu.

Als Bella vor dem Palais Longchamp auftauchte, war Grimaud schon dort. Sie wanderten den Boulevard Longchamp hinunter, während Bella über Nini sprach. Sie erzählte Julien, wie sie die alte Frau kennengelernt und was sie über ihr Leben erfahren hatte. Sie sprach auch über ihren Spaziergang durch Belle de

Mai und wie enttäuscht Nini gewesen war, niemanden zu treffen, den sie von früher her kannte. Grimaud versprach, nach möglichen Verwandten forschen zu lassen. Irgendwann blieb er vor einer Schaufensterfront stehen.

Wir sind am Ziel, sagte er.

Bella war verblüfft. Sie wusste nicht, was sie eigentlich erwartet hatte, aber ganz sicher nicht ein so elegantes Geschäft. Grimaud ging voran. Die Ladentür war verschlossen, aber ohne dass sie sich bemerkbar gemacht hätten, kam jemand, um ihnen zu öffnen. Der Laden war groß, vielleicht zweihundert Quadratmeter. Es gab keine Kunden, aber zwei, nein, drei gutgekleidete junge Männer, die sich benahmen, als wären sie Verkäufer. In den Regalen an den Wänden lagen und hingen die teuersten Designerstücke: Prada, Gucci, Chanel; auch auf den Tischen überall im Raum lagen kostbare Pullover, Hosen in den verschiedensten Stoffen und Formen, Röcke und Kleider. Der junge Mann, der ihnen die Tür geöffnet hatte, stand nun neben Bella.

Sehen Sie sich um, Madame. Sie werden sicher etwas finden, was Ihnen gefällt.

Er machte eine einladende Handbewegung. Grimaud lächelte ihr zu und nickte. Was ist das nun für ein Spiel, überlegte Bella. Soll ich mitspielen?

Sie trat an eines der Regale und nahm einen Pullover heraus. Er hatte kein Preisschild. Langsam ging sie weiter, nahm hier einen Rock, dort eine Hose in die Hand. An keinem der Teile gab es ein Preisschild. Sie sah sich fragend um.

Ein Zehntel vom normalen Preis für die Freunde unserer Freunde, sagte der junge Mann lächelnd. Ein zweiter, der damit beschäftigt gewesen war, Kleider an ein Gestänge zu hängen, kam auf sie zu.

Wenn Sie etwas Schwarzes suchen, Madame, wir haben ein wunderschönes Modell, wie für Sie gemacht. Darf ich es Ihnen zeigen?

Bella folgte ihm in den Hintergrund des Ladens. Ein schwarzes, seidenes Etwas, durchaus in ihrer Größe, hing an einer weißen, mit Gold eingefassten Schranktür. Das Kleid war hinreißend schön. War es nicht ein Fest, zu dem Grimaud sie mitnehmen wollte?

Sie kaufte Kleider, Pullover, ein Jackett, mehrere lange Hosen, für einen lächerlichen Preis. Dann ließ sie sich von Grimaud ins Hotel bringen.

Sie hatte Zeit, um die Sachen noch einmal zu probieren, bevor er sie wieder abholen wollte. Am Ende entschied sie sich doch für das verführerische Schwarze. Um den Laden und das merkwürdige Geschäftsgebaren seiner Besitzer einordnen zu können, hatte sie allerdings nicht lange gebraucht: Ihr war schnell klar, dass sie bei der Mafia eingekauft hatte. Darüber, weshalb Grimaud sie bestechen wollte, musste sie länger nachdenken. Dass die ganze Aktion ein Bestechungsversuch gewesen war, lag für sie auf der Hand.

Was wusste sie, von dem Grimaud wollte, dass sie es vergaß? Machte ihn nicht dieser deutliche Hinweis auf seine Beziehungen zur Mafia angreifbarer? Aber er hatte eine Spur gelegt. Sollte die Spur ablenken? Wovon? Er hatte keine Bedenken gehabt, sie zu der Razzia in das Bordell mitzunehmen. Ein besonderes Bordell. War ihr deshalb spontan eingefallen, Maria-Carmen nach Nissen zu fragen? Wegen der schwarzen Frauen? Das Mädchen hatte bestätigt, dass Grimaud und Nissen sich kannten. Grimaud hatte ihr erzählt, dass er bei Fofo und auch bei Maria-Carmen gewesen sei. Weshalb hatte er nicht davon gesprochen, dass sie, Bella, schon vorher dort gewesen war? Das Mädchen hatte ihm sicher von ihrem Besuch und von ihrer Frage nach Nissen erzählt. War es Nissen, von dem Grimaud ablenken wollte? Dass Grimaud bei Mama Rose kein Unbekannter war, hatte sie feststellen können. Sie wusste aus ihrer Zeit im Polizeidienst, dass es auch bei der Polizei Männer gab, auf die solche Einrichtungen eine bestimmte Faszination ausübten. Sie wusste aber auch, dass die allermeisten von ihnen trotzdem zwischen Beruf und Vergnügen zu unterscheiden wussten und sich nicht bestechen ließen, wenn es darauf ankam. Grimaud hatte sich ihr sowohl in dem Bordell als auch in dem Mafia-Laden als ein Mann mit guten Beziehungen zur Unterwelt präsentiert.

War es wirklich Gerd-Omme Nissen, von dem Grimaud ablenken wollte? Und warum vertraute sie ihm in gewisser Weise trotzdem? Weil er ihr sympathisch war oder weil sie selbst, was Mafia und Prostitution betraf, so abgestumpft war, dass es ihr nichts mehr ausmachte, wenn ihre Freunde – Freunde? –, wenn Bekannte, die ihr sympathisch waren, sich auf dieses Milieu einließen?

Da muss man schon differenzieren, dachte sie. Ohne mit der Mafia in irgendeiner Weise in Berührung zu kommen, lebt heute wahrscheinlich niemand mehr. Die Vermischung von legalem und illegalem Kapital war so umfassend, dass es einem durchaus passieren konnte, beim Einkauf von ein Paar Strümpfen in einem besonders hübschen Laden oder beim Wetten auf ein Pferd oder eine Fußballmannschaft der Mafia die Hand gereicht zu haben. Es gab graduelle Unterschiede; als Kundin war man vielleicht etwas weniger verwickelt, als es die Besitzerin des Strumpfladens sein mochte; wenn ihr der Laden denn gehörte und nicht irgendwelchen Dunkelmännern, die sie noch nie gesehen und an die sie nur pünktlich Gewinn abzuführen hatte. Wobei es interessanterweise auf die Höhe des Gewinns oft gar nicht anzukommen schien.

Nein, dachte Bella, Berührungsängste mit der Mafia zu haben ist ein Luxus, den man sich vielleicht noch leisten kann, wenn man allein am Rand eines Dorfes lebt und von den Nachbarn unabhängig ist. Es sei denn, von denen bestellt einer den Acker vor deiner Haustür mit dem Mais der Monsanto-Mafia ... oder der Dorfarzt beschwatzt dich, die Spritze gegen die Schweinegrippe zu akzeptieren, weil er dem Vertreter des Pharmakonzerns zu viele von diesen Dingern abgenommen hat und nun nicht darauf sitzenbleiben will … oder …

Anders lag der Fall für sie allerdings noch immer in Sachen Prostitution. Obwohl in den vergangenen Jahren Heerscharen von Politikern, Sozialarbeiterinnen, privilegierten Huren, Gewerkschafterinnen und Psychologen dafür gesorgt hatten, dass Prostitution in der Gesellschaft als ein Beruf wie jeder andere angesehen wird (es gab noch ein paar Ausnahmen, ehrenwerte Menschen, die das nicht glaubten, aber die allgemeine Meinung nahm sie nicht zur Kenntnis), war sie, Bella, nicht bereit, sich dieser Auffassung anzuschließen. Manchmal, selten, geriet sie in Diskussionen zu diesem Thema. Ihre Ansicht, das Ausmaß der Prostitution sei ein Zeichen für den Grad, in dem eine Gesellschaft verrottet sei, wurde dann jedes Mal mit der Moralkeule erschlagen. Sie hatte deshalb schon lange darauf verzichtet, ihre Meinung in Sachen Prostitution öffentlich zu machen. Sie und Moral! Ihr hatte schon ihre Mutter Olga beigebracht, dass, was üblicherweise als Moral bezeichnet wird, nichts weiter ist als das Ruhekissen des Spießers, auf dem er sich niederlegt, wenn er seinem Nachbarn nach bestem Wissen und Gewissen geschadet hat.

Prostitution ist Erniedrigung. Eine Gesellschaft, die zulässt, dass ein Teil ihrer Mitglieder, nicht zufällig meistens weiblich, erniedrigt werden kann oder sich erniedrigen lässt, ist verkommen. Eine Gesellschaft, die Erniedrigung zum Beruf macht, ist am Ende, selbst mit Sozialversicherung. So eine Gesellschaft hat jeglichen ernsthaften Versuch, die Unterdrückung des Menschen durch den Menschen aufzuheben, endgültig zu den Akten gelegt.

Du lieber Himmel, Bella! Du bist grandios! Du kannst dich sogar in Rage denken! Mach Schluss! Wodka wäre jetzt gut, ein Wodka mit Orangensaft, und dann dieses Gedicht von Brecht, wie heißt es nur, verflixt, ja:

Ich bin ein Dreck. Von mir
Kann ich nichts verlangen als
Schwäche, Verrat und Verkommenheit
Aber eines Tages merke ich:
Es wird besser; der Wind
Geht in mein Segel; meine Zeit ist gekommen, ich kann
Besser werden als ein Dreck –
Ich habe sofort angefangen.

Weil ich ein Dreck war, merkte ich
Wenn ich betrunken bin, lege ich mich
Einfach hin und weiß nicht
Wer über mich geht; jetzt trinke ich nicht mehr –
Ich habe es sofort unterlassen.
(…)
Ich bin ein Dreck; aber es müssen
Alle Dinge mir zum besten dienen, ich
Komme herauf, ich bin
Unvermeidlich, das Geschlecht von morgen
Bald schon kein Dreck mehr, sondern
Der harte Mörtel, aus dem
Die Städte gebaut sind.

Grimaud würde am Abend erst kurz vor dem Beginn der Fest-
veranstaltung erscheinen, um sie abzuholen. Das war gut so,
denn in der Straße vor dem Hotel, in der Rue des Petites
Maries, hatte sie tatsächlich eine Bar gefunden, deren Besitzer
Wodka mit Orangensaft ausschenkte, wenn auch von kriti-
schen Blicken begleitet. Je länger sie dort gesessen und versucht
hatte, in Grimauds Verhalten einen Sinn zu erkennen, desto
weniger war ihr das gelungen. Schließlich verstand sie, dass sie
im Begriff war, sich zu betrinken, und sie verließ die Bar. Bevor
sie sich im Hotel hinlegte, um zu schlafen, waren ihr zwei Dinge
durch den Kopf gegangen: nämlich, dass Grimaud ihr eigentlich

egal sein könnte und dass sie ihn genauer beobachten müsste, wenn sie herausfinden wollte, welches die Gründe für sein Verhalten waren.

Aber beides zusammen geht nicht, war der letzte Gedanke gewesen, den sie vor dem Einschlafen im Kopf gehabt hatte.

Sie war erst gegen sieben Uhr am Abend wach geworden, hatte sich gut ausgeruht gefühlt, einen Kaffee bestellt und die Zeit bis zur Ankunft von Grimaud genutzt, um sich für den Abend herzurichten. Sie fand das Ergebnis passabel. Auch Grimaud schien beeindruckt.

Sie werden heute Abend Aufsehen erregen, sagte er. Ich kenne diese Veranstaltungen. Es wird zwar ein Jubiläum gefeiert, aber deshalb wird es dort nicht eleganter zugehen als sonst. Die Frauen unserer Offiziellen erscheinen bei solchen Anlässen schon lange nicht mehr. Sie langweilen sich zu sehr. Und in der Abordnung Ihrer Landsleute sind offenbar seit einiger Zeit ebenfalls kaum noch Frauen …

Als Bella und Grimaud den Palais du Pharo betraten – man ging durch eine tiefgelegene, weite untere Etage, vorbei an leeren Garderoben, stieg breite Treppen hinauf und erreichte einen Gang, der zum Festsaal führte –, hörten sie die letzten Töne der deutschen Nationalhymne.

Du lieber Himmel, sagte Bella. Das hätten Sie mir sagen müssen. Lassen Sie uns einen Augenblick warten.

Es gab eine kleine Pause (anscheinend ist unsere Hymne schon vorüber, flüsterte Grimaud), dann setzten die kräftigen Stimmen eines Männerchores ein.

Stadt Hamburg an der Elbe Auen,
Wie bist du herrlich anzuschauen –

Sie sangen mehrere Strophen und am Ende jeder Strophe aus vollen Männerkehlen:

Heil über dir,
Heil über dir, Hammonia,
Oh, wie so prächtig stehst du da.

Das »Heil« klang so inbrünstig, dass es auch in andere Zeiten
gepasst hätte.

Prächtig, flüsterte Bella, da hab ich anderes gesehen.

Sie standen noch immer vor der Tür des Festsaals, und Grimaud nickte ihr zu, verständnisvoll, wie es schien. Auch ihn
schien das laute »Heil«-Gebrüll gestört zu haben. Durch gelbes,
undurchsichtiges Glas sahen sie auf die Gäste, die sich schemen-
haft im Innern bewegten. Endlich war die Singerei beendet.
Grimaud öffnete die Tür, und Bella betrat den Festsaal. Viele
standen herum, einige Blicke trafen sie, an den Wänden waren
Buffets aufgebaut, aber niemand aß.

Sie warten auf die Ansprachen der Bürgermeister, flüsterte
Grimaud. Unserer lässt sich entschuldigen, er hat heute Ge-
burtstag, deshalb ist er verhindert. Sein Stellvertreter wird ein
paar Worte sagen.

Bellas Blick fiel auf den hochgewachsenen, blonden Hamburger Bürgermeister, neben ihm stand ein kleiner Mann mit
dunklen Haaren.

Unserer ist bekannt dafür, dass er wenig Worte macht, flüsterte Bella zurück. Man weiß nicht genau, ob das so ist, weil ihm
nicht mehr einfällt oder weil er lange Ansprachen hasst. Jedenfalls wird der offizielle Teil mit ihm nicht viel Zeit in Anspruch
nehmen.

Die Ansprachen der beiden Redner waren tatsächlich erfreu-
lich kurz. Ein kleines Rahmenprogramm begann, für das offensichtlich die Hamburger verantwortlich waren. Eine Gruppe
von jugendlichen Immigranten, die in Hamburg lebten – wie
Bella später erfuhr, waren einige von ihnen nur geduldet –,
führte Lieder und Tänze vor.

In Hamburg werden regelmäßig Menschen, auch junge Menschen, brutal abgeschoben, sagte Bella, diesmal nicht mehr leise. Und hier lässt der Hamburger Bürgermeister, der dafür verantwortlich ist, seine Weltoffenheit feiern. Ich leg meine Hand nicht dafür ins Feuer, dass von denen, die heute tanzen, in sechs Wochen noch alle da sind.

Aus einer Gruppe von Frauen, die neben dem Männerchor standen, trafen sie giftige Blicke. Grimaud legte begütigend seine Hand auf ihren Arm und schob sie sachte zur gegenüberliegenden Seite des Saals. Da waren Türen, durch die sie auf eine breite, vor dem Saal gelegene Terrasse gelangen konnten. Als sie eine der Türen beinahe erreicht hatten und Bella sich noch einmal umsah, blieb sie überrascht stehen. Nur wenige Meter von ihr entfernt, umringt von einer Gruppe eifrig diskutierender Männer, stand Gerd-Omme Nissen. Ihre Blicke kreuzten sich kurz, bevor Nissen sich wieder seinen Gesprächspartnern zuwandte. Bella war nicht sicher, ob er sie erkannt hatte.

Sie ging weiter, erreichte die Terrasse und befand sich so plötzlich unter dem Sternenhimmel von Marseille und über den Lichtern des Alten Hafens, dass es ihr den Atem verschlug.

Stumm und bewundernd blieb sie an der Brüstung der Terrasse stehen. Grimaud neben ihr beobachtete sie.

Ich hole uns was zu trinken, sagte er schließlich.

Er verschwand, und Bella war allein zwischen Menschen, die entweder vor den Hymnen und den Ansprachen geflohen waren oder auf der Terrasse rauchen wollten.

Ich sage euch, das Schlimmste kommt noch, hörte sie einen Mann in einer kleinen Gruppe neben sich sagen.

Und was soll das sein? Schlimmer als »Heil«?

Ihr werdet es erleben. Es geht gleich los.

Aus dem Gespräch, das sich anderen Dingen zuwandte, entnahm Bella, dass es sich um Hamburger handelte, die zur Organisationsgruppe des Senats gehörten. Sie wandte sich ab und blickte durch die Glasscheiben, die an dieser Seite des Saals durchsichtig waren, auf die Versammlung im Innern. Die

Gruppe um Nissen war noch etwas größer geworden. Am Rand standen jetzt ein paar Damen, die aber nicht in das Gespräch einbezogen wurden. Nissen war noch immer der Mittelpunkt. Er wirkte auf Bella weit weniger gelassen als bei ihrer letzten Begegnung. Er gestikulierte heftig, unterbrach seine Gesprächspartner, lachte laut. Von hanseatischer Zurückhaltung war wenig zu sehen. Dann sah sie Grimaud, der, zwei Gläser in der Hand haltend, auf die Gruppe zuging und sie so weit umrundete, dass Nissen ihn sehen musste. An der Art, wie Nissen, mitten im Gespräch, die erhobenen Hände einen Augenblick lang still in der Luft hielt, konnte sie feststellen, dass Grimauds Manöver geklappt hatte. Sie sah, wie er Nissen kurz zunickte, mit dem Kopf zur Ausgangstür zeigte und sich dann abwandte. Wenig später stand er vor Bella und reichte ihr ein Glas Rosé.

Gefällt Ihnen unser Sternenhimmel?

Ich bin froh, dass ich mitgekommen bin. Es ist unglaublich schön hier, antwortete Bella.

Nein, oh nein, rief jemand aus der Gruppe der Hamburger neben ihnen laut. Ich hab's euch gesagt. Es wird fürchterlich.

Im gleichen Augenblick waren Männerstimmen zu hören. Bella sah durch die Fenster eine Truppe älterer Männer, die Schiffermützen, rote Halstücher und blau-weiß gestreifte Kittel trugen. Sie sangen aus voller Kehle:

An de Eck steiht 'n Jung mit 'n Tüddelband.

Was ist das?, fragte Grimaud leicht irritiert.

Oh, sagte Bella, das sind nur Hamburger Seeleute, die wollen ein Stück Hamburger Kultur nach Marseille bringen.

So laufen Seeleute bei Ihnen herum?

Ja, sagte Bella, vor hundert Jahren vielleicht. Aber dann wohl auch nur sonntags.

Der Chor sang nun »Auf der Reeperbahn nachts um halb eins«.

Die hören vorläufig nicht auf, sagte ein Mann aus der Gruppe der Organisatoren.

Aber weshalb lasst ihr das zu?, fragte ein anderer.

Es gab eine Diskussion, während der Chor »Ick hev mol 'n Hamborger Veermaster sehn« intonierte.

Singen die deutsch?, fragte Grimaud und lächelte. Er fand die Singerei wohl komisch.

Nach drei Liedern ist sicher Schluss, sagte Bella.

Das glauben Sie, sagte der Mann aus der Gruppe der Organisatoren. Wenn die erst mal angefangen haben, hören sie nicht mehr auf.

Der Chor der Seeleute sang nun:

La Paloma, ohe, einmal muss es vorbei sein …

Schön wär's, hörte Bella den Mann neben sich seufzen. Eine Dame in seiner Begleitung erklärte: Die Menschen, die nach jedem Lied klatschen, das sind die Ehefrauen. Solange die klatschen, ist die Vorstellung nicht zu Ende.

Wollen Sie mich bitte einen Augenblick entschuldigen, sagte Grimaud neben ihr leise. Ich mache einen kurzen Rundgang durch das Haus und bin gleich wieder bei Ihnen.

Gefällt Ihnen der Gesang unserer Seeleute nicht?, fragte Bella.

Grimaud entfernte sich lächelnd. Der Chor stimmte »Alle, die mit uns auf Kaperfahrt fahren« an. Bella folgte Grimaud mit den Augen. Er verließ den Saal. Beim Hinausgehen hätte er an Nissen vorbeikommen müssen. Aber Nissen war nicht mehr da. Die Gruppe, die um ihn gewesen war, hatte sich aufgelöst.

Bella stellte ihr Glas auf der Brüstung ab, überquerte die Terrasse und betrat den Festsaal. Der Chor begann, »Wo die Nordseewellen schlagen an den Strand« zu singen. Der immer schwächer zu hörende Gesang folgte ihr noch eine Weile.

Sie hätte – aus reiner Neugier – gern gewusst, was Grimaud

184

und Nissen miteinander zu besprechen hatten. Aber sie fand die beiden nicht. Das Haus war einfach zu weitläufig. Ein paarmal wurde sie von Sicherheitsleuten angehalten, die sich anboten, ihr den richtigen Weg in den Festsaal zu zeigen. Schließlich gab sie auf und ging zurück. Als sie die Terrasse erreicht hatte, stimmte der Chor wieder »La Paloma, ohe« an.

Hatten wir dies Lied nicht schon?, fragte Bella den Mann aus der Organisationsgruppe.

Natürlich, seufzte der, aber die Ehefrauen haben so lange geklatscht, bis sie beschlossen, es noch einmal zu singen.

Bella war im Begriff zu gehen, als Grimaud doch wieder auftauchte. Die Männer sangen gerade »Auf einem Baum ein Kuckuck saß«, und sie hob entschuldigend die Schultern.

Es tut mir leid, hat ein bisschen länger gedauert, als ich wollte, sagte er. Es ist einfach so: Meine Leute sind gut, wenn sie ausführen, was man ihnen aufträgt, wenn sie aber vor eine Situation gestellt sind, in der sie selbst entscheiden müssen und das auch noch schnell, dann sind sie unsicher.

Ist etwas passiert?, fragte Bella.

Nein, überhaupt nicht, alles in Ordnung. Der Hamburger wollte nur das Programm geändert haben, nächtliche Fahrt zum Château d If, irgendetwas Romantisches, aber diese Route war in puncto Sicherheit nicht durchgesprochen. Es ist aber alles geklärt. Der Abend gehört uns. Wollen wir gehen?

Das Leben war einfach und schön. Auch der Tod gehörte zum Leben, und es war nicht vermessen, zu denken, dass das Leben auch wegen des Todes schön war.

Sie waren zu Fuß in die Stadt zurückgegangen, vorbei an glitzerndem Wasser, leise schaukelnden Jachten, unter einem prächtigen Mond und ohne viel zu reden. Grimaud hatte sie nichts gefragt, und sie hatte sich seiner Führung überlassen. So waren sie, noch immer ohne Worte, aber von einer leisen Erregung ergriffen, die steinernen Stufen zu seiner Wohnung emporgestiegen, hatten, auf der Terrasse stehend, über die Dächer von Marseille geschaut, die im Mondlicht eine bizarre Landschaft bildeten, sich einander zugewandt und das Verlangen in den Augen des anderen erkannt. Das alles ohne Worte, einfach und schön.

Später, die Sonne ging noch nicht auf, aber am Horizont zeigte sich schon eine unbestimmte Ahnung von Sonnenaufgang, hatte Grimaud einen Ofen auf der Terrasse in Gang gesetzt, Spiegeleier gebraten, Champagner eingeschenkt. Sie hatten in Bademänteln da gesessen und getrunken, dem Sonnenaufgang zugesehen und waren schlafen gegangen. Als sie aufwachte, war Grimaud nicht mehr da. Alles war einfach gewesen, leicht, selbstverständlich.

Bella ging im Bademantel auf die Terrasse. Dort stand eine Thermoskanne auf dem Tisch. Unter dem Becher lag ein Zettel: Leider ist heute kein Sonntag. Ich danke dir für die Nacht. Jemand, den du nicht kennst, las sie.

Bella legte den Zettel lächelnd zurück Noch nie hatte sie so wenig Lust gehabt, über das Verhalten eines Mannes nachzudenken, wie in diesem Augenblick. Auf dem Weg zurück ins Hotel beschloss sie abzureisen.

In ihrem Zimmer war der Papierkorb geleert worden. Nichts erinnerte mehr an die kleine Alte im schwarzen Schal. Nichts außer den Bildern, die Bella im Kopf hatte. Die würden bleiben: der Körper im Rinnstein vor dem Hotel, in dem die Seghers gewohnt hatte, und die hastigen Schritte, die Silhouette des Mannes, den ihr Erscheinen davon abgehalten hatte, sie auszurauben. Ihr langsam trauriger werdendes Gesicht, als sie die Veränderungen in Belle de Mai zu registrieren begann und verstand, dass die Zeit über sie hinweggegangen war. Der trotzige Ton, in dem sie darauf bestanden hatte, mitgenommen zu werden bei der Suche nach Maria-Carmen. Damit allerdings waren dann doch die Gedanken an Grimaud zurückgekehrt.

Ich muss sie zulassen, dachte Bella, um mit dieser Geschichte abschließen zu können. War es Zufall, dass sie gerade jetzt vor dem Spiegel stand und sich ins Gesicht sah?

Das bist du also, Bella Block: ein bisschen ausgefranst, runder als vor zwanzig Jahren, gelassener. War »gelassen« das richtige Wort? Oder sollte sie besser »gleichgültiger« sagen? Nein, das sollte sie nicht. Es war nur einfach so, dass sie inzwischen noch etwas mehr verstanden hatte von der Welt. Sie wusste nun, dass die Erfahrungen im Leben des Einzelnen und das Leben der Welt sich wie in einer unendlichen Kette ständig wiederholten. Dass sie eigentlich schon als Kind verstanden hatte, worauf es ankam, wenn man glücklich sein wollte. Dass alles, was sie als Erwachsene dann erlebt hatte, immer und immer wieder die Erfahrungen ihrer Kindheit bestätigte. Der Unterschied zu damals war nur, dass sie nun in der Lage war, ihre Erfahrungen zu artikulieren.

Eine Zeitlang war sie verzweifelt gewesen, als ihr bewusst geworden war, dass sich in ihrem Leben nichts wirklich Neues mehr ereignen würde. Sie würde keine neuen Erfahrungen mehr machen, keine ihr bis dahin unbekannten Gefühle entwickeln, keine noch nie gesehene Farbe des Lichts überrascht wahrnehmen. Alles, alles war Wiederholung, und diese Erkenntnis hatte sie zuerst erschreckt, ja, sogar zu irrationalen Abenteuern verleitet. Aber diese Zeit war vorüber. Es war eine Aufgabe, ja fast schon ein Sport geworden, die Eindrücke, die Gerüche, die Sätze, die Worte, das Leuchten der Welt, die ihre Kindheit ausgemacht hatten, so intensiv wie möglich zurückzuholen. Es gelang nie wirklich, aber manchmal kam sie den Dingen näher, und das war fast wie ein Triumph.

Auch ihr Verhältnis zu ihrer Mutter Olga hatte sich noch einmal gewandelt. Olga, die sicher gewesen war, dass sie und ihre Genossen die Welt verändern würden, dass es möglich sein müsste, in einer Welt ohne Kriege zu leben, dass nicht mehr geduldet werden dürfte, Kinder verhungern zu lassen, Frauen zu erniedrigen. Um diese Welt zu bauen, brauchten Olga und ihre Genossen eine neue Moral, die aus Solidarität bestand, aus Klugheit und Mut. Auch über Olga war die Zeit hinweggegangen. »Solidarität« war ein Unwort geworden. »Klugheit« und »Mut« galten als Vehikel, um persönliches Fortkommen zu sichern und den Nächsten niederzuhalten. Von der neuen Moral war nichts mehr übrig geblieben. Dafür war von Werten die Rede, Werte, die es erlaubten, Flüchtlinge abzuschieben, Kriege zu führen, die Reichen reicher und die Armen ärmer werden zu lassen; im eigenen Land und in der Welt.

Olgas Haltung galt irgendwann als obsolet und wurde noch immer Tag für Tag lächerlich gemacht. Bella aber war ihrer Mutter, mit der sie oft genug gestritten hatte, inzwischen dankbar für die Maßstäbe, die sie gesetzt hatte. Auch wenn die Zeit über sie und ihre Genossen hinweggegangen war – die ewige Wiederholung würde sie, in welcher Form auch immer, wieder ans Licht bringen.

Bis dahin, eine Zeit, die du nicht mehr erleben wirst, Bella Block, versuch ein wenig danach zu leben, wie deine Mutter es von dir erwartet hat.

Und weshalb erzählst du dir das alles jetzt? Und siehst dir dabei ins Gesicht und versuchst, die Stellen zu entdecken, wo die Lüge sitzt? Nur weil du eine schöne Nacht und einen Sonnenaufgang über Marseille mit einem korrupten Polizisten erlebt hast und nun nach einer Rechtfertigung dafür suchst, dass du keine Gewissensbisse hast?

Sie hatte tatsächlich überhaupt keine Gewissensbisse, im Gegenteil. Beim Kofferpacken summte sie fröhlich vor sich hin, lachte in Erinnerung an den Chor der Pseudo-Seeleute und hatte Julien Grimaud beinahe schon vergessen.

Als ihr Telefon läutete, nahm sie nicht ab. Sie ging hinunter, bezahlte ihre Rechnung – die Concierge verlangte für vier Tage einen höheren Preis, weil sie Besuch gehabt habe – und ging zum Bahnhof St. Charles, um eine Fahrkarte zu kaufen. Als sie zurückkam, stand Grimauds Auto vor der Tür des Hotels. Sie sah es aus der Ferne, machte kehrt und schlug den Weg zum Boulevard d'Athènes ein. Sie würde auf die Canebière gelangen, zu einem letzten Rundgang durch die Innenstadt; an Benjamin, Seghers und Izzo vorüber, zu einem Blick auf den Alten Hafen und einem Glas Rosé auf der Place de Lenche. So wollte sie sich angemessen von Marseille verabschieden. Auch Walter Benjamin war durch die Stadt gewandert. Sein Resümee:

> ... und über all dem Staub, der hier aus Meersalz, Kalk und Glimmer sich zusammenballt und dessen Bitternis im Munde dessen, der es mit der Stadt versucht hat, länger vorhält als der Abglanz von Sonne und Meer in den Augen ihrer Verehrer.

»Der es mit der Stadt versucht hat«! Was für eine schöne Formulierung. Auch sie hatte es mit Marseille versucht. Der Versuch war gescheitert. Vielleicht würde sie irgendwann einen neuen Versuch unternehmen. Es gab im Augenblick keinen Grund, darüber nachzudenken, wann das sein würde.

An einem Zeitungsstand hinter dem Musée de la Mode blätterte sie in einem Exemplar des *Marseille l'Hebdo*. 2013 würde Marseille Kulturhauptstadt Europas werden. Man versprach sich viel davon. Bella dachte an das alte Hafengebäude am Quai de la Joliette, in dem sie vor ein paar Tagen gewesen war: viele schicke Restaurants und die meisten leer. In allen großen Städten waren Intellektuelle, Stadtplaner, Restaurantbesitzer, Architekten, Geldleute dabei, die Spuren der Industriearbeit zu beseitigen. Leerstehende Gebäude nutzten sie nach ihrem Geschmack. Manchmal, sehr selten, ging so etwas gut. Ein ausreichend mit Geld versorgter Mittelstand ohne eigene Phantasie nahm dann die neuen Unterhaltungsangebote entzückt an. Für die einfachen Leute, die es ja immer noch gab, deren Arbeit nur nicht mehr gebraucht wurde, war sehr selten etwas dabei.

Sie legte die Zeitung zurück. Ihr Blick fiel auf ein Foto auf der Titelseite von *La Provence*. Das war doch Nissen. Sie kaufte die Zeitung und las:

> Seit Tagen ist ein Schiff des Hamburger Reeders Gerd-Omme Nissen, das am 5. Oktober von Marseille aus in Richtung Uruguay unterwegs war, überfällig. Die Mariella hat Düngemittel geladen und ist mit einer fünfköpfigen Besatzung unterwegs. Der Hamburger Reeder, dem das Schiff gehört und der in seiner Heimatstadt großes Ansehen genießt, ist Mitglied der Delegation zur 50-Jahr-Feier der Partnerschaft zwischen Hamburg und Marseille.
> (weiter auf Seite 3)

Sie schlug die Zeitung auf. Noch einmal ein Foto von Nissen, diesmal in einer größeren Gruppe, zusammen mit dem Bürgermeister und ein paar anderen Männern, darunter dem Mann, der sich auf der Terrasse neben Bella über den nicht enden wollenden Chorgesang aufgeregt hatte. Auf dem Foto strahlte Nissen in die Kamera. Offenbar war es vor der Meldung über das überfällige Schiff aufgenommen worden. Die Informationen, die der Artikel enthielt, waren äußerst spärlich. Sie gingen im Grunde nicht über das hinaus, was auf der ersten Seite stand. Ein paar Worte wurden über die Besatzung verloren. Der Kapitän war offenbar ein Russe, die übrige Besatzung bestand aus zwei Philippinos, einem Afrikaner und einem tschechischen Ingenieur.

Weshalb fiel ihr gerade jetzt, als sie die Nachricht gelesen und die Zeitung im Weitergehen in den nächsten Papierkorb gesteckt hatte, ein Vers ein, den sie bei Izzo gefunden hatte?

Ich spüre Züge kommen,
beladen mit Brownings,
Berettas und schwarzen Blumen,
und Blumenhändler bereiten Blutbäder
für die Nachrichten in Farbe …

Plötzlich hatte sie das Gefühl, als wäre diese Stadt wie eine Katastrophe über sie gekommen; als wäre Nissen ein Teil dieser Katastrophe, die mit einem Killer namens Picard begonnen hatte, in der eine fette Afrikanerin Frauen verkaufte, einem spanischen Mädchen das Leben im Bordell als eine Alternative erschien; eine alte Frau, anstatt den Rest ihres Lebens unter Freunden zu verbringen, auf der Straße verendete, misshandelt von betrunkenen Widerlingen; ein korrupter Polizist Geschäfte machte mit einem eiskalten Hamburger Reeder …

War das wirklich so?

Es wurde Zeit für den Rosé, und sie ahnte, es würde nicht bei einem Glas bleiben. Sie musste nachdenken. Sie wusste nun, dass es eine Beziehung gab zwischen Grimaud und Nissen. Sie wusste, dass Grimaud korrupt war. Ging er auch über Leichen? Auf dem Schiff waren fünf Menschen gewesen. Sie wusste, dass Nissen ein harter Geschäftsmann war und dass zumindest einigen Hamburger Reedern das Wasser bis zum Hals stand, manchen mehr, manchen weniger. Sie würde darauf wetten, dass Nissen es bald würde schlucken müssen. Wer wüsste etwas über seine ökonomischen Verhältnisse … Kranz … aber weshalb?

Weil sie neugierig war? Weil sie wollte, dass bei ihren Recherchen herauskäme, dass Grimaud unschuldig ist? Weil es ihr Gerechtigkeitsgefühl verletzte, wenn Nissen und Grimaud ungeschoren davonkommen sollten? Weil sie gekränkt war, dass Grimaud glaubte, ihr etwas vormachen zu können? Ihr? Bella Block? Der Rächerin der Enterbten?

Sie begann, über sich selbst zu lachen, stand da, mitten auf dem Cours Belsunce, und lachte. Erst als sie bemerkte, dass Vorübergehende sie anstarrten und zwei kleine Mädchen mit Fingern auf sie zeigten, nahm sie sich zusammen. Jedenfalls hatte der Lachanfall etwas Gutes gehabt: Sie fühlte sich freier und wusste nun, was es für sie noch zu tun gab. Hinter der Bibliothèque Alcazar bog sie nach rechts ab und ging die Rue des Petites Maries hinauf. Gegenüber vom Bahnhof St. Charles setzte sie sich auf die Terrasse eines kleinen Cafés, bestellte eine Karaffe Rosé und rief Kranz an. Er war zu Hause, wollte wissen, ob es ihr in Marseille gefalle und wie lange sie noch die Absicht habe zu bleiben.

Ich reise ab, sagte Bella. Meinst du, du könntest in den nächsten zwei Tagen etwas für mich herausfinden? Wir könnten uns dann treffen.

Kommt darauf an, was es ist, sagte Kranz. Ich hätte auch nichts dagegen, wenn wir uns einfach nur so träfen. Ich hab ein bisschen Sehnsucht nach dir gehabt, weißt du?

Nissen, Gerd-Omme, der Reeder. Ich glaube, wir haben über ihn gesprochen. Ich wüsste gern, wie es um seine finanziellen Verhältnisse bestellt ist.

Ach, du lieber Himmel, sagte Kranz, den hab ich erst vor ein paar Tagen im Übersee-Club gesehen. Er schien mit sich und der Welt sehr zufrieden zu sein.

Kann ich mir denken, sagte Bella. Versuchst du trotzdem, herauszufinden, wie es um seine Finanzen bestellt ist?

Kranz seufzte, sie hörte es deutlich. Sicher war er gerade mit einem interessanten Buch beschäftigt. Bei ihrem letzten Treffen hatte er von Istanbul und Orhan Pamuk gesprochen und dass er unbedingt die Türkei kennenlernen müsse.

Bitte, sagte Bella, es ist wichtig für mich.

In Ordnung. Für dich würde ich alles tun, das weißt du. Gehen wir essen, wenn du zurück bist?

Hier gibt es ein Restaurant, das Toinou, nur Meeresfrüchte, ich werde keine Zeit haben, noch einmal dorthin zu gehen. Wenn du etwas Ähnliches in Hamburg finden könntest?

Wir werden sehen, antwortete Kranz. Beeil dich und sei vorsichtig, falls du noch irgendetwas vorhast, was nicht ganz legal ist. Die Franzosen lassen nicht mit sich spaßen.

Nein, sagte Bella. Du kannst ganz beruhigt sein. Ich hab noch mit jemandem zu reden, das ist alles. Mein Koffer ist schon gepackt. In ein paar Stunden bin ich unterwegs.

Sie beendete das Gespräch und versuchte, Grimaud zu erreichen. Es dauerte eine Weile, bis er sich meldete.

Ich reise ab, sagte Bella, können wir uns vorher noch sehen? Sie merkte, dass Grimaud zögerte.

Am liebsten hier im Café, gegenüber vom Bahnhof St. Charles, sagte sie. Du kannst mich gleich anschließend in den Zug setzen.

Ich will sehen, was ich tun kann, sagte Grimaud. Wann geht dein Zug? Gut. Ich bin eine Stunde vorher dort. Bitte denk nicht, ich würde nicht gern mit dir zusammen sein. Es ist nur so …

Lass, sagte Bella, wenn du willst, kannst du es mir nachher erzählen.

Sie ging ins Hotel, holte ihr Gespäck und brachte es im Bahnhof in einem der Schließfächer unter. Dann ging sie zurück ins Café und wartete auf Grimaud. Er sah gehetzt aus, als er kam, pünktlich eine Stunde bevor ihr Zug fuhr. Unter der braunen Haut war sein Gesicht blass, und Bella fiel zum ersten Mal auf, dass seine Haare grau wurden. Seine Gelassenheit war verschwunden, aber er gab sich Mühe, freundlich zu sein.

Ich hab dir erzählt, sagte Bella, dass ich Polizistin gewesen bin. Das ist ziemlich lange her, aber mir sind ein paar Dinge aus dieser Zeit geblieben.

Einmal Polizist, immer Polizist, sagte Grimaud.

Ja. Ich nehme an, dass du das verstehst. Was ich nicht verstehe, ist, weshalb man sich als Polizist so leicht angreifbar macht.

Du meinst mich?

Ja, sagte Bella. Ich denke an die Komödie, die du im Bordell aufgeführt hast. Du hast dir kaum Mühe gegeben, zu verbergen, dass du dort Stammgast bist.

Ich hab versucht, den Schein zu wahren, sagte Grimaud lächelnd. Immerhin war ich mit einer Dame unterwegs, deren Abneigung gegen Sex mit Afrikanerinnen bekannt ist.

Woher weißt du …

Grimaud hatte einen Fehler gemacht. Er begriff es sofort. Er hatte mit Nissen über sie gesprochen. Nissen hatte sie gesehen, sich an sie erinnert und an die Szene, die sie ihm in seinem Haus in Klein Flottbek gemacht hatte. Und er hatte Grimaud gefragt, wie er sie kennengelernt habe.

So tun, als wäre nichts geschehen, das war jetzt wichtig.

Einfach nur geraten, sagte er lächelnd. Ein wenig kenne ich mich aus mit deutschen Frauen. Die meisten, mit denen ich bisher zu tun hatte …

Lass, sagte Bella, es kommt nicht darauf an. Was ist passiert? Du bist anders als sonst, weniger – ich suche nach dem richtigen Wort – weniger gelassen?

Nichts, antwortete Julien, nichts, was für dich von Bedeutung sein könnte.

Aber für dich? Für dich und deinen Freund Nissen?

Was weißt du von Nissen?, fragte Grimaud. Seiner Stimme war Ärger anzumerken, den er zu unterdrücken versuchte.

Liest du keine Zeitungen?

Weshalb?

Grimaud war sichtlich irritiert. Sie meinte seine Wut zu spüren, aber da war noch etwas anderes. War es Schuldbewusstsein? Oder Angst?

Ich hab dir gesagt, dass ich einmal Polizistin gewesen bin. Ich hab dir nicht gesagt, dass ich danach noch jahrelang privat ermittelt habe. Ich war gut im Geschäft, weil ich eine gute Ermittlerin gewesen bin. Das hab ich dir nicht gesagt, weil ich weiß, wie Polizisten über diese Art von Konkurrenz denken.

Dir war an einem harmonischen Urlaubsflirt gelegen, ja?

Was hat Nissen dir sonst noch über mich gesagt, außer dass ihm meine Abneigung gegen Prostitution bekannt war? Er hat dich vor mir gewarnt, stimmt's? Er hat dir gesagt, dass ich sicher nicht zum Vergnügen hier bin und dass du vorsichtig sein sollst im Umgang mit mir. Wovor hat Nissen sich gefürchtet? Hat er geglaubt, dass ich ihm auf der Spur bin? Weshalb hast du deine Gelassenheit verloren? Doch nicht meinetwegen!

Nein, sagte Grimaud. Ich hab Ärger mit ein paar italienischen Kollegen, die eine Dienstaufsichtsbeschwerde gegen mich losgelassen haben. Aber das werde ich heil überstehen. Nichts als ein paar Übereifrige. Junge Männer, die glauben, sie könnten sich im Kampf gegen die Mafia besonders hervortun, wollen jenseits ihrer Grenzen aktiv werden, ohne dazu berechtigt zu sein. Trotzdem ist so etwas immer unangenehm.

Nissen, sagte Bella, was ist mit ihm? Er ist es, der dich beunruhigt. Weshalb?

Einen Augenblick lang glaubte sie, dass Grimaud überlegte, ob er ihr etwas sagen sollte, aber dann sah sie in seinem Gesicht, dass er sich dagegen entschied.

Auch du hast keine Befugnisse, hier zu ermitteln, sagte er. Nicht einmal, wenn du noch im Dienst wärst. Im Übrigen macht es keinen besonders guten Eindruck, wenn man darum bettelt, zu einer Razzia mitgenommen zu werden, nur weil nackte schwarze Frauen eine besondere Anziehungskraft auf einen ausüben. Was ich selbstverständlich nicht ahnen konnte. Und bei deinen Erfahrungen sollte dir aufgefallen sein, bei wem du deine teuren Klamotten für wenig Geld, was sage ich, für nichts, erstanden hast.

Bella sah hinüber zum Bahnhof. In einer Viertelstunde musste sie im Zug sein. Es wurde Zeit, dass sie ging. Sie stand auf. Es gab nichts zu sagen, weder Lebewohl noch Auf Wiedersehen. Es war nicht einmal mehr nötig, einen Blick zu tauschen mit einem, ohne dessen Mithilfe die Mafia niemals so eine Verbreitung hätte finden können.

Grimaud blieb sitzen und sah ihr nach, bis sie im Gewühl auf dem Bahnhofsvorplatz verschwunden war. Das war auch genau der Augenblick, in dem er sie vergaß. Er hatte andere Sorgen.

Der Zug aus Paris kam am frühen Morgen in Hamburg an. Bella hatte gut geschlafen. Vor dem Einschlafen hatte sie sich noch einmal das Bild von Belle de Mai in Erinnerung gerufen. Ihr Zug war gleich nach dem Verlassen des Bahnhofs an der Zigarettenfabrik vorübergefahren, und natürlich war ihr Nini wieder in den Sinn gekommen. Ziemlich bald aber war die kleine Alte vergessen, dann nämlich, als der Zug die Provence erreichte und sie sich vom Blick auf die Landschaft gefangen nehmen ließ. Sie las ein kleines Stück einer Reisebeschreibung von Wolfgang Koeppen:

> Die Provence lebte im Wind. Sie lag spanisch, urweltlich, bergwellig, kargwüchsig und dann auch wieder üppig, blühend, tropisch fruchtbar, mit allem, was nicht aus Stein war, sturmgepeitscht. Ein Blick in die unendliche Höhe des blauen Himmels machte trunken.

Bella sah aus dem Fenster, bis es dämmrig wurde. Am Abend war sie in Paris in den Zug nach Hamburg umgestiegen und hatte sich, gleich nachdem der Schaffner ihr Bett hergerichtet hatte, hingelegt.

Sie freute sich, als sie Kranz auf dem Bahnsteig entdeckte.

Gehen wir frühstücken, sagte er, du siehst aus, als hättest du gut geschlafen und seist nun hungrig. Bei mir in der Gegend gibt es ein spanisches Restaurant, wirklich spanisch, kein Verschnitt. Die haben einen wunderbaren Schinken.

Wie das Leben weitergeht

Der Abend, bevor Mama Rose nach Benin City flog, wurde wie ein Fest gefeiert. Obwohl es Mama Rose sehr schlechtging, hatte sie sich herausgeputzt und von Fofo und Maria-Carmen auf ihren Thron helfen lassen. Fofo hatte das Bistro an diesem Abend gar nicht geöffnet. Den Frauen war erlaubt worden, Kleider zu tragen. Sie trugen kurze Röcke, flache Schuhe und T-Shirts, billiges Zeug, das sie von ihrem Taschengeld erstanden hatten. Nur Maria-Carmen war aufwendig gekleidet. Grimaud, der eingeladen worden war, um sich von Mama Rose zu verabschieden und ihr das Versprechen zu geben, dass auch Maria-Carmen unter seinem Schutz stehen würde, hatte sie in den Laden auf dem Boulevard Longchamp mitgenommen. Den Verkäufern hatte es Spaß gemacht, eine junge, schöne Frau einzukleiden. Auf dem Rückweg waren Grimaud und Maria-Carmen in einem kurzen Gespräch übereingekommen, dass niemand Nissen je im Bordell von Mama Rose gesehen hätte.

Es war also alles zur Zufriedenheit aller geklärt. Dennoch war das Fest kein Erfolg. Die Frauen saßen herum und heulten. Weshalb, wusste niemand genau. Wahrscheinlich gab es verschiedene Gründe: Sie verdienten an diesem Abend nichts; Mama Rose tat ihnen leid; sie fürchteten sich vor Maria-Carmen und vor der Zukunft. Alles zusammen reichte offensichtlich für immer wiederkehrendes Gejammer. Das Essen, das Maria-Carmen bestellt hatte, mochte niemand. Fofo und Grimaud, die beiden einzigen Männer, gingen sehr bald wieder; Grimaud, weil ihn die Veranstaltung langweilte (er schob dienstliche Verpflichtungen vor); Fofo, weil er noch immer Schwierigkeiten hatte, Maria-Carmen als seine neue Chefin anzusehen. Er erklärte, er müsse das Bistro putzen, weil heute keine Kundschaft zu erwarten sei. Mama Rose hatte Schmerzen, die ihr das Gesicht und den Mund verzerrten. Häufiger als sonst waren ihre spitzen, goldenen Zähne zu sehen. Nach zwei Stunden schlug sie ihre Patschhände zusammen und beendete das Fest.

Geht und sagt ihr Auf Wiedersehen, und dann schlaft euch aus, sagte Maria-Carmen den Frauen. Das ist besser für euch, als hier herumzusitzen.

Eine nach der anderen ging heulend zu Mama Rose, die ihre fetten Hände auf die Köpfe der Frauen legte, wenn sie vor ihr auf die Knie gesunken waren.

Als sich alle Frauen verabschiedet hatten, versuchte Mama Rose mit Hilfe von Maria-Carmen, von ihrem Thron herunterzukommen. Es gelang ihr nicht. Fofo wurde gerufen, und gemeinsam brachten sie die dicke Frau ins Bett.

Sie macht's nicht mehr lange, sagte Maria-Carmen, als sie das Schlafzimmer verlassen hatten.

Und dann?

Was, und dann? Wir machen weiter wie bisher. Du kannst gehen, wenn du keine Lust hast, mit mir zu arbeiten.

Wohin soll ich gehen, jammerte Fofo.

Ich sag dir was, antwortete Maria-Carmen. Es ändert sich nichts. Vorläufig nicht. Du weißt, was du zu tun hast. Mehr Geld gibt es nicht. Aber wir werden einen Tag in der Woche geschlossen haben. Du hast einen freien Tag, verstehst du?

Fofo starrte sie an und ging dann, ohne ein Wort zu sagen.

Flachkopf, murmelte Maria-Carmen und sah ihm nach.

Den freien Tag würde sie vor allen Dingen für sich selbst einführen. Sie würde herausfinden, welcher Tag in der Woche für ihre Pläne besonders gut geeignet wäre. Irgendwann würde sie oft genug im Theater und in Konzerten gewesen sein, um mitreden zu können, im Urlaub, in den feinen Hotels.

Im Parador, sagte sie laut, weshalb nicht im Parador.

Selbstverständlich war der Bürgermeister damit einverstanden, dass Gerd-Omme Nissen die Hamburger Delegation einen Tag früher verließ als die übrigen Mitglieder.

Sie haben hier wirklich getan, was Sie konnten, mein lieber Nissen. Nun müssen Sie sich um Ihre eigenen Geschäfte kümmern. Ich drücke die Daumen, dass die Mariella wieder auftaucht. Wie viele Leute waren an Bord, sagten Sie?

Fünf, antwortete Nissen. Sie verstehen, dass ich mich um die Angehörigen kümmern muss, egal wie die Sache ausgeht.

Gerd-Omme Nissen flog zurück nach Hamburg. Die Verhandlungen mit den Versicherungen zogen sich hin, aber sie wurden zu seiner Zufriedenheit abgeschlossen. Weder vom Schiff noch von der Besatzung hatte sich die geringste Spur ausmachen lassen.

Ein paarmal träumte Gerd-Omme Nissen schlecht, besonders als ihm mitgeteilt wurde, dass der russische Kapitän eine Frau und drei kleine Jungen zurückließ. Mit den schlechten Träumen kam ihm allerdings auch die Idee, nach dem Abschluss aller Untersuchungen eine Trauerfeier zu Ehren der ertrunkenen Seeleute auszurichten. Von dieser Feier sprachen die Angestellten der Reederei Nissen und die Angehörigen der Toten noch lange. Die Reederei hatte weder Mühe noch Kosten gescheut. Sogar einige Verwandte der Philippinos hatte man ermitteln können. Sie nahmen an der Feier teil, ganz in Weiß, heimlich von allen anderen Gästen beobachtet. Weinten sie? Wusste man denn, ob diese Leute wirklich Verwandte waren? Die sahen alle so gleich aus!

Nissen hielt eine Rede, der alle ergriffen lauschten, auch die Familie des Russen, die Mutter des tschechischen Ingenieurs und die Philippinos, die kein Deutsch verstanden. Man nahm allgemein an, dass sich in den Umschlägen, die anschließend den Angehörigen überreicht wurden, Geld befand. In Wirklichkeit enthielten sie Gutscheine für einen Urlaub auf Mallorca, was aber, da die Angehörigen aus Takt den Umschlag während der Trauerfeier nicht öffneten und nach der Trauerfeier niemand mehr Kontakt mit ihnen hatte, nicht bekannt wurde.

Es dauerte etwas länger als ein Jahr, bis alle mit dem Schiffsunglück verbundenen Angelegenheiten geregelt waren. Erst dann sah Nissen sich in der Lage, noch einmal, zum letzten Mal, Kontakt mit Julien Grimaud aufzunehmen. Er schrieb dem Polizisten im Sommer eine Karte aus Vence, auf der er ihm mitteilte, dass er in den nächsten zehn Tagen dort zu erreichen sei. Auf der Karte war das Hotel Diana abgebildet, sodass Grimaud davon ausgehen konnte, ihn dort zu treffen.

Grimaud war es während der vergangenen Monate gelungen, die Dienstaufsichtsbeschwerde, die die italienischen Kollegen eingereicht hatten, dadurch zu unterlaufen, dass er selbst Untersuchungen über mögliche Mafia-Aktivitäten im Hafen in Gang setzte. Er sah keine Gefahr mehr, seit er wusste, dass die Mariella vor Montevideo untergegangen sein musste.

Das wusste er, weil er große Anstrengungen unternommen hatte, von Nissen etwas über das Schicksal der Seeleute an Bord zu erfahren. Er musste so oft an diese Männer denken, dass er schließlich wissen wollte, wie Nissen sich in dieser Sache verhalten hatte. Nissen hatte keine Ausreden erfunden, sondern ihm die Wahrheit gesagt. Und die Wahrheit war: Er hatte Kapitän und Mannschaft die Erlaubnis gegeben, in der Bucht von Montevideo von Bord zu gehen und eine Besichtigungsfahrt zu den Resten der untergegangenen Graf Spee zu unternehmen. Während die Leute unterwegs waren, sollte das Schiff explodieren. Der Kapitän hatte ihn dann angerufen, um ihm zu sagen, dass sie den Ausflug nicht unternehmen könnten, weil Sturm aufgekommen sei und sie es nicht riskieren wollten, mit dem kleinen Boot zur Graf Spee hinüberzufahren. Was hätte er, Nissen, tun können, um die Leute trotzdem dazu zu bewegen, von Bord zu gehen? Was hätte er tun können, ohne sich selbst verdächtig zu machen? Nichts.

Den Polizisten Julien Grimaud hatte dieser Bericht mehr aufgewühlt, als er sich eingestehen wollte. Als er versucht hatte, seine Wut Nissen gegenüber loszuwerden, war der allerdings so kalt geblieben, dass er verstummt war. Es war nicht so, dass Nissen ihm gedroht hätte, aber es war wohl besser gewesen, die Sache auf sich beruhen zu lassen. Inzwischen war so viel Zeit vergangen, dass sich auch sein Gewissen beruhigt hatte. Und war er nicht die treibende Kraft, die inzwischen gewissen Mafiosi in Marseille unruhige Nächte verschaffte?

Grimaud fuhr mit dem Zug von Marseille nach Antibes und nahm von dort den Bus nach Vence. Er kannte die Strecke, und sie schien ihm beinahe immer noch so schön wie damals, als er hier dauernd verliebt gewesen war. Als junger Mann hatte er einige Sommer an der Côte d'Azur verbracht, in Vence hatte eine Freundin von ihm gewohnt. Das war fünfundzwanzig Jahre her, und er freute sich darauf, das Städtchen wiederzusehen. Als er ankam, stellte er fest, dass zwar die Bushaltestelle verlegt worden war, aber alles andere noch seinen Erinnerungen entsprach. Bevor er zu Nissen ins Hotel gehen wollte, setzte er sich am Markt in das Café unter den Platanen, in dem er auch damals oft gesessen hatte, trank einen Pastis und fühlte sich jung und gleichzeitig melancholisch. Gegenüber hatten Blumenhändler wie damals ihre Stände aufgebaut, und er meinte den Geruch von Levkojen wahrzunehmen.

Dann sah er Nissen mit einer sehr schönen, dunkelhäutigen Frau am Arm vorübergehen. Er hob zögernd die Hand. Dabei wäre er gern noch eine Weile allein in der warmen Luft im Schatten der Platanen sitzen geblieben. Er hätte sich nicht bemerkbar machen sollen, aber jetzt war es zu spät. Sie kamen schon an seinen Tisch.

Die junge Frau begrüßte ihn und erklärte dann, sie müsse noch zum Traiteur, um ein paar Kleinigkeiten einzukaufen. Nissen setzte sich und musterte Grimaud, als hätte er ihn Jahre nicht gesehen.

Wir werden zusammen ins Hotel gehen, sagte er.

Offenbar war die Musterung zu seiner Zufriedenheit ausgefallen. Grimaud erhob sich, aber Nissen hielt ihn zurück.

Nein, wir warten auf Abra, sagte er lächelnd.

Zum ersten Mal, seit er sich auf den Weg nach Vence gemacht hatte, wurde Grimaud klar, dass er einem Verbrecher gegenübersaß. Nein, dachte er, wenn man die Situation genau beschreiben wollte, müsste man sagen, hier sitzen zwei Verbrecher bei der Abwicklung ihrer Geschäfte auf dem Marktplatz von Vence. Merkwürdigerweise war ihm das Wort »Verbrechen«, in Bezug auf Nissen bisher gar nicht in den Sinn gekommen. Er hatte, wenn er an das dachte, was sie verband, in Worten wie »Geschäft« oder »Transaktion« oder »Unfall« gedacht, auch »das Geld« war eine Bezeichnung gewesen, mit der er ihre Beziehung bei sich umrissen hatte.

Das Geld, sagte er, du hast es doch?

Nissen nickte. Was glaubst du, weshalb ich mich mit dir treffe. Ein schöner Batzen. Was wirst du damit tun?

Grimaud dachte an den Fußball-Club und seinen Freund im Rollstuhl und das Clubhaus, das sie planten. Er hatte keine Lust, mit Nissen darüber zu sprechen.

Ich leg's auf die hohe Kante, sagte er. Man weiß nicht, wann man es mal braucht.

Sehr gut, antwortete Nissen. So fragt sich auf keinen Fall jemand, weshalb ein kleiner Polizist plötzlich mit Geld um sich wirft. Entschuldige den kleinen Polizisten, setzte er hinzu, als er Grimauds wütendes Gesicht sah. Du weißt, es war nicht so gemeint.

Die beiden schwiegen sich an. Es gab einfach nichts zu sagen. Nissen, der nicht wollte, dass Grimaud misstrauisch wurde, begann von Abra zu erzählen.

Du hast sie gesehen, sagte er. Ich glaube, sie ist die schönste Frau, die ich je hatte. Mama Rose, du erinnerst dich. Sie wusste genau, womit sie mir eine Freude machen konnte. Ich hab sie dort unten besucht. Entsetzliche Zustände. Hat mich eine Stange Geld gekostet. Komische Sache: Benin, ärmstes Land mit den teuersten Frauen.

Dann lebt sie also noch?, fragte Grimaud. Er sprach, um nicht stumm dazusitzen und weil ihm die Abschiedsparty wieder eingefallen war, die er längst vergessen hatte.

Solche Frauen leben ewig, lachte Nissen. Sie haben die richtigen Zaubermittel. Sie gehen mit dem Tod um, als wäre er das Leben.

Er sah Grimaud prüfend an. Das war eben eine leichtsinnige Bemerkung gewesen, aber dieser Polizist hatte gar nicht richtig zugehört. Wie ein Jahr Menschen verändern kann. Er war fetter geworden, der gute Grimaud.

Da kommt Abra, sagte er. Das Hotel ist gleich rechts, in der kleinen Straße da drüben. Komm in einer halben Stunde. Wir wollen nicht zusammen von hier weggehen. Abra, Liebling, setz dich. Ich zahle. Nissen winkte dem Kellner.

Sie hat gar nichts eingekauft, dachte Grimaud. Hatte sie nicht gesagt, sie wolle Kleinigkeiten beim Traiteur einkaufen? Wie klein sind Kleinigkeiten?

Wie gefällt es Ihnen hier?, wandte er sich an Abra. Als junger Mann war ich oft auf dem Markt in der Altstadt. Da gab es ein Café, das Clemenceau. Ich möchte wissen, ob es das heute noch gibt.

Ich weiß nicht, sagte Abra. Ich hab nicht darauf geachtet.

Weshalb kommt der Kellner nicht?, sagte Nissen.

Grimaud wandte sich um. Er hatte plötzlich das Gefühl, in Vence zu Hause zu sein. Ihm war, als hätte er schon immer mittags unter den Platanen gesessen und der Kellner wäre sein Freund. Wenn er ihm winkte, würde er bestimmt kommen.

Ich seh mal nach, sagte er. Er stand auf und ging in den Hintergrund des Cafés, wo die Türen zum Restaurant offen standen. Abra strich leicht mit der Hand über Grimauds Glas. Nissen legte seine Hand auf ihren Arm.

Lass uns warten. Er kommt gleich zurück. Es muss alles ganz normal aussehen, flüsterte er.

Sie sahen zum Restaurant hinüber, aus dem Grimaud kam, der sich lachend mit einem Kellner unterhielt. Er brachte den Mann mit an ihren Tisch, nahm sein Glas und trank ihm zu.

Könnt ihr euch vorstellen, dass Emile schon vor fünfundzwanzig Jahren hier gearbeitet hat? Damals noch hier draußen. Inzwischen darf er hinter dem Tresen bleiben. Der Laden gehört ihm jetzt nämlich.

Nissen und seine Freundin erhoben sich. Sie begrüßten den Wirt, versprachen, wieder vorbeizukommen, und verabschiedeten sich. Niemand sprach davon, dass sie im Hotel verabredet waren. Grimaud und Emile gingen zurück in das Restaurant.

Du setzt dich dort ans Fenster, sagte Emile. Das ist der Platz für die Ehrengäste. Wir haben eine besonders feine Bouillabaisse, die kriegst du, mein Guter. Und du bleibst sitzen, bis ich Zeit habe. Wir wollen von früher reden.

Habt ihr hier ein Hinterzimmer, wo ich mich einen Augenblick hinlegen kann?, fragte Grimaud. Mir ist nicht gut, glaube ich.

Emile sah ihn an. Er sah, dass Grimaud blass geworden war und seine Augen merkwürdig groß aussahen. Er schüttelte den Kopf.

Nein, sagte er, alles voll mit Kisten. Leg dich unter dem Fenster auf das Sofa. Ich sag Bescheid, dass dich niemand stört.

Das geht sicher bald vorbei, sagte Grimaud. Ihm war, als käme seine Stimme von sehr weit her und als wäre der Weg zum Sofa endlos. Er hielt seinen Blick geradeaus gerichtet, auf das grüne Dach der Platanen vor dem Fenster. Wie schön, dachte er, wie schön diese Bäume sind. Zuletzt roch er das Leder, als er sich hingelegt und das Gesicht zum Sofarücken gedreht hatte.

Bella hat damals nach ihrer Rückkehr aus Marseille tatsächlich mit ihrem Freund Kranz gefrühstückt. Was den Schinken betraf, so hatte er nicht übertrieben, und auch seine Informationen, die Vermögensverhältnisse Nissens betreffend, waren aufschlussreich gewesen. Außerdem hatte Kranz eine launige Beschreibung der Atmosphäre im Übersee-Club gegeben, und Bella widersprach ihm nicht, als er am Ende behauptete, die wirkliche Regierung Hamburgs säße dort an der Alster und nicht im Rathaus.

Was die Angelegenheit Nissen/Grimaud betraf, so war zwischen ihnen schnell klar gewesen, dass es nichts gab außer Vermutungen, die nicht einmal ausgereicht hätten, um die geringste Spur aufzunehmen.

Später, wenn Bella an Marseille zurückdachte, zu einem Zeitpunkt, als Nini und das Bordell von Mama Rose in ihrer Erinnerung schon sehr viel unbedeutender geworden waren, glaubte sie in manchen Augenblicken plötzlich den Fischgeruch am Alten Hafen wahrzunehmen oder einen dunklen, zusammengerollten Körper auf dem Boden liegen zu sehen. Dann hatte sie für kurze Zeit Lust, nach Marseille zurückzukehren und Klarheit in eine Geschichte zu bringen, in die sie gegen ihren Willen hineingeraten war. Ihrem Freund Kranz fiel es jedes Mal leicht, sie davon zu überzeugen, dass so ein Versuch sinnlos sein würde. Trotzdem war sie nie ganz sicher, ob sie ihm dankbar sein sollte, dass er sie von einer sinnlosen Unternehmung abgehalten hatte, oder wütend darüber, dass sie so leicht zurückzuhalten gewesen war. Ihre Unsicherheit hielt aber nie lange an.

Kranz machte immer wieder Versuche, sie für ein Leben zu zweit zu gewinnen, und es kostete sie eine gewisse Anstrengung, seine Bemühungen zurückzuweisen. Jedes Mal, wenn er alle ihre Argumente entkräftet hatte, blieb ihr nichts anderes übrig, als zu sagen: Ich bleib aber lieber allein. Dann schwieg Kranz, und irgendwann glaubte sie, dass er nicht ungern nachgab.

Ein Spiel, dachte sie dann, wir haben uns auf ein Spiel eingelassen. Und wir sind damit zufrieden.

Die Nachricht vom Tod Grimauds erreichte sie nie. Dass ein

Polizist aus Marseille in Vence an Herzversagen verstorben war, hatte als Meldung höchstens für die Lokalblätter Bedeutung.

Durch Kranz, der hin und wieder mit Nissen im Übersee-Club zusammentraf, erfuhr sie, dass die Versicherungen ihn für den Verlust von Schiff und Ladung entschädigt hatten. Bella, die nicht an Zufälle glaubte, sondern eher an den Zusammenhang zwischen Zufall und Notwendigkeit, war bei dieser Nachricht in Lachen ausgebrochen.

Ich versteh nicht, hatte Kranz gesagt, was es da zu lachen gibt?

Und Bella hatte ihm den Brecht-Vers vorgelesen, der gerade aufgeschlagen vor ihr lag:

> Der Reichtum hopste mit der Justiz
> Noch immer verliebte Gatten!
> Sie hätten sich gern tief in die Augen gesehn
> Und merkten, dass sie gar keine hatten.

Die Zitate sind folgenden Werken entnommen:

Ernst Moritz Arndt, »Bruchstücke einer Reise durch Frankreich im Frühjahr und Sommer 1799«, Leipzig 1802
Walter Benjamin, »Städtebilder«, Frankfurt/M. 1992
Bertolt Brecht, »Die Gedichte«, Frankfurt/M. 1981
Friedrich Hölderlin, »Gedichte«, Leipzig 1977
Josef Roth, »Im mittäglichen Frankreich«, Köln 1976
Jean-Claude Izzo, »Die Marseille-Trilogie«, Zürich 2004
Wolfgang Koeppen, »Reisen nach Frankreich«, Frankfurt/M. 1981
Cesare Pavese, »Die einsamen Frauen«, München 2008
Anna Seghers, »Transit«, Berlin 2001

Mein besonderer Dank gilt der Friche de la Belle de Mai in Marseille und ihrem Direktor Philippe Foulquié für den Aufenthalt dort im September/Oktober 2008,

Gilles Del Pappas für seine engagierte Führung durch Marseille

und der Kurverwaltung Juist, Thomas Koch von der Inselbuchhandlung und dem »Tatort Töwerland« für die Einladung zu einem vierzehntägigen intensiven Schreibaufenthalt auf der Insel Juist im September 2009.

Meiner Schwester Margrit Bröhan danke ich für die anregende Lektüre des von ihr herausgegebenen Lesebuchs »Die Provence – Morgensegel Europas«, München 1989.

Roman (Krimi ges